2020 年嘉兴市文化精品重点扶植项目

U0749454

黎明前的抉择

——朱聚生传

王　英　著

浙江工商大学出版社
ZHEJIANG GONGSHANG UNIVERSITY PRESS
·杭州·

图书在版编目（CIP）数据

　　黎明前的抉择：朱聚生传／王英著．—杭州：浙
江工商大学出版社，2021.7
　　ISBN 978-7-5178-4566-9

　　Ⅰ．①黎… Ⅱ．①王… Ⅲ．①传记文学－中国－当代
Ⅳ．①I25

　　中国版本图书馆 CIP 数据核字（2021）第 127837 号

黎明前的抉择——朱聚生传
LIMING QIAN DE JUEZE——ZHUJUSHENG ZHUAN
王英　著

责任编辑	沈明珠
封面设计	天　昊
责任印制	包建辉
出版发行	浙江工商大学出版社
	（杭州市教工路 198 号　邮政编码 310012）
	（E-mail:zjgsupress@163.com）
	（网址:http://www.zjgsupress.com）
	电话:0571-88904980,88831806（传真）
排　版	杭州天昊文化艺术有限公司
印　刷	杭州良诸印刷有限公司
开　本	889mm×1194mm　1/32
印　张	8.5
字　数	197 千
印　数	3000 册
版 印 次	2021 年 7 月第 1 版　2021 年 7 月第 1 次印刷
书　号	ISBN 978-7-5178-4566-9
定　价	50.00 元

朱聚生照（二十岁）

序

朱 樵

  王英是一位高产作家，时常能听闻她有新书出版。2020 年 4 月，她的长篇小说《母爱之殇》在出版前，得到著名文学评论家贺绍俊的赞赏，贺老不仅欣然为书作序，并将此书提到了抗战题材作品的一个新高度。贺老认为："这部小说里所揭露的抗日战争的'母爱之殇'，无疑为抗日战争书写在原有的关于民族主义和爱国主义的基本主题和基本定义上提供了开拓的空间。"书出版后，《文艺报》和《浙江日报》等报刊为其发表了专评，其也得到了读者的充分肯定，一时畅销售空，于同年 11 月加印，今年继续在全国各大新华书店和京东等网站发行。

  认识王英，是在 20 世纪 80 年代末，当时我在《烟雨楼》杂志做编辑，在众多的来稿中，发现了她的作品，也发现了她。原来，她在向《烟雨楼》杂志投稿诗歌和散文之前，已在《浙江日报》副刊上发表过传记文学《毛泽东与张元济的交往》。之后，她发表的关于张元济研究的论文，又在全国学术研讨会上受到好评，她也因此而作为人才，流动到张元济图书馆，专门从事地方文献、商务版本征集，以及张元济纪念室的讲解工作。

在此期间,她撰写的关于张元济研究的文章,先后在美国纽约《侨报》等国内外报刊发表,并结集出版了专著《一代名人张元济》,获得了省、市多项大奖。王英写传记文学,既有学术上的专业,又有作家的艺术才华,这是她成功的必然因素。

1992年,她被组织调入海盐县政协,从事《海盐文史资料》的征集、整理、编辑、出版工作,并担任海盐县政协第二至第六届文史资料委员会副主任委员、文史办主任,这就给她提供了更多的研究和创作的条件。从此,她的工作和业余生活不再分家,先后出版了散文集《走不出家乡的海》《擦肩而过》《情真》,长篇小说《我与父亲的战争》,长篇传记《三毛之父——平民画家张乐平》,学术专著《海盐腔的兴衰》等14部作品。其中,《三毛之父——平民画家张乐平》被浙江省教育厅列入少年儿童特色教育课题,编入教课书中;散文《走进徐志摩故居》被人民教育出版社选入2010—2011学年《高一语文》中。

王英对写《黎明前的抉择——朱聚生传》的投入,已经有二十多年了。她在调到县政协工作后,为迅速熟悉业务,阅读了政协以前编辑出版的所有刊物,于是就看到了"朱聚生"这个名字。有一篇回忆朱聚生的文章给了王英特别深刻的印象,因为作者与朱聚生生前关系密切,所以文章写得很感人。从此王英无论走到哪里,都会特别留心朱聚生的资料。后来,在参加"朱聚生牺牲60周年纪念"座谈会时,王英参观了朱聚生故居,并见到了朱聚生的两个女儿——朱战红和朱荒红。两位女儿对父亲知之甚少,这让王英感到非常遗憾。但这次座谈会,却让朱聚生的形象在王英的脑海里活动了起来。

之后王英了解到,朱聚生是与一位著名的中共地下党员李白一起被敌人杀害的。李白是电影《永不消逝的电波》主角——中共地下党员李侠的原型。这个银幕形象可以说家喻户晓,电影也影响了中国整整几代人。朱聚生和李白等十二位中共党员当时是在上海戚家庙被杀害的，当时朱聚生年仅二十五岁，而牺牲那天正是他的家乡解放的日子。这些，再次震撼了王英。她抑制不住内心的冲动，以一位作家的敏锐和责任感，要把尘封在历史中的烈士的英勇事迹写出来，为他家人弥补遗憾，让人们知晓、传颂他的英雄事迹。

作为一名地下党员，朱聚生根据中共地下党组织的要求，在黎明前最黑暗的时刻，留在当地开展地下工作，以积极的姿态，与国民党反动派展开斗争。最终以自己的实际行动，履行入党时的诺言："随时准备为党和人民牺牲一切，永不叛党。"这些都深深感动了王英，从而使她产生了要写好朱聚生传记的强烈愿望。

特别要说的一件事就是，2007年，王英应《嘉兴日报》约稿，撰写了《寂寞的沈荡》。在这篇长文中，她除了介绍朱聚生的事迹，还呼吁沈荡镇人民政府修建朱聚生纪念馆，以纪念这位默默无闻的杰出的无产阶级革命烈士。

现在，朱聚生纪念馆已经建成，并成为海盐县的爱国主义教育基地。《朱聚生传》也完成了，因故事完整、内容翔实、可读性强，而被嘉兴市委宣传部列入"2020年嘉兴市文化精品重点扶持项目"。一个优秀作家的成就，往往和作家的责任感与使命感紧密连接，王英就是如此。

是为序。

2021 年 1 月 18 日

（作者系嘉兴市文史研究馆副馆长，著名作家、画家、书法家，其《二十四节气国画》力助中国申遗，于2016年11月30日亮相联合国教科文组织保护非物质文化遗产政府间委员会第十一届常会）

目　录

引　言

20 世纪 60 年代，电影《永不消逝的电波》上映后，由著名影星孙道临主演的以中共党员李白为原型塑造的李侠的银幕形象家喻户晓、深入人心，影响了中国整整几代人。但鲜为人知的是，与李白同时英勇就义的十二名烈士中，就有年轻的共产党人——朱聚生。

说起朱聚生，即便是在他的家乡海盐，也已经很少有年轻人知道他的名字了。

朱聚生（1924 年？月—1949 年 5 月），笔名孔方红、朱天、赵曾、方生等，嘉兴海盐沈荡镇人。其祖上从事商业活动，在沈荡镇开有一家百年老店。朱聚生原本可以继承家业而坐享其成，但因生逢乱世，日本侵略者对祖国大好河山的践踏与蹂躏，激起他强烈的愤慨和爱国心，他因此放弃祖业，开始了其一生探索与追求真理的历程。

朱聚生以特有的政治敏感与超前意识，始终以启迪民智、唤醒民众为己任，把握时代的脉搏，坚定不移地朝着自己所追求的信仰——为共产主义事业奋斗终身的目标奋斗。

人的生命是有限的。朱聚生仅活了二十五个年头，但他所从事的事业是无限的，它超越了时间与空间。

朱聚生是个多才多艺且大公无私的人，他为了实现抗日救国的理想，组织创办《海北青年》杂志，发行《行报》《生报》等报纸，还以这些舆论载体为阵地，主编与撰写了大量介绍抗日前线战况和揭露时弊的文章，同日本帝国主义侵略者和邪恶势力进行顽强的斗争，展现了其大无畏的革命精神。

他曾当过校长，面对一无校舍、二无教室的办学窘境，毫不犹豫地将自己家中的资金、财产捐赠给学校；他曾当过镇长，却利用这一身份掩护中共地下组织；因不愿与腐败的官场中人同流合污，甘愿与广大民众同甘苦、共命运。

其间，朱聚生与中共地下工作者杨竹泉相识，受其影响，走上了革命道路，并于1949年2月秘密加入了中国共产党地下组织。

同年，朱聚生被国民党淞沪警备司令部逮捕；5月，被秘密枪杀于上海戚家庙。他短暂的人生被定格在了二十五岁，他的牺牲，给后人留下了一笔熠熠闪光的精神财富。

多少年来，朱聚生的人品和他所留下的政论与随笔，仍散发着永恒而犀利的光芒。朱聚生的精神永存，他的事迹是一个说不尽、道不完的故事……

第一章　聪慧少年，"大河港"来

第一节　三代富家，重燃希望

民国十三年（1924），杰出的无产阶级革命烈士朱聚生出生于浙江省海盐县沈荡镇。

依水而居的沈荡人家（徐张平摄于2020年）

海盐县位于钱塘江北岸，京杭大运河流经杭嘉湖平原，在海盐县西北边分了个岔，一条由原西南改为向北流经嘉兴，一条往西流向海宁硖石。沈荡镇，由一条市河自东向西穿越全境，城区被分为南北两片。由于河面宽阔，当地人称其为"沈荡大河港"，沈荡镇也因此俗称"大河港"，河两岸聚居着千户傍水而居的人家，称为"枕水人家"。

海盐隶属嘉兴府，沈荡是那里的一个江南古镇，已有千年历史。嘉兴一带是典型的江南水乡，纵横交错的水网似的河流，孕育了诸多的文人。嘉兴人通常认为，中国有一半的文人在浙江，而浙江有一半的文人在嘉兴，如此算来，嘉兴应该拥有中国四分之一的文人了。远的不说，就说近现代，嘉兴就有王国维、丰子恺、穆旦、李叔同、朱生豪、金庸、茅盾等文化名人，其中海盐有张元济、朱希祖、张乐平、黄源、朱启平、余华等。

朱聚生的家乡历史人文底蕴深厚，沈荡镇中钱村就有吴越王钱镠（856—932）后裔，《中国通史》赞赏钱镠是"杭嘉湖太湖流域鱼米之乡、全国重要粮仓的重要创始人"。至今中钱村还遗存有钱家祠堂。清朝任刑部尚书、太子太保的钱陈群，就是从这里迁出去的。从这里走出去的，还有钱镠第三十三代世孙，曾任水利部部长，后任全国政协副主席的钱正英。据记载，钱氏家族诞生过一百多位科学家，比如钱伟长、钱学森、2008年诺贝尔化学奖得主钱永健。

江南水乡，人烟稠密。旧说"三里一村，五里一市，十里一镇，廿里一县"，绝不是夸张。沈荡镇虽不是什么大都名邑，但因为受到大运河的哺育和滋养，经济、文化发展得较早。这里水路四通八达，交通运输异常繁忙，加之气候湿润，春夏秋冬四季分明，因此，在丰收年景，除稻麦之外，四时蔬菜不绝，风味各异。乡村农家，户户种桑树、养蚕，还养鱼、虾。这个小集镇上，颇有几户读书人家，朱聚生就生长在这诗情画意、得天独厚的环境中。

朱氏祖上原在沈荡镇乡下韦陀荡（千亩荡）朱家圩（现沈荡镇聚金村）。朱聚生的祖父朱同义在清光绪初年，经人介绍来到沈荡镇一家糕饼作坊做学徒，他在那里学做各种糕饼。经过三年的学习，满师后，又做了一年伙计，便离开作坊，自立门户，开始创业。

千亩荡（徐张平摄于 2020 年）

清末明初时，沈荡镇的水路交通就很发达，已有通往嘉兴、王店、凤桥、乍浦、盐官、袁花、硖石、湖州、苏州的航快船。便利的水路交通，促进了物资的快速流通，使当地商业异常繁荣。民国初年，沈荡的商贸交易达到鼎盛，商业营业额已经超过了海盐县城的营业额。至抗战前夕，沈荡集镇有大小商店三四百家，为海盐所辖各乡镇之首。故有这样的描述："东市有木行，中市有钱庄，东西两爿当，还有三十六爿稻米行。"镇上商家林立，南北杂货、纸马香烛、糖果烟酒、绸缎布行，应有尽有，可见沈荡商业之盛。在这众多的商行之中，丝行在全县范围内要数沈荡最多。民国初年，沈荡镇有恒丰、石泰昌、齐永隆等六家丝行，比之县城多三家。其中叶大昌丝栈为最大，清代就开设于王家小桥，染坊设于中市。他们向蚕农收购土丝，部分自行加工，销往上海、江苏盛泽等地，规模很大，仅房屋就占全镇丝行房屋的三分之一，还拥有土地数千亩，并在新篁镇设有分栈。后来，由于后辈不善经营，还染上吸鸦片的恶习，至民国初开始衰落。其他商行要数王三和南货腌腊店规模较大，朱义昌南货、天和斋、朱裕兴均为百年老店，生意特别兴旺。

朱裕兴糕饼店就是由朱聚生祖父朱同义经营的。

朱聚生父祖三代人以商聚居在人称为"沈荡大河港"的地方。朱裕兴起初规模并不大，就开设在这小镇的中市街阳春弄口，制作状元糕、芡实糕、松子糕、月饼、麻饼、姑嫂饼等多个品种的糕点。由于朱同义的制作技艺水平高，糕饼色香味全、口感好，赢得了顾客的赞赏，因此一传十，十传百，吸引了众多人前来光顾，生意十分兴隆。在此基础上，朱同义又研发了大麻饼。大麻饼选用麦粉为原料，形圆如月，直径有二十八厘米，厚一点五厘米，用白糖、桂花做馅，成坯后两面再撒上白芝麻。大麻饼色呈微黄、甜而不腻、松香可口、包装精美，成为逢年过节走亲访友时馈赠的礼品。此后，大麻饼成了朱同义名点产品，也成了海盐地区的特产，闻名于杭嘉湖一带。

民国初期，朱同义又将单一的糕饼作坊与营销扩展至南北杂货，取名号为"朱裕兴南货店"，还在紧挨着阳春弄的送子弄里开设了一家商店。朱聚生的家庭从他祖父在沈荡镇开设朱裕兴糕饼店起，便以此收入为主要生活来源。

朱聚生的父亲名叫朱善昌。到了他这一代，家境依然殷实。朱善昌继承父业后，凭借灵活的经商头脑、超强的业务能力，扩大了业务，又增设纸马、蜡烛等商品。招聘店员三至四人，作坊工人五至六人，朱裕兴南货店生意也越来越好，渐渐在沈荡镇饼茶食南货行业中崭露头角，与朱义昌南货、天和斋并列为三大名店。

朱善昌与原配夫人婚后不久，原配夫人便产下一子。望着儿子粉嘟嘟的脸蛋，朱善昌兴奋不已，他给儿子取名琦生，小名琦观。一家人有了琦生，对生活充满憧憬。然而，天有不测风云。琦生十五岁那年，朱善昌的原配夫人突然患病身亡。她的离世，让朱善昌伤心不已。原本幸福的家庭，顷刻间支离破碎。以后的很长一段时间，朱善昌都缓不过劲来。为了这个家，朱善昌的母亲托媒婆给儿子续弦，一来冲冲霉气，二为想再给朱家生个一男半女，让朱家门第再次兴旺，也让儿子振作起来。一年多后，朱善昌续弦赵氏。

赵氏是海宁硖石人。她为人诚恳、勤俭持家，是丈夫的好帮手。这让朱善昌做起事情来得心应手，对生活重新燃起希望。

从朱裕兴南货店入内，上楼便是朱善昌的房间。1924年的一天，随着婴儿的一声啼哭，朱家第二个男孩——朱聚生降生了。"生了一个男孩！"朱聚生的母亲赵氏乐开了怀，朱善昌郁郁寡欢的心情也顿时烟消云散。这男孩的到来，让原本笼罩在朱家头上的乌云一扫而空。朱家十八年后，再得一子，上下喜气洋洋，一个合家期盼的愿望终于实现了。朱善昌命人摆起香案，恭恭敬敬地叩头跪拜。老祖母第二天清晨就去邻近的沽云寺、永宁禅寺烧香拜佛，祈求小孙子长命百岁。那时朱家最为庆幸的，是终于又有了一个延续香火的男孩。当然他们不会想到，这个朱家的男孩，后来成了中国杰出的共产主义战士和烈士。

　　祖母对初到人世的第二个孙子的钟爱是难以形容的。朱聚生几乎是慈母的命根子，也是老祖母心爱的一块"宝玉"。朱善昌给儿子取名"聚生"，就意味着一份聚集重燃香火的希望。"生"意味着"重生"，也意味着"生机勃勃"和"生生不息"。朱家将朱聚生的诞生视为门庭兴旺的开始，对他寄予无限希望与期盼。

第二节　三岁丧母，私塾发蒙

　　多年以后，朱聚生的小女儿朱荒红面对笔者的采访，曾这样回忆："听邻居们说，父亲聪慧而善良，小时候勤奋又好学。"

　　朱聚生在富裕的商家长大，他年幼时，哥哥琦生已经成年，并掌管朱裕兴南货店的事情。朱聚生生得虎头虎脑，眼睛大而有神，流露出儿童的天真与稚趣，越发逗人喜爱。他老祖母去哪儿都喜欢带着他。父母在儿子身上看到人生的希望，经商更用心，对生活更有了信心。母亲宠爱他，哥哥也疼爱这个弟弟，南货店里上至账房先生，下至学徒，没有一个不喜欢他的。

　　1926年夏天，怀着身孕的赵氏领着朱聚生回海宁娘家省亲。一天，赵氏端着木盆到河边洗衣，由于长时间没下雨，河床干涸，河埠搁浅着一木筏，赵氏便蹲在上面洗衣服。这时河中驶来一艘轮船，速度飞快，卷起的浪花瞬间形成一阵波浪涌过来，木筏颠簸，赵氏见势不妙，急忙起身，无奈波浪无情，使木筏上下起伏、颠簸不停，她顿时站立不稳，身子前后摇晃了几下，不慎跌入河中。岸上人见此，连呼救命。无奈木筏倾覆，将赵氏压于筏底，赵氏连同腹中胎儿不幸溺水身亡，令人唏嘘。

朱聚生那年刚好三岁，朱善昌眼见儿子日日夜夜呼叫着妈妈，心痛不已。为了安抚孩子，朱善昌再次续弦，娶湖南籍曾氏为妻。曾氏心地善良、通情达理，她视年幼的朱聚生如己出，关怀备至，让痛失生母的朱聚生重新感到慈母的温暖。

1931年秋，朱聚生八岁。按照中国的传统，朱聚生已经到了开笔启蒙的年龄。朱家自然想要好好培养朱聚生，希望他将来可以出人头地、光宗耀祖。朱善昌在镇上打听了一下，得知几家私塾中，送子庵弄的陈先生教得最好。陈先生名云轩，早年就在送子庵弄西办私塾，收的学生年龄大小不等，从八岁到十二岁的都有，有十余人。中国的旧式教育是从《三字经》《百家姓》《千家诗》开始的，除了这些，一般还教授写毛笔字、打算盘。听说陈先生对学生很严格，学生放晚学前，必须做到"点花夜记"，就是将当天教的一段课文在孔子画像前背诵给先生听，背完方能回家。假如背诵不出来，学生就不得回家，还要被戒尺打掌心。

朱聚生从小就很懂事，不讨大人的嫌，但第一天上学临出门时，继母曾氏还是叮嘱他，在学校要尊敬先生、听先生的话、与同学和睦相处、不要欺负乡下来的同学、更不许说谎话等等。朱聚生由继母抚养长大，对她说的话总是记在心里。上学的第一天，朱聚生由父亲陪送去送子庵弄的陈先生处。按照规矩，朱聚生由父亲领着，礼拜了先生，奉上学资和礼品，然后由先生领见同窗学友，分发糖果糕点做见面礼。

孔子像挂在私塾堂前，学生每天早上到私塾，两手必捧着书和笔向画像拜一下，放学之前再向画像拜一下。朱聚生心想，传说陈老师对学生严格的事，看来不是假的。在私塾就读期间，朱聚生上课总是认真听讲，几乎能过目成诵，如此聪明、活泼的学生，令陈先生另眼相看。因此，陈先生从没打过朱聚生板子，也没有关过他"夜学"。

第三节　受师影响，为人正直

一年后，朱聚生进入沈荡镇东小学读书，校舍设在地藏庵内，师从任渔乐先生。任渔乐思想进步、为人正派。他常常教导学生读书求上进，做人要正直。得益于他的教导，朱聚生做起事情来，很有主见。任渔乐老师很欣赏他，朱聚生也颇为懂事，与同学们相处和睦，干果坚、沈文珍、王银汉、王坚等同学也喜欢与他交朋友。不经意间，朱聚生成了同学们的领头羊，下了课，只要他一招呼，同学们都喜欢跟他玩"官兵捉强盗"的游戏，每一次他都扮演"长官"角色。他们还玩"老鹰抓小鸡"游戏，而他则是抓小鸡的老鹰。任老师看到后，发现朱聚生除了学习好外，还有潜在的领导能力。由此，任老师就指定朱聚生担任班长，让他管理全班的学习，还叫他负责考勤和纪律等班务工作。这使得朱聚生的才能从各方面显露出来。

有一次，班上有名女同学的橡皮不见了。她怀疑是一个男同学偷去的，可又不敢说，急得直掉眼泪。朱聚生得知此事，一边安抚这位女同学，一边在班里暗自调查，最后找出了拿橡皮的男同学。随即，朱聚生把男同学叫到一旁，颇为生气地训斥他，这个男同学自知理亏，只好承认橡皮是他拿的。于是，朱聚生让他保证，以后绝不可再有类似的事情发生，在朱聚生的坚持下，男同学认了错。事情平息之后，朱聚生特地从家里拿了些糕饼给这名男同学吃，以奖励他知错就改的行为。从那以后，班里再没有同学做这样的事情。这件事情也让任老师看到了朱聚生充满智慧的处事方式，深感欣慰，更加欣赏和信赖他了。

任老师的思想影响着朱聚生。有一天，朱聚生从任老师那儿回家，正走着，忽然听到一个妇人的号啕声从街边一幢楼上传来。他停住脚步，赶忙上前询问正在看热闹的人。询问之下，朱聚生得知，原来是街坊邻居马家夫妻俩在吵架，马家的男主人说其妻子有外遇，与别的男人偷情，败坏了他家的门风，因此吵着要休妻，要把她赶回娘家。如若不回，就叫她自行了断。然而，马夫人认为，这是丈夫无事生非在诬陷她。现在丈夫借题发挥吵得路人皆知，没事也成了有事，搞得她颜面尽失，难以做人了，所以正哭闹着寻死觅活地要往楼下跳。

朱聚生一听，三步并作两步跑去楼上，一把抱住马夫人，对她好言相劝，说："你只要坐得正、站得稳，就不怕别人说什么。再说，你如果死了，那就真跳到黄河也洗不清了。"转而又对她丈夫说："俗话说，捉贼捉赃，捉奸捉双，你不能随便诬蔑你的妻子。"经过朱聚生一番好说歹说，眼看要闹出人命的一场风波，终于平息了。

这两件事被老一辈沈荡镇居民视为美谈，都觉得朱聚生不仅聪慧过人，还爱打抱不平。在朱聚生牺牲多年后，故乡的亲友回忆说起这两件事，仍带着夸奖的口吻说："人小鬼大，行侠仗义，救人一命啊！"

朱家是开糕饼南货店的，一年四季，早上拔下店板，晚上装上店板，白天主顾来往，晚上店员睡觉，平时不允许儿童打扰做生意。朱裕兴过年不营业，到了大年初一，店堂里才变成儿童与大人们的游乐场所。继母曾氏喜欢热闹，加上春节是一年四时八节中第一个节日，特意添置了灯笼、炮仗、锣鼓等，这给朱聚生带来无穷的乐趣。对于孩子们来说，过新年好比天上换了个新太阳，天地换了新气象。

这年正月初一凌晨，朱裕兴的主人朱善昌开正门之前，先在院中燃放爆竹，祈求开门大吉、高升发财，俗称"开门炮仗"。爆竹声将朱聚生从梦中惊醒，他一下从床上跃起，冲下楼来，早已候在那里的继母曾氏，立即喜笑颜开地将炮仗递给他，朱聚生接过炮仗和店员一起点燃，听着天空中不断传来的爆竹声，对到来的新年充满憧憬。

朱聚生最感兴趣的是正月初五，这个日子为财神生日。海盐县城从古至今，都延续这个传统——迎财神，沈荡为商业重镇，商家自然都想今年有个发财旺家的机会，因此，都乐意迎接财神。旧时，每逢正月初四，渔行的活鲤鱼就卖得特别好。鲤鱼与"利余"谐音，又称元宝鱼，因此，初四接财神夜必用鲤鱼。沈荡大河港的水养的鱼虾特别好，吃起来特别鲜，所以到了这一天，渔行的伙计用红线系住鲤鱼的背刺，一家家地送，称"送元宝"。

送子庵内有一尊观音菩萨，这条弄因此而得名。除了那些婚后不孕的妇女前来求子外，庵里还有一尊财神菩萨。接财神是经商人家一年中最隆重的祭祀活动。按照习俗，在每年正月初五凌晨，镇上的商会组织人就要把菩萨抬出来，从东街粮站弄口出发，沿途往西，一路上敲锣打鼓为每户商家送一炷香。寓意是送进财元宝，讨个好口彩。每当这时，朱聚生的继母曾氏便吩咐伙计用两张八仙桌拼接起来，按民间饮食习惯安置：先水果，次糕点，再酒菜，后面饭，最后饮茶。朱聚生也不闲着，他与伙计一起忙着摆弄水果、糕点之类的东西。然后，店主朱善昌带上香烛，叫上儿子琦生、聚生一起，候在门口，等财神接到，一家人以及伙计，便依次向财神礼拜。并将那炷香插在供桌后面的香炉里。等仪式完毕，朱聚生同伙计们都使劲地摇算盘，用秤杆打秤盘，弄得屋内屋外响成一片，意为"响响当当，大吉大利"。在一片笑声与响声中，店主朱善昌邀上朋友、伙计喝"财神酒"，与全家人一起互祝在新一年里"财源茂盛，生意兴隆"。

朱聚生跟着父母亲做这些时，觉得很有趣，尚未意识到这里面有扎根于民间的传统民俗文化，但对做生意旺财等，他好像也不以为然，甚至觉得不是自己想要追求的东西。究竟想要什么，连他自己也不是太清楚。只是隐约觉得任渔乐老师所教导的"读书求进步，做人要正直"的话语，才是他所要追求的人生目标。

第二章　面对抗日，激情燃烧

第一节　儿时伙伴，多为"名流"

朱善昌很忙碌，一直忙着做生意、扩大业务。在他看来，赚钱养家，并将事业做大，才是一个男人的本分。所以管教儿子朱聚生的事就由妻子曾氏做主。不过，朱聚生可不像父亲，喜欢待在家里忙生意，他更向往着外面的世界。

在朱聚生的眼里，故乡人中的"名流"就是儿时的伙伴。

1932年，对中国来说是一个多事之秋。

1月28日，日本侵略者进攻上海，驻防上海的国民革命军第十九路军在全国人民抗日高潮的推动下，奋起抗战，爆发了历史上著名的"八一三"淞沪抗战。昔日繁华的大都会，笼罩在战火的苦难恐怖之中，到处是枪炮硝烟，到处是惊恐、逃难的人群。

中日两军在上海近郊激战。消息传到浙江，海盐虽还没有被波及，但早已是人心惶惶。

抗日战争爆发前夕，即从"九一八"以来，蒋介石的国民党政府一直坚持"先安内后攘外"的政策。1930年12月至

1934 年 10 月，蒋介石对共产党的红色根据地——中央苏区先后发动了五次"围剿"，红军因此于 1934 年 10 月，被迫进行了举世闻名的二万五千里长征。

当局的所作所为与不抵抗政策，让一些进步作家不满。1933 年《文学》和 1934 年《译文》杂志的创刊，正是在工农红军反"围剿"最激烈的时候，而文化反"围剿"，也在上海悄然进行。这场文化反"围剿"的斗争，也影响到了嘉兴。于是，进步的文学青年便发起组织成立联谊会，开展社会活动。

这个青年文艺研究社最初于民国二十三年（1934）的冬天，由吴文淇、吴九华、沈当英、邹敏华、蔡敏、陈青民、吴倍禄、富守人、虞文浩发起筹备，名为"嘉兴地区青年联谊社"。总社设在嘉兴，分社设在沈荡。活动宗旨为：主要以流动图书的形式，交流、拓宽知识面，借此宣传抗日。此后，富守人介绍章齐一（洪均）参加，章齐一又联系各方好友相继入社，如贾德荣、陈时俊、曹家祺、周迪颐、张善金、王凤翔、许鹏霄、任渔乐等人。

嘉兴地区青年联谊社第一次筹备会议在沈荡举行。出席这次会议的社友共十余人，会议由吴文淇主持。会上，通过了组织章程、征求扩大社友的意见，确定借沈荡贲湖旅馆为筹备社址，并邀请蔡敏前来协助办理手续。经过半年多的努力，嘉兴地区青年联谊社筹备组于 1935 年 8 月，正式向海盐县国民党党部申请成立。在这过程中，县党部还两次专门派人到沈荡召集发起人谈话，进行考察。结果认为称"联谊"范围太大，应命名为"青年文艺研究社"比较妥当。

民国二十五年（1936）2 月 10 日，青年文艺研究社正式举行成立大会，县党部委派朱佩卿莅选。

青年文艺研究社第一任常务干事由贾德荣担任，改选后由许鹏霄担任。社址设在沈荡大庙里。经常活动的内容是流动图书，就是将各社友的图书集中在一起，由社编印目录分发给各社友，只要是社友需要阅读其中的书籍，就可向图书科借阅，不收取任何费用。

朱聚生家隔壁丰泰绸缎商店的学徒中，有一位叫富守人的人，年龄比朱聚生大八岁。那时，朱聚生还在镇东小学读五年级，班主任任渔乐与富守人均是社友，又是好朋友。他们志趣相投、思想进步，都爱读文学书籍。富守人下班后，常去学校找任渔乐谈心，一起参加社会活动。朱聚生虽然年龄尚小，但与富守人来往密切，每天放学后，他都会去绸缎商店找富守人。朱聚生通过富守人借阅图书，经阅读，他从中获得不少知识，不仅懂得了一些人生的哲理，而且提高了思想认识，受益匪浅。

文艺研究社的社友，大部分是青年。他们不是做学徒，就是担任老师，或者在瓷器店当营业员，抑或从事其他行业的工作。对文学的共同爱好和抗日救国的信念，促使他们走到了一起。这段时间，通过阅读文学书刊，文艺社的社友贾德荣、王凤翔、葛明哲、虞文浩、富守人等提高了写作水平，进而开始撰写进步文章在报纸上刊登。他们切中时弊并具有讽刺性的文章先后在《海盐民报》"海涛"副刊发表后，引起读者的关注。随后，他们的文章又在《嘉兴民报》"流虹"副刊、《硖石时报》"时钟"副刊等报纸上发表。朱聚生看到他们发表的文章，尤其是好友富守人的文章，内心很是钦佩和羡慕，他觉得这些平时看起来再寻常不过的人，做的事情却让他感到与众不同。于是，他与富守人接触也越来越多，借书也更加频繁。阅读后的心得体会，他也喜欢与富守人分享。他从内心产生了一个想法，有一天也要成为像富守人他们一样的人，用笔表达心声，为民众说话。

1936年6月，中国文艺家协会成立并发表宣言。同年10月，代表新旧各种派别的作家鲁迅、巴金、叶圣陶、郭沫若、夏丏尊、赵家璧、黎烈文、丰子恺等共二十一人，发表了《文艺界同仁为团结御侮与言论自由宣言》。宣言指出："在文学上，我们不求相同，但在抗日救国上，我们应团结一致以求行动之更有力。""我们要求政府当局即刻开放人民的言论自由，凡是阻碍人民言论自由之法规，如报纸检查刊物禁扣等，应立即概予废止。"这使全国各地的文学社团更加活跃，他们积极提出抗日救国的主张，要求当局开放创办报纸。沈荡青年文艺研究社的社员同样积极响应这些进步主张，这些主张也影响了朱聚生。朱聚生虽身居沈荡，但他的耳根并不能清净。相反，在故乡他目睹了一个更真实的人间，到处是剥削、压迫、贫穷、饥饿，逼着他睁开眼睛来静观一切，透视社会的众生相。

对于乡间的穷苦亲友，聚生往往给予深切的同情和关怀。对来到他家的穷苦亲友，他倾听他们讲述年成的丰收与歉收、喜悦和悲伤。他经常在位于镇东的沈荡大桥上看到触目惊心的一幕：大运河的两岸，密匝匝地排列着无数的水车，无数仅穿一条短裤的农民，头戴一顶草帽，正在那里踏水，火一般的太阳热辣辣地照着，猛烈地吸收地面上所有的水，拉纤的船工踩着干涸的河床艰难前行，背上刻着数道血红的纤绳印痕。这一切的一切都在他年幼的心里留下深深的烙印，让他感受到人世间的不公平，从而产生要改变这一切的念头。

1936年10月19日，一代文豪鲁迅与世长辞。

与朱聚生同为海盐人、鲁迅晚年最信赖的弟子之一的黄源，不仅亲历了鲁迅的离世，而且伴随鲁迅先生度过了人生最后的时光，还与其他的一些进步作家一起抬棺，送别鲁迅。鲁迅的离世对革命阵营是一个沉重的打击。

在鲁迅逝世后不到两个月，12 月 12 日，张学良、杨虎城在西安"兵谏"，扣留了蒋介石，要求停止内战、一致抗日，并发通电，提出"改组南京政府""停止内战"等八项救国主张。13 日下午，以周恩来为首，叶剑英等组成的中共代表团飞抵西安，在中共的努力斡旋下，促成了国共再次合作，共同抗日。至此，中国的时局发生了重大变化，出现了一个新局面。

1937 年 7 月至 10 月，青年文艺研究社举行了首次"鲁迅先生作品展览会暨纪念鲁迅先生逝世一周年"活动。社友们在会上纷纷发言，表示要以鲁迅先生为榜样，以笔做刀枪，坚持抗日，反对卖国求荣，反对独裁，与社会上一切腐败的风气做斗争。活动期间，展出了鲁迅先生的《呐喊》《野草》和其他文学书籍。朱聚生不止一次地去参观，还专门借阅了鲁迅的作品阅读。他平时与大家读得最多的就是鲁迅的《呐喊》。当读到单四嫂子的福儿等不到天明，就死在妈妈的怀中时，朱聚生的声音哽咽了，围坐倾听的社友们，有的眼含泪花，有的低声抽泣，大庙里一盏油灯忽暗忽明地亮着……

蝉在窗外鸣叫，似乎想对人世间启示着什么，这一切的不幸，让朱聚生越来越清醒。

第二节　友人之举，爱国心起

战火很快烧到了嘉兴。1937 年 11 月初，日本人在上海金山卫登陆，悍然入侵杭州湾，数艘军舰炮轰海盐。城乡百姓为避战火，四处逃难。《黄源回忆录》里有这样的记载：

5 日炮声后，海盐报社的陆尹根派人前来找我，说炮声响了，你应该说话，写文章给本报发表。我当即答应，当夜我抱着一片热忱，写了一篇《炮声响了——告警中敬告全邑同胞》。……但这文字在次日晨刊出时，这小城已在一夜之间变成空城了。

朱聚生身处沈荡，从大人们的嘴里获悉日本侵略者的炮弹已经轰炸海盐，海盐的政治、文化、教育、新闻全都停滞。县城里的人都为避炸弹逃难去了，海盐县城已是一座空城。谈论时局时，大家都说沈荡远离铁路、公路，不会遭兵火，况且镇小，全无设防，空袭也不会来。

11 月 10 日，黄源独自在老家面对父亲的灵位写下了《赴火线去——临别给亲友家族》一文，成为他当时誓死抗战、决心一死的证明：

别了，亲爱的人们！

在随军出发的前夜，我再没有话说了。在这无言中，我们彼此的心，都是雪亮的。

因为我们前面，只有一条路，就是每一个人该用尽他的力量，誓死往前冲而不往后退，把敌人逐出国境！

所恨的我不能直接拿起枪杀，这是更痛苦的事！但我要用尽我所尽的力量，将前方的战况，前线上的长官的士兵奋勇杀敌的可歌可泣的事，正确而详细地报告并描写给后方的读者。假如我的文字能有一分效力，直至敌人出境，不然则死而后已。

次日清晨，他便以随军记者的身份随着队伍出发了。

这篇发表在《海盐报》上的文章，应该说，在当时鼓舞了沦陷区的海盐人民，更激起热血青年强烈的爱国心。

1938年2月22日，朱聚生正在家里做作业。这时松江已经失守了，嘉兴被日军的飞机炸得不成样子。海盐县城已经被日军松木部队占领，他们见人就杀，看见妇女就强奸。

下午，小镇依旧平静。这时一架日军飞机在沈荡镇上空盘旋几周后，竟在这个全无抗战设备的小镇上投下了两枚炸弹，轰炸了沈荡。强烈的震感使朱聚生家墙壁、地板都在发抖，热水瓶倒地。当场炸死了梅史堰的老百姓八人，另有六人受重伤。这下把镇上的人吓得纷纷携家眷四处逃难。许多年后，朱聚生的小女儿朱荒红回忆说："祖母曾讲，这天晚上，祖父在房间的后窗敲敲说，大娘，东洋人要来了，大难要来了，快避一避吧。"随即到乡下亲戚家避难去了。而沈荡青年文艺研究社也因成员跑的跑、躲的躲，解体了。

第三天上午，日本军队杀进沈荡，他们实行"烧、杀、抢"三光政策，举着火把，端着明晃晃的刺刀，挨家挨户抢劫，烧毁商店民房数十间，日本人的铁蹄踏碎了往日街道的繁荣宁静，散发着尸体焦味的烟雾笼罩着整座小镇。次月底，日军从嘉兴来沈荡附近"扫荡"，抓住当地群众数十人，将十七人杀害于镇东市梢硝皮作坊。不久，又抓了二三十个老百姓，五花大绑，将他们赶到沈荡大桥，押至桥顶，然后把他们一个个推入河中，等他们喝饱水后，再拖上岸，又残酷地用脚踩踏他们肚子，将他们活活折磨致死。

目睹日本兵这般行径，曾氏气不打一处来，对聚生说："这些兵下身穿块尿布，在街上走。吃了饭，还在锅里拉屎。"

朱聚生听后，气愤不已，说："如果我手里有把枪，就和他们拼了。"

嘉兴城沦陷，海盐沦陷，沈荡镇沦陷。

这座千百年来繁华富庶、文雅风流的江南古镇，成了日军的占领区，弥漫着硝烟和杀气。

1938 年春天，国民革命军 62 师从浙东渡海攻打海盐，并向农村推进，准备以农村包围城市的形式，建立游击区。当时，这支部队中还有新成立的"浙江省第三战区政治工作队"（简称政工队）。它是抗日战争时期国共合作开展抗日救亡运动的群众团体，有省属、区属、县属等之分。这支政治工作队共有一百五十人，全由有文化知识、思想进步、体格健壮的男女青年组成，这些经过严格挑选和军事、政治训练的成员在"冲过钱塘江，收复杭嘉湖"的口号下，从绍兴出发，北渡钱塘江，来到海北地区。中共浙江省委利用政工队这一合法的组织形式，派了大量党员在各个队内建立党支部，使共产党员在政工队活动中起主导作用，从而使大多数政工队成为宣传党的抗日主张的群众工作队。政工队大队由 62 师政治部指挥，驻海盐县城（后迁至软城）。他们被分成三个区队：一区队去新篁，二区队去海盐县城，三区队去沈荡。主要是配合 62 师在农村建立工作据点，协助国民政府接收城镇，恢复政权统治，而政工队的任务，主要是在基层发动群众，为坚持抗战打下思想基础。

四五月间，国民革命军开始围城，向县城的日军发起总攻。日军在城中纵火，将城中的民房烧毁。5 月 15 日，国民革命军经过一番强攻之后，收复海盐县城。日本侵略者败退至平湖、乍浦。随着国民革命军重新掌握地方军政大权，他们在城镇建立起国民政府。海北自黄湾以北，硖石镇以东，嘉兴、平湖城乡以南，建立起第一块根据地。与此同时，省政工队做了许多调查研究，帮助国民政府组织民众，负责宣传抗日民族统一战线、制定抗日共同纲领、恢复工商业、安抚民心等事宜。随着统一战线的巩固，共同纲领的制定，民心暂时获得安抚，因战争导致的混乱不堪的社会，终于逐渐趋于稳定。

三区政工队到达沈荡后，立即向民众宣传抗日救国的思想。他们的口号是："有钱出钱，有力出力，有枪出枪，抗战到底。"帮助政府组织民众恢复工商业，社会日趋稳定。

海盐各地抗日团体纷纷成立。

青年文艺研究社的社友获悉这一情况后，陆续从四面八方回到沈荡。在省政工队的指导下，在文艺社的基础上，组织成立了抗日救国青年团、歼敌剧团、沈荡抗日妇女工作队等抗日团体。这些社团的社员通过宣传抗日救国思想，组织救护伤员，排演抗日剧，为抗日救国贡献力量。

许多次，抗日救国青年团团员们在桥梁、屋顶、墙壁上粉刷宣传抗日标语。朱聚生得知后，就跟着任渔乐、富守人，还有虞文浩、许鹏霄一起去。朱聚生当时还小，他们在墙上刷，他就帮着拎石灰桶。"打倒日本侵略者！""日本鬼子从中国滚出去！""积极拥护十大救国纲领！""打倒亲日分子，捕杀汉奸！"朱聚生拎着石灰桶，在铺着青石板的大街、小巷穿梭，望着不断地出现在街道、小巷墙壁上的一条条醒目标语，感到异常兴奋。同时，他还跟着去茶馆宣传。

歼敌剧团成立后，任渔乐、富守人都参加了剧团。排练抗日剧时，朱聚生正辍学在家，常坐在台下，观看他俩排练。剧团上街演出了，演员缺少服装，他就自告奋勇去向镇上的人借道具和演出服装。有一次，排演独幕剧，剧名叫《放下你的鞭子》，讲的是一个流亡关内靠卖艺为生的穷苦女孩饿得实在没有力气了，仍然在卖艺，直到晕倒在地。可她爸爸还用鞭子抽打她，她没有怨恨，而是替她爸爸求情。她深知这一切都是饥饿造成的，而造成一家悲惨命运的根本原因是可恨的日本侵略者。演员在台上倾情演出，观众在台下看到父亲打他的亲生女

抗日战争时期民间剧团演出《放下你的鞭子》

儿，群情激愤，责问："为什么要打你的亲生女儿？"朱聚生坐在观众席上，和场内的群众一样心潮激荡，难以平静。而歌咏队所唱的歌词中，有"国民党与共产党合作中国不会亡"的句子，他们还演唱了《毕业歌》《义勇军进行曲》《游击队之歌》《我们在太行山上》《黄河大合唱》等，激发人们拿起武器把日本侵略者赶出中国去。在政工队教大家唱歌时，朱聚生也坐在那儿跟着学唱，优美、激昂的旋律与歌词，使他倍感振奋。朱聚生被这些大哥哥、大姐姐昂扬的抗日斗志所激励。为防止日军从水路来犯，镇上发动民众在盐嘉塘河填塞河道，民众顶着烈日在河道中打桩，朱聚生看到后，很是感动。他立即跑回家将自家商店里的糕饼拿出来，送到河道边，慷慨地慰劳民众。年幼的他，或许还不能像大人一样为抗日救国做大事，但这种力所能及的事，他非常乐意去做。

海盐乡民在河道中打桩，配合抗日武装开展阻敌斗争（海盐档案馆供图）

这期间，日军时常侵犯沈荡。1938 年 12 月 13 日，日军五十余人从王店来犯沈荡，沿街对商店进行抢劫，大昌祥绸缎店的老板进行反抗，不仅被打成重伤，其店内货物也被抢劫一空。

日军的残暴行径，激起民众的强烈愤恨和反抗情绪，他们纷纷成立抗日的群众组织。沈荡抗日救国青年团（简称"沈荡抗青团"）成立于 1938 年 7 月 4 日，有团员三十余人，团长叶仰贤，副团长许宗源，下设总务、宣教、救护、特务四组，以及监察、审查两个委员会，团部设在沈荡镇王家小桥西塥叶宅。

沈荡抗青团抱着"抗日救亡，为国牺牲"的决心，积极从事抗日救亡工作。那日，适逢国民革命军 62 师 372 团与日军在十八里桥激战，歼敌二百余人。趁战斗间隙，该团 2 营来到位于沈荡中钱村的钱家祠堂休整。沈荡抗青团得知后，立即前去慰劳，并随营部船只，赴嘉兴凤桥慰问，与嘉兴青年抗日救国团联合进行慰问演出。

曹庄战事发生，沈荡抗青团和沈荡抗日妇女工作队一起，不畏艰险，冒着炮火，奔赴前线劳军。还在沈荡设立受伤官兵办事处，由沈荡海滨、民主、智远三家私立医院负责医治和承担药物，妇女工作队负责护理工作，抗青团担负前线救护、运送伤员等任务，仅一个月就救护伤员二百多名。

政工队了解到，沈荡镇上有许多儿童因战乱流离失所、无钱上学，而沈荡镇东小学已停办，这导致镇上的学生均已辍学。于是，就由沈荡抗日妇女工作队开办战时小学，黄秀任校长。这所名叫"第三战地小学"的学校的创办，受到小镇民众的欢迎，仅报名上学的学生就有近百名。政工队的葛百弓出任训导主任，教师由任渔乐、李石青等当地进步青年担任。说起李石青，朱聚生对她是了解的。她是镇上的一名女青年。因为身在沦陷区，没有办法继续深造，自从政工队到沈荡后，她就一直跟着他们做抗日救亡工作。有一天，62 师 368 团的伤兵从战场上下来，她就主动找到镇上开办私立医院的一位章姓的院长，请求他收容伤员。不仅如此，她还充当临时护士，负责为伤员揩血迹、包扎伤口、喂药、喂粥等。朱聚生对当地这两名老师都熟悉，并且与其关系还不错，得知开办学堂，也就去报了名。第三战地小学吸收学生一百余人，开设复式班，课本采用学校尚未教完的书本。朱聚生终于又有了上学的机会，在学校又受到了爱国主义教育。

1938 年 7 月 30 日，日军出动大批部队从嘉兴、硖石、平湖分三路围攻刚建立不久的海北游击区，将其包围。战斗从夜 9 时许开始，打得天昏地暗、树枝乱飞。62 师 372 团 2 营进行了顽强的抵抗，省政工队下属的三个区队，协助开展宣传、发动群众、救护伤员等工作。沈荡大桥两岸的田野成了血与火的战场。在炮火纷飞中，日军的进攻一次比一次猛烈，一次比一次疯狂。为避免更大伤亡，接上级通知，三个区队在日军再次发起进攻前，于凌晨 3 时许南撤。沈荡随即沦陷。政工队接上级命令，经钦城，通元、茶院至黄湾。政工队撤离时，李石青、周震楣等当地的十余名青年提出愿意与他们同行，说："我们不愿做亡国奴，也不甘做顺民，要为抗日救国出力。"区队长一时难以处置。这时二区队已赶到沈荡，他们身边带有当地的几名青年，于是，政工队队长决定把沈荡抗日救国团的青年也带走，到角里堰会合后，再南渡。在撤退过程中，为不引起敌人的注意，将全体团员分成小组坐船而行。

沈荡的大河港里，到处是折断的树枝、支离破碎的尸体和水草，附近的湖面上都泛起了触目惊心的红色泡沫。空气中弥漫着呛人的硝烟味，这硝烟味中含有一股浓浓的血腥味，使人一闻到就想呕吐。

朱聚生得知抗青队队员南撤的消息，心中默默为他们祈祷，愿他们一切顺利。

这一行三十余人，坐上木船，跟着部队朝软城驶去。一行人经软城、通元，驶向茶院。

茶院是一座集镇，这座小集镇既处于水道的十字路口，又处于陆路的十字路口，镇虽小，因位处交通要道，故而十分热闹。河西有一条长约五百米的石板路，店铺朝东一字形排列，跨河有油车桥、放生桥、环桥等。

政工队在茶院集镇稍作休息后，立即坐船向海宁黄湾镇驶去。他们与国民革命军62师372团2营经过茶院时，看见环桥上还有士兵在站岗。

下午约5点钟光景，队员们陆续到了黄湾，发现钱塘江边既无渡江船只，也无接应的人员。更令人揪心的是，还未到黄湾时，62师372团2营的队伍就去向不明。是故意放弃，还是无意中遗落了政工队？这批手无寸铁的政工队员，一下与组织失去了联系。于是大队长命令船老大从河浜绕道向原路返回。当船行驶至茶院太平桥地段时，突然遭到日军的袭击，机枪疯狂朝他们扫来。船上队员有的中弹身亡，有的跳入河中朝南岸奋力游去，还有的队员急忙将船靠岸，跳上岸躲在庄稼地里。

然而，还是有八九名政工队员被日军抓住了，于次日被日军在太平桥南岸残忍地杀害了。他们中有的被割舌致死，有的被剖腹挖心而死，有的被当成活靶子刺死，有的被装入麻袋扔进河里活活淹死。

这次遇袭导致二十二名政工队员牺牲，其中省政工队队员十四人，沈荡青年抗日救国团团员八人。这八人是许宗源、陈一峰、胡振之、周希章、吴人豪、吴仰高、金剑豪、陆松松。幸免于难的省政工队三区队队员葛百弓逃到韩家场（今澉浦镇六忠村），在农妇韩翠珍的救助下，藏匿月余后安全南渡。同时得到救助的还有沈荡青年周振楣。

许多年后，葛百弓在 1985 年撰写的《记抗战中一位崇高的女姓——我的恩妈》一文中，将这段经历真实地记录下来："次日，我到河里洗了澡，把仅有的短裤、背心洗了一下，连同十二元钱晒在田埂上。看到有人走来，我忙上前说：'老伯伯，你能帮我找个地方暂住几天吗？'他打量我一番，犹豫了一下说：'好的，你跟我来。'

"走到一屋前，老伯说：'有客人来了。'一位妇女抱着一个不满周岁的孩子出来，她朝我打量了一番。我央求她说，想在她家住几天。她见我这副狼狈相，说：'好的。'但马上又面露难色，略一思索后说：'如果黄翻译官（汉奸）来查户口，你可叫我姆妈，我会说明，但你不能开口。'接着又拿来她丈夫的衣服让我换上。

"在她家住了三天后，我很想去茶院看看情况，于是要求姆妈让我去走一趟。她说不要去，如果被翻译官查问，我的口音不对，是非常危险的。经她提醒，我心中难过极了。慈祥聪明的姆妈看出我难过的情绪，就说：'你一定要去，可打扮成割草的乡下人，若有人问你，你就说吾拉韩家场，其他话就不要说了。'还让我把'吾拉韩家场'五个字说说看，我学说了一遍，她笑了，并嘱咐我快点回家。

"在茶院太平桥西边的一棵杨树下，我见到一具尸体，手连臂砍掉，黑色的血凝固在草地上，面部青灰带肿，两眼怒目而视。这个人叫宋子馨，男性，二十二三岁。一阵异样腥臭扑鼻而来，我走向河岸往河里一望，一个惨绝人寰的场面展现在面前。船，有翻有沉，我们的同志零乱地浮躺在水面，尸体全都膨胀而使衣服崩裂，水平线上部分，肌肤都变黑，水下部分仍然白色，表皮脱落，蝇叮鱼啄，惨不忍睹。由于尸体肤色改变，一时难以分辨男女，……尸体我没有数，只能用'很多'两字做总括。在岸上殉难的同志，依稀可以辨认十余人，河中则无法辨认。"

这样悲壮而惨烈的场面，使逃过一劫的葛百弓多年以后，到海盐甪里堰寻访救命恩人韩翠珍，与韩翠珍站在当年战友们牺牲的河道边时，都禁不住老泪纵横，说："相隔四十三年，我站在太平桥上，抚今思昔，思绪万千，是'河山依旧，事物全非'了。"

沈荡抗青团团员殉难的消息传来，朱聚生难掩悲痛，很长时间都没法接受，他们的音容笑貌，一起玩耍，一起穿大街走小巷粉刷标语，排演抗日剧目等情景，时不时浮现在他的脑海里。这些抗青团团员的离世，使沈荡青年抗日救国团失去了一大批抗日骨干，最后导致该团解散。但这八位青年为抗日而壮烈牺牲的事迹，却永远留在朱聚生心间，激励他以他们为榜样与楷模。

8月25日，日军占驻沈荡惠业茧厂，沈荡又沦陷了。镇上商界恐日军骚扰，便派吴振林、陈阿王及保长送去鸡、蛋等物品。岂知，日军收下物品后，却将他们扣留并残忍地杀害，弃尸于荷花池中。

日军进犯海盐后的暴行，后由海盐县抗敌自卫委员会创办的《海北日报》披露，并有 1938 年 12 月 10 日刊登的署名艾艾的题为《我们应该牢牢记住》的一首诗。诗中这样写道：

> 这里是一片余烬未尽的焦土，
> 这里是一堆腐烂了的白骨，
> 这里是一块未干的血迹，
> 这里是一个拖碎了的尸首，
> 啊！
> 这是谁做的残暴的行为？
> 日本法西斯强盗，
> 给了我们永远磨灭不掉的痕迹！
> 我们应该牢牢记住。

诗歌揭露了日本侵略者践踏祖国大好河山、残杀中国人民的滔天罪行，号召民众牢记这一笔笔血债，投入抗击日本侵略者的战斗中去。

迫于恶劣的环境，海盐县的新闻业也一度陷入低潮。《海盐民报》《海滨日报》等报刊也先后停刊。

9 月，国民革命军收复海盐，日军退守平湖、乍浦，国民党军政向日军退出的区域进驻。次月，为了激发民众的抗日热情，由沈荡青年文艺研究社出面，筹备召开了一次追悼大会，纪念在这次抗敌斗争中牺牲的八位抗青团的青年烈士。经过文艺社的多方努力，征求到第三战区、省府、专区和及邻县各级组织的挽联、挽词、悼文三百余则，以及花圈、木刻、祭文等，文艺社还编印了追悼专刊分发给民众。此后，歼敌剧团还以此事迹排演了话剧，去各地演出，以鼓舞民众抗敌斗争。这期间，汤家桥小学复学，朱聚生再次入学，正当他欣喜于又有书可读时，因日军的进犯，学校又被迫停学，朱聚生又辍学了。

朱聚生感到很无奈，也很郁闷。他依然期盼着沈荡能恢复往日的安宁，能有张书桌可以供他读书。然而，事情并不能如他所想的那样。

1940年1月8日夜晚，日军从海宁硖石和嘉兴王店两个地方向沈荡发起进攻，攻进小镇后，他们从大庙场（永宁桥北）开始，一路纵火焚烧，西至梅史堰桥东堍，烧毁了商店与民宅千余幢，几乎焚烧了半个古镇。

此后，日机又在镇上盘旋，在王家小桥叶家老宅投下硫黄弹，有枚炸弹落在西面酱园，一下炸毁民房数十间，炸死两人、伤五人。日军占领沈荡后，他们可谓无恶不作，杀人放火，强奸妇女，掳掠百姓，强占房屋与财产，罪行累累。此后，据不完全统计，镇上被日军杀害的有八十六人，被强奸的有十多

日军步兵第55联队在沈荡镇集结（海盐档案馆供图）

人，被焚烧房屋有一千六百二十七间，被抢劫财物折合当时的银圆，约四万八千八百一十七万元，被逮捕关押的百姓达三百二十七人。

沈荡沦陷后不久，沈荡青年文艺研究社被国民党海盐县府的一纸命令取缔，1939 年 11 月，沈荡青年文艺社研究社解散。同时解散的还有沈荡抗日救亡队和歼敌剧团。

朱聚生惊愕了，也清醒了，沈荡镇在无情炮火下，在日军的铁蹄下，再不是温馨安宁的桃源，也找不到一张可以让他安心读书的课桌。朱聚生在心里暗暗发誓：要为死去的乡亲们报仇，宁死不做亡国奴。

参加市政工队剧团的任渔乐老师，在一次抗日活动中，由于叛徒汪梓荣的出卖，于 1940 年的一天凌晨，遭日军突袭，牺牲于嘉兴凤桥，与之同时牺牲的有四十余人。这在嘉兴抗日救亡史上留下了浓重的一笔。

噩耗传来，朱聚生悲痛不已。发生在自己身边的这一桩桩日军残暴血腥的屠杀，一个个友人和老师为抗日救国牺牲，使他进一步认识到日本侵略者的残暴，从而激发起强烈的爱国主义思想，他觉得只有好好读书，长大了才能成为像任渔乐他们这样的人，为抗日救国事业贡献自己的力量。

第三章　七县联中，巨大笼子

第一节　初出远门，兴趣四起

1941 年 1 月 4 日，震惊中外的"皖南事变"发生了。3 月
17 日，蒋介石发布命令，宣布新四军为"叛军"，取消新四军
番号，将叶挺交军事法庭审判。中共毫不退让，进行回击。20
日，中共中央军委发布重新建立新四军军部的命令，任命陈毅
为代理军长，刘少奇为政委。此后，虽然在各界的努力和斡旋
下，两党暂时达成了和解，但由此引发的国共关系的重大改变，
却不是这种妥协所能消弭的。"皖南事变"成了抗战期间国共
关系逆转的一道分水岭。

嘉兴沦陷后，各地学校被迫停课而导致学生无法求学，朱
聚生和所有学生一样，内心无比焦虑。就在这时，一个好消息
传来。1942 年 2 月下旬，嘉兴籍教育界著名人士陆初觉发起
筹建嘉属七县联合中学，校址准备设在昌化县颊口镇。他的倡
议得到浙西行署的支持，即成立嘉属七县联中理事会。七县各
设一至两名理事，陆初觉担任理事会主席，嘉善著名学者张大
方为常务理事，海盐周仰松为理事。这些理事专门负责为学校

筹措办学经费等。同年9月，浙西行署决定设立七县联中筹备处，并任命嘉兴沈大瓒为筹备处主任。校名全称"嘉属七县联立临时中学"。

这所设在浙西昌化县颊口镇的学校，准备招收嘉兴、桐乡、海盐、平湖、海宁、崇德七县的学生穿越敌人的封锁线，去往浙西后方学习。

学校采取择优录取的方式。招生考试时，朱聚生以优异成绩被录取进联中春季初中班，与他同时被录取的还有王都、周萍、沈志超、王乃昌、沈毅、韩汝、俞淑贞、吴英、朱大英、王坚、徐行春等，而盛韵玉被录取进春季简师班，顾熠清、韩秀娥、董纪英、盛云玉等被录取进秋季简师班。尽管这次招生工作做得很认真，发动也广泛，无奈时局不稳，又在沦陷区，加上正逢敌伪"清乡"，交通受阻，学生到不了现场考试，导致招生学额不足，仅以五十人的名额为两个班。

3月25日清晨，天还没亮，朱聚生就醒了，他点亮油灯，穿上衣服，举着油灯，走下楼梯，发现母亲曾氏早已在厨房忙碌着，她已经煮好稀饭，又准备了些自家生产的大麻饼、状元糕等。朱聚生说："姆妈，弄这么多做啥？"岂知，母亲对他说："昨夜我还煮了些茶叶蛋。路途遥远，你可以填肚，也可分给同窗好友。"她发现儿子没有换上她给他准备的新布衫，就嗔怪地说："看你，又穿旧衣，我给你准备的那件新长衫呢，怎么不穿，快去，快去换。"一边说一边催促。

朱聚生听后说："呒啥关系，外表嘛，无所谓的。"

可曾氏不允许，一定要让他换上。朱聚生这才上楼换衣去了。

吃过早餐，曾氏放心不下，执意要送儿子去轮船码头。朱聚生一手提个皮箱，一手拎个装有食物的网袋，娘俩一路行去。

街道上行人很多，大都是从乡下出来喝早茶的人，他们挑着自家地里种的农作物，篮子里放着数十个鸡蛋，趁着喝茶的时间，换取点零钱，买点油盐酱醋之类的，好回家烧菜。

镇上一条街道从东至西。镇上的人通常将其分为东（市）街、西街（市）、中市，也称作东横头、西横头。码头在镇东市的第二桥旁。

到了轮船码头，只见盛韵玉和她母亲在。朱聚生的母亲看见韵玉的母亲，微笑着点了点头，说："你也来送了。"韵玉的母亲回答："是啊，你也来了。"随之王坚也到了。这时，天已经亮了，阳光照射在河面，河面上波光粼粼。码头上，销售各种食物的摊贩不少，有卖香豆腐干的，有卖大饼油条的，也有卖水果的，他们直起喉咙喊着，叫卖声此起彼伏，使出行与送行的人感受到一种别样味道。出行的人，有出远门做生意的，有走亲戚的，也有远行求学的。时局不稳，处于战争状态下的人们，各自怀揣着一份忐忑的心情上了船。朱聚生看着同学们一一上船后，也跳上了船。根据县政府教育科的通知，他们到达海盐县城后在教育科集中，然后一起乘船渡过钱塘江，辗转到浙西昌化县颊口镇。

朱聚生乘坐的这条航快船，是开往海盐县城的。这种船源于绍兴，清末传入海盐。船形狭长，首平尾翘，船板较薄，统舱，上装半圆形篛篷，可以前后推动启闭，航行轻快。这种航快船都有固定的航行路线，如海盐至硖石、平湖至海盐、嘉兴至海盐等县城与县城之间的路线；还有乡镇至县城的路线。航快船大都在白天开船，当天来回，沿途有固定的停靠码头。每当船只靠近码头时，船上负责撑篙的人就拿起一面小锣"当当当"地敲着，因此人们通常称之为"敲锣班"。也有的船喜欢用吹号角或螺号代替。乘客们听到小锣或号角声，便纷纷收拾行李上船。

船开了。朱聚生在船舱内伸头朝岸上的母亲挥手道别。他望着码头上渐渐远去的母亲的身影，心里有一种说不出来的滋味。长这么大，他还是第一次离家，离开母亲，出门远行，前方等待他和他的同学们的究竟是什么？一切都不得而知……

这时船舱里热闹起来，开始有人在叫卖梨膏糖，也有人叫卖水果。不一会儿，有一个少女站起身来，她的手里拿着一副打竹板，一甩手，"啪答啪答"有节奏地响起来，接着唱上两句山东快板。还没等她坐下，一名盲人干咳几声，从挂在胸前的布袋里摸出小锣与小鼓，"咚咚当当"地敲打起来，嘴里还不停地哼唱着。

朱聚生一看，心想，他们这是在讨生活咧。每个人活得都不容易。王坚在旁边说："看上去怪可怜的。"盛韵玉听后说："是啊，只有出来了，我们才能了解外面的世界。"大家听了，相视而笑，点头表示赞同。

船很快驶出沈荡河面，进入海盐塘。河两岸的树、村庄，路上行走的路人，都迅速朝后退去。船头激起的波浪，拍打着船板，啪啪作响。盛韵玉转头问："到海盐有多少里路？"朱聚生说："听说有二十七里。"王坚说："我问过大人，需两个多小时才能到。"

这时，在一旁眺望两岸景色的俞淑贞突然大声喊了起来："快看，这好像是欤城大桥。"

他们赶忙将头伸出船窗。不一会儿，船停靠在欤城码头。那几名卖艺的人和卖梨膏糖的人上了岸。朱聚生望着他们的身影，心里一阵酸楚，对韵玉说："等下一班船过来，他们再上去。这些人就是靠这船反反复复、上上下下，流动着在船舱里挣些钱，维持日常的生活。"

　　船过轶城，经三环洞桥时，他们都看得目不转睛。朱聚生说："这座桥建得真漂亮。"盛韵玉听后说："我也是头一次看见。"经过天仙河时，河边停靠着几只渔船，岸上长有几棵参天大树，墨绿墨绿的。王坚说："听说这里的水质特别好，因此设有渔场。这里好些人就靠打鱼为生。"经过朱公亭后，船便驶入了海盐县城的市河。

　　船在天宁寺码头停靠后，朱聚生一行人，各自拿行李上了岸。经过天宁寺时，他们驻足观看，雄伟的天宁寺和宝塔让他们感叹。王坚说："这座宝塔真雄伟！"朱聚生听后，惋惜地说："可惜被日本鬼子的炸弹炸成了这等模样。"接着提醒："时间来不及了，下次我们有机会再来看。"催促着同伴一起前往教育科集中地点。当日，一行人乘船渡过钱塘江，然后辗转到达了浙西昌化县。

尚胥桥（又称三环洞桥）（朱俣摄于 1937 年 3 月）

第二节　联中学习，终破巨笼

朱聚生告别父母和哥哥，来到昌化县颊口镇求学，走出沈荡大河港，眼前是从未有过的绚丽和辽阔。

朱聚生走在通往宿舍的林荫路上，故乡的生活已是梦中的回忆。校园十分宽阔，校舍就建在山脚下，抬头仰望，群山叠翠，校舍旁边，溪水潺潺。他想起临行时母亲慈爱而又担忧的目光，她反复叮咛求学立身的道理，朱聚生不禁对母亲笑说："姆妈，你真啰嗦！"

嘉属七县联合成立的临时中学位于昌化县颊口镇，它虽然是一所新设的学校，但在这里从教的老师中有几位却颇有名气。朱聚生听说，学校教导主任、国文老师许志行是海宁人，在大革命期间曾受毛泽东同志的引导参加革命，并且与毛泽东的两位兄弟友谊颇深。而化学老师陈章耀，温州人，是中共地下党员，抗战前是南京化工厂的工程师。这些人在这里任教，给这儿的学生带来了学习的生机，也使他们自己获得了一份崇拜与敬仰。

开学了，学校对新生进行分班。朱聚生就读的这个班级有二十五人，成绩都不错。学校的设施很简陋，有黑板、课桌椅，没有其他设施，但教室很整洁。学生的食堂、宿舍大都是借用民宅，也有借用庙宇的。令朱聚生感到高兴的是，这所学校，不同于以往的学校，学生的学杂费、伙食费竟一概免除。这让他和同学们可以安心读书，不必为付不出学杂费而担心辍学。为了方便师生，学校还专门在昌化县城和颊口镇各设一个接待处，师生来往时，可得到膳宿招待。更让朱聚生感到高兴的是，学校虽说没有其他设施，却有图书室，室内的书还不少。他喜欢看书，因此，他觉得自己就像进入了知识的海洋，可以在深海里畅游了。

嘉属七县联立临时中学虽说是一所新创建的学校，但对学生的管理却非常严格。这让生活在乡野小镇上的朱聚生，似乎有点不太适应，他感觉学校犹如一只巨大的笼子，把数百只小猴子关闭在一个大笼子里，使之一道饮食，一道起卧，颇有些不自在。这时候的新式教育尚处在摸索阶段，主张新式教育的人虽鄙视旧式教育，但又不知如何将新式教育融入旧式的教学之中，因此，仍不自觉地用传统的教育方法管教着学生，这种新旧模式交织在一起的教育和管理方式，自然会产生诸多矛盾，怎能不使孩子们闹出点事情来呢？

许志行是朱聚生的班主任，同时兼任国文教师。许先生治学颇严，有高尚的人格和情操。课堂上，许志行和陈章耀经常向学生传播抗日救国的思想，教育学生要反抗日本帝国主义的侵略，坚决不做亡国奴，并且对国民党当局消极的抗日政策表示强烈不满与痛恨。在他们的启发下，学生们爱国主义热情普遍高涨，这种热情产生出的一种革命思潮日益澎湃。朱聚生很尊敬和亲近这两位老师，尤其是许老师对写作颇有研究，他的讲学通常通俗易懂、深入浅出、引人入胜，因此深得朱聚生的喜爱，从而使他对写作产生了浓厚的兴趣。朱聚生由于读书用功，逢考必优，因而深得许老师的欣赏与信任，也因此经常得到许老师的指导，他的写作水平由此进步很快，所写文章时常被贴在学校的墙报上，作为范文公示，供同学们参考。由于各科成绩名列前茅，加上富有正义感和爱打抱不平的性格，朱聚生在学生中逐渐崭露头角，树立起威信。联中的学生均来自嘉兴所属七县各地，学生有城镇的，也有乡村的，有男也有女，成长的环境不同，每个人的脾气和性格也各不相同，但朱聚生与他们和睦共处，学习上相互帮助，生活上相互照顾。他经常对同学们说："同学之间的关系是相互平等的，没有城镇与乡村、富足与贫困之分，大家享有同等的待遇。"朱聚生相互爱护、相互尊重、相互照顾的友爱思想，得到同学们的认同，这种平等的思想，促使大家形成一种相亲相爱的风气，使他们情同手足。一个学期过去，朱聚生在同学中威望颇高，被推选为联中学生自治会主席。

时值嘉兴人李馥承担任联中的校长。李馥承思想比较保守，主张闭门办学。在他看来，学生除了读书，就是读书，应该"两耳不闻窗外事，一心只读圣贤书"。因此，即便是在这国家民族危亡之际，也绝不允许学生参加社会上的抗日活动。这还不算，据说他的生活作风也不检点，专找女学生谈话，谈话时动手动脚，令女学生敢怒不敢言，此外还有贪污学生的伙食费等情况发生。如此一来，他在教师和学生中的影响极坏。朱聚生得知后，非常气愤，就联络学生，以学生自治会的名义组织学生去浙西行署反映。上访时，他们提出了李校长五大罪状。随后，行署教育局派专人到学校调查，调查结果显示情况完全属实，当局迫于压力只得撤换掉校长。这次成功上访，是朱聚生第一次体验从未有过的经历，他感到胜利的快感，心想，这下好了，学校可以有一个新的面貌了。为此，他和同学们都感到无比兴奋。

可是，情况与他所想的完全相反。不久，新任校长来校接替李馥承的工作。原以为新来的校长比原先的好，岂知，这个吴姓的校长比之前任有过之而无不及。这个时期，抗日战争开始进入相持阶段。之前，日军不断扩张中国占领区，战线的延长和长期战争的消耗，使得日本兵力、财力、物力不足的弱点已经暴露出来，日军的全面进攻并没有摧毁中国人民的抵抗力量，更没有动摇中国人民的抗日意志。中国共产党领导的敌后抗日游击战争的发展，大大牵制了日军，对其构成威胁。这一切使日本帝国主义的困难日益加剧，已无力再发动大规模的战略进攻。因此，日本的侵华战略方针发生改变，以政治诱降为主，致使国民党内发生变化，1943年亲日派汪精卫集团公开投敌，成为日本帝国主义侵略中国的工具和帮凶。蒋介石集团嘴上喊坚决抗日，但行动上却进行反共。得悉这些情况，朱聚生和同学们自然无法接受这种卖国行为，他们组织起来举行反对当局的不抵抗卖国行为的活动，却受到新校长的强力管制，他不仅把学生管得更严，还压制学生的抗日热情，阻止学生参加抗日救亡运动。

国民党的政治势力也逐渐渗透联中的校务，这一切，使得学校局势变得复杂起来，朱聚生感叹，学校已渐渐变质了。

这些渐变的力量，使一个好好的学校，由萌芽的春天状态渐渐变成绿树繁荫的夏日；由丰收的秋季，渐渐更迭为积雪的寒冬。人生的体质和精神，却在不断的历练中得到磨炼。

朱聚生的内心感到非常压抑，他从残酷的现实中看到了自己不成熟的一面，这一次经历后，他的思想逐渐发生变化，开始变得成熟。

朱聚生变得不再冲动，变得少言寡语。在同学和老师眼里，朱聚生成了一个好学生。他把诸多的不满深藏于内心，不再"逾矩"，也"不再反抗"。这个天赋聪慧与拥有独立思考能力的大河港的"宠儿"，似乎变成了一个"绝对服从的好学生"，也变成了一台随人摆布的读书机器。或许是母亲的教诲常伴于耳边，他变得越来越勤奋，越来越踏实，而他的用功也总是得到回报。

这时的朱聚生接受的是孙中山先生三民主义的思想，他和大多数同学一样，认为三民主义是拯救中国的唯一法宝。

暑假到了。有一天，浙西行署分团的书记郑士潮来到联中，他与校领导商量，准备挑选几名学生去天目山培训，主要是培养国民党"三青团"的骨干。经研究决定，挑选朱聚生与嘉善人俞志义二人去天目山集训。两人经过一个月的集训，返回联中后，立即组建起嘉属七县"三民主义青年团联中分队"。朱聚生任队长，俞志义任副队长，班上大部分同学报名参加了这个组织，组织还为他们颁发了团员证。此后，朱聚生组织团员积极开展抗日救国的宣传活动，带领团员们上街张贴标语、进行演讲，以唤起民众的抗日救亡热情。朱聚生通过这一组织，在实践中，提高了自己的政治思想觉悟和组织活动能力。

应该说，在联中的这一段时间，朱聚生和同学们的生活是很艰苦的。当时沦陷区的形势越来越来严峻，加上敌人封锁了交通线，嘉兴各县拨补的经费和公粮时常难以及时送到，导致学校经费拮据、粮食短缺，教师拿不到工资，学生吃了上顿没下顿，甚至到了穿草鞋，吃无盐、无油菜的窘境。然而，条件虽然艰苦，但学校教育秩序依旧井然，学校墙上贴的"富贵不能淫，贫贱不能移，威武不能屈"等标语，成为激励学生的座右铭。俗话说："巧妇难做无米之炊。"到了次年秋天，学校一度陷入困境，到了无米下炊的地步。为了使学校能办下去，陆初觉先生毅然把自己与朋友合办的大元皂厂生产的肥皂出售，并将所得款项全部用于学校师生的日常开销，以解燃眉之急。陆初觉先生救师生于危难中的慷慨义举，朱聚生看在眼里，记在心里，越发敬重陆先生的同时，暗自将他当成自己日后为人处事的榜样。

令朱聚生想不到的是，正是在联中的这段时间，他与盛韵玉互生好感。有一次，朱聚生回到宿舍，发现要洗的衣服不见了。有同学告诉他，是韵玉拿去洗了。朱聚生心中一热，一种异样的情绪涌上心头。等盛韵玉将衣服晒干送来时，原来破损的地方，早已经缝好了。此后，盛韵玉看他饭量大，就将自己节省下来的饭票赠送于他。这种两情相悦的爱情，犹如甘露点点滴滴渗入他俩的心田，两人情投意合，话虽说不出口，但心意都有了。

其实朱聚生上联中读书之前，就曾与一个姑娘谈过一场恋爱，无奈姑娘的父母不同意，这让他心里很不痛快。为这事，他还一度擅自离家到正在松江工作的好友富守人处。

富守人看他突然来到，且闷闷不乐，就询问他究竟发生了什么事，岂知朱聚生就是不说。无奈之下，富守人带着他游览了醉白池、碑廊、方塔、西林寺等风景名胜，趁他愉悦之时，再次询问，才知，原来他是与蒋某某谈恋爱失败，受了打击私自离家出走的。富一听，赶忙背着他写信给他沈荡的哥哥，留下他玩，等候他哥哥的回信。在富守人眼里，蒋某某是书法家、诗人的女儿，其家是书香门第，自恃清高。朱聚生长得"颧骨高耸、黝黑苍劲，眼睛突出而有神"，因此，有人喜欢叫他"朱天菩萨"。两人的家庭背景、性格、相貌都不太相衬。

晚上，两人睡下后，富守人问："你俩谈了几年？"

朱聚生回答："一年。"

"你想挽救吗？"

"不想不会来找你。"朱聚生说，"我与你是知己，你对这方面有经验，所以来请教你。"

"那么，我有意见你会怪我吗？"

"不会。"

"她，我认识的，瘦小的个子，林黛玉的性格，走起路来也斯斯文文，好像不合潮流，才女风格浓重。而你长得很粗犷，面目表情没有一丝温柔感，依我看，还是算了吧。"

朱聚生听后，不吭声。

时值富守人正在阅读胡明所著的《政治经济学基础教程》，朱聚生看到后，翻阅了一下，就说："可否将这书送我？"富守人觉着这本书已被列入禁书，如果让他带在身上，颇有危险。于是，便去书店买了一本艾思奇所著的《大众哲学》送给他。

艾思奇这个名字，对朱聚生来说很陌生。一上船，他就迫不及待地翻阅起来。片刻，他就被书中的哲学思想吸引，船上的喧闹声，也从他的耳边渐渐远去。这个叫艾思奇的人，原名李生萱，是位哲学家，云南腾冲人，1910年出生。其名字是从英文SH中得到的灵感，因而他将之当作自己的笔名。其成就在于将复杂的哲学写得通俗易懂，可以让普通民众对哲学了解一二。艾思奇曾留学日本，1935年加入中国共产党。他长期从事马克思主义哲学研究、宣传和教育工作，致力于把马克思主义哲学通俗化和大众化，积极与各种唯心主义论战，捍卫辩证唯物主义和历史唯物主义，为在中国传播和发展理性主义哲学做出了重大贡献。艾思奇鲜明的进步思想，通俗化、大众化、由浅入深的哲学道理，使朱聚生的思想产生了极大的震撼与冲击。他仿佛从一个懵懂无知的世界里进入一种光明的世界，对自己的未来有了一种新的光明的憧憬。

没过几天，朱聚生写信告诉富守人，他准备到天目山求学去了。

富守人立即回信，请他务必到学校后写信告知情况。

不久，富守人收到他的来信。两位好友，虽然远隔数百里，但并没有因此而疏远，依旧通过信件往来，保持着这份友谊。

1944年的冬天，朱聚生终于从联中结业，像一头被放出笼的狮子，怀揣着满腔的爱国热情，走出校门，走向社会，准备返回家乡后，投身于抗日救亡的洪流，拯救民众于危难之中，去实现他崇高的理想和抱负。

第四章　走在故乡，心境凄凉

第一节　对真正"家"，发出疑问

朱聚生告别老师，与七县联中的同学一路风尘地辗转回到日思夜想的故里。

从海盐县城天宁寺码头坐船沿着嘉宁线，船慢慢地驶向沈荡，朱聚生的心却没有几年前离家时的忐忑，两年多不见的河流还是那条梦中的河流，可是逝去的岁月就像儿时在船边掉落的花朵，早已向船后的奔腾的浪花翻滚而去，再也抓不住了……

当小船停泊在沈荡第二桥堍的河埠时，朱聚生举头一望，这难道就是日夜梦牵魂系的故乡吗？这是我呱呱落地的地方吗？他再次踏上故乡的土地时，感到故乡是如此的陌生，这并不是他梦中所熟悉的故乡啊！

他走在故乡的土地上，沿路都是断壁残垣，桥梁、房舍大都已被日军烧毁。大街上零零星星开着为数不多的店铺，整条街显得格外萧条。街上许多陌生的面孔用惊奇的目光，打量着朱聚生这一群人。朱聚生有些激动，他对盛韵玉说："这里大概是凌家米店……这里大概是冯家弄了……喔，这里的石埠头，还在！"听朱聚生操着一口本地话，旁人更觉得惊奇起来。

这真是"十年一觉扬州梦"啊！他想起了唐诗，他现在成了诗中的主角。

朱聚生与盛韵玉告别。

朱聚生沿着街道往前走，终于有人认出他来了。

"朱聚生！朱聚生回来了！"

这是幼年时期经常在一起玩耍的小伙伴。没等朱聚生说什么，他就热情地抢过行李，一起欢愉地朝朱聚生家走去。继母闻讯站在自家屋前迎接，朱聚生见到她，就赶上前抱住母亲说："姆妈，我回来了。"

母亲攥着两年不见的儿子的手，激动不已，松开手时，又紧紧攥住他的胳膊，从头至下，打量了一番，竟一时忘了让他进屋。

朱聚生赶忙携扶着母亲进屋，并让她端坐在客厅的椅子

沈荡镇西市被日军焚毁后仅剩下的几间破屋（海盐档案馆供图）

上，接着，"扑通"跪下，说："姆妈，我给你叩头，儿子不孝，让你担心了。"说罢，又恭敬地端茶奉上请母亲喝。

母亲伸手接过热茶激动地流下了眼泪，连连说："回家就好，回家就好！"

傍晚，重病缠身的朱善昌特意让妻子准备了一桌好菜，为求学回来的儿子接风。桌上摆满了朱聚生平时喜欢吃的菜——清蒸扁鱼、蛋卷、油豆腐烧肉、炒青菜，白切鸡等，再过几天就是除夕了，做父亲的心里高兴，就将平时除夕夜才吃的菜都用上了。在他心里，世道兵荒马乱的，儿子能平安回家就好，其他都是次要的。朱善昌一直因病卧床，听说儿子回来，顾不上那么多，挣扎着爬起来，要与儿子同桌吃一顿饭。席间，朱聚生向父母亲汇报了他的学习情况。父亲捧着儿子的结业证书，内心充满喜悦的同时，也感到了无限安慰。

第二节　心心相印，终结连理

沈荡被日军占领，生活在敌占区的民众，过着生不如死的生活，整个小镇笼罩在一片乌烟瘴气之中，安居乐业已经成了一个遥不可及的梦。无数商家已被炸毁，留下的商店也是苟延残喘地撑着门面。日军每天端着枪在镇上晃荡，那些为虎作伥的汉奸欺榨着老百姓，他们吸百姓的血，干着伤天害理的事。街道上躺着遗尸，路边的屋内留有孤儿与孤老。朱聚生寻找着小时玩伴中的热血青年，发现有的人牺牲了，有些人随国民党军队撤退去了后方。现在的伪镇公所，设在镇南三里地远的聚金桥，由日伪镇长陈新华把持着。

　　这种形势，让一心抗日救国的朱聚生感到忧心，然而，让他更感到悲恸的，是父亲的离世。

　　春节过后，朱善昌病情加重，不幸与世长辞。朱聚生万分悲痛，灵堂里，他跪在父亲的棺木前，眼前浮现出父亲生前在朱裕兴南货店、糕饼作场，艰辛从商、呕心沥血创业的历历往事。他觉得自己很对不起父亲，少有时间去倾听他的教诲。平时家里的事，总由父亲、母亲还有哥哥他们操持，他根本不知道生意是怎么做的，从没管过朱裕兴，也不想管。如今父亲走了，不管是他，还是家里人都感到天要塌下来似的。出殡那日，朱聚生站在灵堂前，看着大哥与大嫂站在父亲遗体两侧，各自扯着一张丝绵搁置在父亲的胸口，轮到朱聚生放置时，不知怎么，朱聚生感到自己的胸口一阵堵得慌。随后，主持葬礼的人将盛有饭菜的羹饭甏交给大哥捧着，将另一只碗用力在棺盖上摔碎，并高喊一声："起棺！"在爆竹声中，四名壮年男子扛抬棺材上路，大哥在前面捧着饭羹甏，朱聚生持着白布幡跟在棺材后面，直到父亲的棺材入了穴，他才像从梦中醒来，问大哥："阿爸真的离开我们了？！"

　　大哥望着他，心里一阵发紧，说不出一句话来，只是冲他点了点头。

　　父亲的离去，使朱聚生好一阵子缓不过劲来，心里总是空落落的。此后，他多次去父亲的房门前徘徊，恍惚中几回推门而进，想喊一声："阿爸。"可是房里寂静的四壁告诉他，父亲已经走了，再也回不来了。

　　朱聚生二十岁了。自朱善昌去世后，朱裕兴南货店的生意全由长兄琦生负责打理。曾氏觉得朱聚生已长大成人，想起丈夫临终时的遗嘱，就决定完成遗嘱中的两件大事：一是让聚生成家，二是立业。在曾氏看来，朱聚生不结婚、不做事，就会整天变得无所事事，搞不好会染上游手好闲、不务正业的毛病。况且，做母亲的知道，朱聚生在联中读书时，就有一个要好的女同学，他俩虽不同班，却相处得很好。这就是家在沈荡齐家乡下的盛韵玉。

盛韵玉，1924 年 4 月出生于圣安乡，小地名二湾斗村庄。父亲盛路珍曾在沈荡镇东市地藏庵东下岸创办盛记米店，母亲在家务农。盛韵玉的兄弟姐妹共有四人，她排行第三，上有哥哥盛渭滨、姐姐盛云玉，下有弟弟盛松泉。盛韵玉九岁时，入学镇东小学，从那时起，她就跟随父亲居住在镇东街豆腐弄西侧陈家房子里，除了放暑寒假，她很少回乡下家中。年幼时，她在农村，目睹村上的同龄人因为家中贫困，交不起学费而失学，只好待在家中务农，待到了一定年龄，就出嫁生孩子，人活一生，没有可以实现自我价值的想法和能力。懂事的盛韵玉，觉得不识字，就是个睁眼瞎子，一抹黑，长大后想做点啥都不行。于是，她斗胆向父亲提出她要读书。父亲很开明，就答应了女儿的要求。不幸的是，盛韵玉的求学之路非常坎坷，与朱聚生一样，她因为抗战爆发，战火烧到沈荡，日军轰炸沈荡，镇东小学停办而辍学。

盛韵玉（朱荒红供图）

1938 年，盛韵玉的父亲不幸患病离世。这时，沈荡已经沦陷，日军占领了沈荡，盛记米行在这双重夹击下，无力开办下去了。兄长盛渭滨无奈之下，只得关闭商店，另择职业，挣钱养家。

三年后，盛韵玉得知嘉属七县联合临时中学开始招生，觉得应该继续上学读书，去实现自己的理想。在征得母亲同意后，参加了入学考试，并以优异成绩被录取。发榜那天，她在榜单上看到了朱聚生的名字。不同的是，朱考取的是"联中春节初中班"，而她考取的是"联中春季简师班"。对这名曾在镇东小学就读的同学，她印象甚好，朱聚生成绩优异、为人正直、行侠仗义，好打抱不平，她早有耳闻。有了一个好印象，便有了以后的交往。

在联中期间，盛韵玉在学习上认真刻苦，生活上勤俭节约。她看到朱聚生饭量大、不够吃，就节省下自己的饭票接济他，还时常帮他洗衣服，缝补衣服。而朱聚生被她的温柔体贴所感动，也会在学习上帮助她，有时还会给她讲解题目。如此一来一去，两人就产生了一种美好的感情。只是限于当时的风俗习惯，不能自由谈恋爱，因此，谁也没捅破这层窗户纸。然而，在他俩的心中，早已有了一份默契。对朱聚生来说，他已经认定青梅竹马、两小无猜的盛韵玉为自己未来的妻子了。所以，当母亲按照传统习惯与他商量请媒婆去向盛家提亲时，朱聚生满心欢喜地答应了。三年过去，这份深藏在内心的愿望眼看就要变成现实。

俗话说，来得早不如来得巧。东市地藏庵弄有个李婆，得知朱聚生的母亲要托媒为小儿定亲，便约上乡下一个名叫石婆的作为搭档，自告奋勇地来到朱裕兴南货店老板娘面前，讨媒做，说乐意为朱聚生前去说媒。李婆还当着老板娘的面夸奖："说起来，盛家二小姐与你家还真是门当户对，她父亲盛路珍当年还在地藏庵东首下岸东，也就是复昌碗店西隔壁开过盛记米行。"此后，两个媒婆相约着择日前往齐家乡。她们见过盛韵玉和她的母亲，说明来意。接着，李婆便向韵玉的母亲介绍起朱聚生和他家族的情况来，凡是媒婆大都凭三寸不烂之舌吃饭，如此这般地夸奖了一番，韵玉娘起初还不知男方是哪方人士，一听说是朱裕兴南货店的次子朱聚生，内心很是欢喜，便欣然应允了。随后留她俩吃了中饭。等她们一走，韵玉娘就向女儿仔细询问起来。盛韵玉见问，便一五一十地向她娓娓道来。到了这时，母亲才知晓，女儿心里其实早有朱聚生，只是限于礼教和父母之命，不好意思向旁人透露罢了。那时的男女青年不允许自由恋爱，婚姻大事均由父母做主。如今女儿已二十岁，男大当婚，女大当嫁，还好，女儿的心上人，也是母亲所赞同的，这真是再好不过的事，可谓天赐良缘。

数天后，韵玉娘将韵玉的生辰八字，交给了石婆。石婆算作女方家的介绍人，她拿着韵玉的生辰八字去了沈荡，约上李婆，二人一起来到朱家，见过曾氏，向她递上韵玉的生辰八字，并且说上了一番好话。曾氏听后，兴奋不已，便留她俩吃了午饭。

她们一走，曾氏就找大儿子商量。但琦生觉得这是弟弟的私事，自己插手这事，未免有些不妥，于是就委婉地说："请母亲做主便是。"

曾氏转念一想，盛家韵玉虽然自幼与聚生读书时相识，彼此很了解，但了解并不代表他俩的婚姻就合拍。姻缘还是要讲个缘字，如果"八字"也合适，那就最好。否则，既误了人家姑娘，也误了聚生一生幸福。这么一想，曾氏决定自己找时间，去找算命先生算一下再说。

隔了两天，曾氏去了命馆。这家命馆位于子庵弄东首。算命人是一对盲人夫妇，丈夫名叫夏贤贵。他俩不仅精通占术，还擅长丝竹。空闲时，常以丝竹为乐，引来不少听众。由于占卜术颇有名气，因此，问卜者络绎不绝。曾氏好不容易轮上号，便上前问及。夏贤贵闻声，得知是朱裕兴南货店的老夫人为小儿择媳开合八字，便认真卜卦，过了一会儿，说："此卦不错，八字正合可以成婚。"曾氏一听，心中欢喜，付上谢钱，回到家中，即张罗起定亲的事情来。

朱聚生得知母亲到命馆算"八字"，心里很不以为然，说："算啥命？就算你们不同意，我与韵玉也会结婚的。合不合，是我与她的事，算命先生怎会知道呢？"

隔了几天，朱聚生陪同母亲去盛家定亲，毛脚女婿第一次上门，自然不能少了定亲礼。朱家是大户人家，彩礼除按照当地的习俗准备外，曾氏还特意拿上了自家生产的大麻饼、芡实糕、松子糕等，让亲家品尝。

一晃半年过去，朱聚生向母亲提出要与盛韵玉结婚的事。结婚是件大事，母亲与大儿子商量后，两人都觉得是时候给聚生操办婚事了。于是，母亲便决定择个黄道吉日，安排婚庆事宜。岂知，朱聚生却对她说："婚庆时，一例不准用船，不准用轿，也不搞迎聚仪式。"母亲听后，自然不解，问："这是为什么？"他答："我和韵玉是年轻人，接受的是新思想，这种旧的风俗应该摒弃。"

母亲听后，问："那你们打算怎么办？总不能什么都不办吧？"

朱聚生说："我们打算去上海旅行结婚。"

母亲一听，坚决反对，说："这算啥样子，结婚不摆酒，也不邀请亲朋好友，我们这种人家，这样做，有失体面，会被别人瞧不起的。"这倒也是，按照这儿的风俗习惯，有人结婚，亲朋好友都会来道贺，还要大摆酒宴，邻居也会来帮忙。

韵玉娘得知，也不同意。自己的女儿出嫁，连亲朋好友都不请，酒席也不摆，可不让人说闲话吗？然而，朱聚生与盛韵玉可不管这些，他俩主意已定，决意去上海旅行结婚。在他俩看来，这一来是向封建的礼教抗争，二来可以去外面的世界看看，多一点经历。双方母亲终究说服不了做子女的，最后只得依从了他们。

1944年金秋十月，丹桂飘香，在这个十里洋场的一个大都会礼堂里，朱聚生和盛韵玉举行了简朴而隆重的婚礼。要知道，朱聚生因患有慢性肠炎，体弱多病，去上海时，还生着病呢。多年后，他的小女儿荒红回忆道："听我祖母说，去上海时，我的父亲身体不太好，拍照时，由于站着嫌累，身后还需有人推着点呢。"照片上的朱聚生，穿一身西服，打着领结，看上去英俊潇洒，盛韵玉则一头短发，穿一身白色的婚纱裙，头上披着白色头纱，端庄中透着一份温柔与宁静。新婚的喜悦使朱聚生平添了几分精神，他们在上海逛"大世界"、购书、看外滩、探亲访友，沉浸在你侬我侬的情爱之中。

一个星期后，朱聚生夫妇才从上海坐船回到沈荡。一进家门，夫妻俩就怔住了：家中四间楼房中人声喧哗，热闹非凡。客厅中央贴着大红喜字，并排两张八仙桌上摆着一对大红烛，上面摆放着朱漆木盘，碟中盛有桂圆、枣子、糖果等。原来是母亲和大哥正在张罗着给他俩摆喜宴呢！他们请来街坊邻居、亲朋老友，准备庆贺一场。尽管聚生主张新婚简办，可望着前来道贺的人们，此时此刻或许只有表达谢意，做好东道主才对。在民间，结婚邀请亲朋好友喝上杯喜酒，也算是一种礼节。朱裕兴已是数十年的老店，名气在外，朋友自然多。这样一来，不仅阳春弄老宅里摆满酒席，就连弄口的商店里也摆了数桌。

宴席上，琦生代表母亲向前来贺喜的亲朋老友、街坊邻居表示谢意，衷心感谢大家多年以来对朱裕兴的支持。接着，他举杯说："庆贺新郎新娘，祝愿他们百年好合，早生贵子。"在一片祝贺声中，新郎与新娘喝起交杯酒，朱聚生深情地凝视着韵玉，心中涌起一股暖暖的爱意，在他眼里，她就像一朵水莲花，娇羞而冰清玉洁。他俩相视而笑、一饮而尽。晚上，街上的几位要好的伙伴，聚集在他俩的新房里，趁着新婚之夜，闹起了洞房。话语声、欢笑声，冲破了小镇的夜空……

第三节　自立门户，酝酿创业

曾氏在完成丈夫的第一个遗愿后，思忖着又开始完成第二个遗愿。一是她觉得朱聚生成了家，理当承担起养家的责任；二是朱聚生从小到大都仰仗父母和哥哥，从没有打理过家业。没有成家的男孩，按照当地的风俗习惯，依靠父母是说得过去的，可如今已成家，就必须让他独立门户，学会做生意，担负起抚养妻儿的重担，这样才是个真正的男人。再说，丈夫去世后，即使家业一切都由大儿子琦生在负责打理，但兄弟分家也是迟早的事。趁做母亲的还健在，不如给他们分了家，这样做母亲的也就放心了。

1945 年 2 月，春节刚过，曾氏就让琦生将他的娘舅叫来家中。因为按照这儿的风俗习惯，外甥分家，通常由娘舅做中间人，以示公正。

这一天，娘舅坐在朱家正厅的椅子上，对阳春弄四楼四底的祖屋进行了分配。按照习惯，长子在东，次子在西，但西侧房是晚盖的，所以朱聚生就被分了东二间，琦生为西二间。接着，就朱裕生南货店进行分配。根据账本，将店里的商品和作坊里的半成品一概分成两份，不能拿的则折价核算，以大米找补差。朱聚生分到了一批货物，但没有分到店面房子。望着这批货物，从没有经商过的朱聚生有点束手无策，不知怎么办才好。可做母亲的很高兴，因为她希望朱聚生从此能循规蹈矩，做一个继承家业、从事商业活动的人，有一天也能成为商界的能人。对这一分配方案，朱聚生表示赞同，但他提出一个要求：母亲由他赡养。听着朱聚生这唯一要求，曾氏感到很高兴，觉得聚生虽不是自己所生，却胜似亲生，他们母子感情素来深厚，作为母亲，她深感欣慰。

家分完了。新房里的陈设很简单，只有一张床、一只衣柜、一张梳妆桌、一把椅子。傍晚，朱聚生握着妻子的手说："靠我们自己的双手，一定会把我们的这个家撑起来，日子也会越来越好的。"对于这一点，做妻子的韵玉自然相信。她望着他，点了点头。但心里却又在想：日军依旧盘踞在沈荡横行霸道，国不宁，民怎安？朱聚生也深知这个道理，因此，他的心思根本不在经商上头，更不着急开店，内心焦虑地思考着该怎样组织热血青年，为抗日救国出力，将日本侵略者赶出中国去。

朱聚生觉得应该去上海看看，一来寻找谋生的机会，二来了解一下目前国内的形势，三来是想在上海治病。3月的一天，朱聚生告别妻子乘船前往上海，怀揣着希望去寻找出路。他找到了在上海工作的好友富守人。富守人一看到他，喜不自禁，两人拥抱在一起。

富守人一如既往地热情接待了他。

晚上，朱聚生脱衣睡觉时，富守人发现他浑身上下长满了疥疮，表情很是痛苦。询问之下，才知道，原来朱聚生的疥疮是之前在上学习班时感染上的。他想在上海医治，无奈没有熟人，一时住不进医院。富守人知道后，次日就帮忙联系广慈医院，还央请公司的经理开出一张介绍信，才送他入院治疗。

朱聚生住进了广慈医院，富守人每天买了水果和食物给他送去，还写信给他母亲，告知朱聚生已入院的事。不日，曾母偕同盛韵玉一起到上海，这才由她俩入院照顾，这一住就是二十多天。

病愈出院后的朱聚生，精神格外爽，他在富守人那里又住了几天。有一天晚上，他俩同往金都戏院观看话剧《梁上君子》，归途中，富守人问他："你与干果坚关系怎么样？"

朱聚生答道："我俩是同学。"

干果坚早期也受沈荡青年文艺研究社的影响，思想进步，比较活跃。此时在上海从事棉布业，还在主持棉布业职工联谊社工作。他的父亲曾任沈荡商会会长，后被地方恶霸吴乐君活埋。干果坚为替父报仇，与吴乐君进行了长期的斗争。

富守人介绍说："他就在附近的威海卫路，你要去看他吗？"

朱聚生觉得夜已深，便说："明天再去吧。"

两人回到富守人的住处。睡觉时，朱聚生先是接着路上的话题，向富守人介绍了干果坚父亲干长林与吴乐君的斗争经历和遭遇，同时对干果坚的聪明能干表示赞赏。

富守人一边听，一边对有些不解的问题进行询问。朱聚生一一做了回答。

接着，朱聚生又谈敌伪斗争，谈帮会势力，谈抗日同盟中的反复无常……他俩越谈情绪越高涨，越谈话语越投机，直至破晓……

次日下午，朱聚生由富守人领着，步行去找干果坚。富守人想让干果坚也帮助朱聚生想想办法，找一份工作做。岂料，适逢干果坚外出，未遇，只得遗憾而返。

过了一夜，朱聚生乘船返回沈荡。

清明节到了。曾氏对朱聚生说："到你父亲坟上去一趟，告知他一声，他生前要我办的事，我都办好了。让他在那边也放心。"朱聚生听了，点点头说："好。"

清明前一天的夜间，曾氏忙着请土地、祭祖、做草头团子。接着，又在八仙桌上供上鱼、肉、豆腐等祭品。次日，曾氏按照当地习俗携家人去上了坟。朱聚生给父亲的坟上陪了土，他听着母亲对着父亲的坟说了许多话，最主要的是告诉父亲，她已经完成了他生前的嘱托，小儿聚生已成婚，有了小家庭，请他在九泉之下安心。她说这些话时，聚生默默地将纸钱挂在坟边的树上，一阵风吹来，纸钱晃动，他觉得像父亲听到了一般。

这时抗日战争正打得如火如荼。1941年7月，日本偷袭了珍珠港，将原本无意参战的美国拖入了第二次世界大战。美国的参战，大大增强了世界反法西斯、反侵略的同盟力量。加上日军在太平洋地区多线作战，使得其国力、财力等都到了应付不了的地步，但当日本侵略者败局到来之前，也是其进行疯狂反扑之际。这种疯狂就连平日里为日军服务的汉奸也逃脱不了可悲的下场。嘉兴诗人吴藕汀在他抗日战争时期所撰的《棹歌》中有这样的诗句：

> 昨日沈醅翠玉围，
> 今朝加上犯人衣。
> 挂牌反缚巡回转，
> 吓得同行不敢行。

诗中描述的是翻译朱瑛昔日投靠日本人作威作福、煊赫一时，但当日军不再需要他时，就被日军部长菊池所抛弃，捆绑游街，示众数日，然后被杀头。形势的严峻，使日军一方面收买人心，一方面对其他汉奸进行这种警告。

为了打击日军的疯狂反扑，配合这场反击战，各地的抗日组织开始对日伪汉奸实施有组织的定点清除行动，以逐个击破的方式，对在中国的占领区的日军实施了有力的打击。

沈荡游击队抓获了一名叫翁长法的日军翻译，并将其实行处决。时值国民党沈圩区政府又指派一名名叫张康顺的游击队员，前去除掉镇上的汉奸陈长水。

张康顺为了精准地将陈长水除掉，事先进行了多次踩点，了解陈长水出行途经的地点和出行的时间。这一天，张康顺从沈荡东市景福桥北堍朝西行，走到泰兴酱园廊棚西面的宏为百货商店前面时，遇到了正迎面朝他走来的日军情报翻译陈长水，两人擦肩而过。说时迟那时快，张康顺迅即转身，从腰间拔出手枪，瞄准陈长水的后脑勺连开两枪，陈长水当场被击毙。张康顺看见汉奸卧扑在地，即跨过陈的尸体，向宏为百货商店走去，百货店的老板被突如其来发生的这一切弄得目瞪口呆，当张康顺说出要借把剪刀时，这才清醒过来。张康顺拿了剪刀又走回去，俯下身，剪断了陈长水系在腰间的皮带，拔出挂在陈长水身上的手枪，又将剪刀还给老板后，这才若无其事地朝前走去。

游击队除掉两名汉奸的事顿时轰动了小镇，消息迅速在民众中传开，民众奔走相告。朱聚生闻讯，在欣喜之余，觉着像这样的事情如果让广大民众知道，而不只是在私底下传播，将会极大地鼓舞在敌占区生活的民众。这让他想到，如果能通过报刊大张旗鼓地宣传，影响就会越加广泛，从而更能激发沦陷区军民的斗志，同日本侵略者展开更加有力的斗争，早日将日本侵略者赶出中国去。于是，他怀揣着"国家兴亡，匹夫有责"的抗日爱国热情，投身于抗日救亡的洪流之中。

第五章 抗日洪流，浪涛搏击

第一节 《海北青年》，首创发行

1945 年上半年，全国的抗日斗争已经到了最后关头。日本侵略者在节节败退的情况下，对中国人民展开残酷的血腥反扑，试图挽回战场上的不利态势。朱聚生决定用自己的力量进行抗日斗争。他将妻子安排在齐家桥（现沈荡镇新丰村）小学任教，自己却顾不上创业挣钱，养家糊口，而是立即联系上王坚、姚恺君等几位爱国青年，在阳春弄的家里一起商议起创办报刊的事宜来。经过讨论，他们决定在沈荡圣安乡乌船浜筹备创办《海北青年》杂志。朱聚生认为，圣安乡乌船浜这个地方，虽然比不上沈荡镇繁荣，但远离集镇、较为偏僻，不太容易引起日军的注意。为此，朱聚生还专门委托他人借到三间平房，这儿平时没人居住，屋前有一池塘，池内芦苇深深，地势开阔，很是清静。在这里，他们讨论了办刊宗旨：揭露日本侵略者的罪行，介绍全国抗战形势，激发民众与日军拼死斗争的斗志，铲除汉奸卖国贼。他们为刊物取名《海北青年》。至于为什么叫《海北青年》，这可以追溯到 1937 年 11 月，当时日军在金山卫登陆不久，国民党平湖、海盐、海宁的党政机关相继后撤至余姚，在余姚设立办事处，并由海盐县抗敌自卫委员会创办起《海北日报》。当时余姚人习惯把杭州湾北面沿海的这三县地区称为"海北"。而朱聚生他们创办的《海北青年》之名，也由此而来。

创办刊物，就需要资金。朱聚生等人多方筹集，缺口还是很大。朱聚生平日的生活很是简朴，经常穿一条旧布长衫、一双圆口布鞋。但为保证筹备工作能正常运作，他自掏腰包填补了大部分。凑足资金后，就由姚恺君前往上海购买印刷机器。不幸的是，购买的印刷机在运回沈荡的途中，在上海火车站被日军发现而扣留。这样一来，"赔了夫人又折兵"，朱聚生他们很是伤心。

但这并没有阻止他们办刊的决心。没有印刷机，朱聚生决定改用手刻钢板蜡纸和油印的方法进行印刷。他们在简陋的房子里，日夜加班，终于在 1945 年 5 月，出刊了《海北青年》杂志创刊号。至于为什么要在 5 月创刊这份杂志，具名"千里"的作者，在《谈五月》一文中这样写道：

《海北青年》杂志（1945年 5 月）（沈荡文化站供图）

五月，这悲壮的五月，又降临了。在近代的历史上，五月是一个流血的，也是民族觉悟反侵略抗战的月份。

"五一"是劳苦大众抬头的日子，五卅是济南惨案发生的一天。"五四运动"更奠定了新文化的基础。还有"五九"

二十一条国耻纪念日……一连串的纪念，这些都是先烈的鲜血与奋斗精神，所得到的代价。同时，五月是最使人犯忌的日子。人们都把它称为"毒月"，其实我们现在可以称它为"反侵略月"，我们要在这五月中发挥出比先烈更伟大、更雄壮的力量，来摧毁一切帝国主义的侵略野心，消灭阴险毒辣的日寇，完成民族独立的精神。

…………

现在我们首先把个人的自私主义打消，为民族国家着想，在这存亡线上挣扎的同胞，坚强团结起来，建立强固的统一战线，在这"反侵略月"之中，消灭企图吞并中国的敌寇，这样我们才算步着先烈的后尘，而中国的复兴与民族的生存，才能确立。

与此同时，编者又向读者介绍了全国的抗战形势，以事实揭露了日军的罪行，激励民众起来与侵略者展开拼死的斗争。他们在题为《全面反攻前沦陷区人民应有的准备》一文中呼吁：

现在反攻的时期到了……诸位在积极方面：全面反攻时，应组织秘密团体，协助国军秘密破坏之，如铁路、桥梁、防御工作……一切可以破坏的，暗中伺机破坏之。总之，在全面反攻的时候，为了祖国和民族、为了自己，应共同负起建国的重任，使五千年的文明古国永远地绵延下去……

作为《海北青年》创始人、主编和筹备人，朱聚生在杂志上还刊发了一封亲笔信：

窃本社创办伊始，自集资力有限，且遭意外之损失，致使财物贫乏，事业颇难开展。后经钧座及诸同志热心指示，前途现曙光，私心铭感。我等欣奋之余，敬向钧座及诸同志诚致谢意。

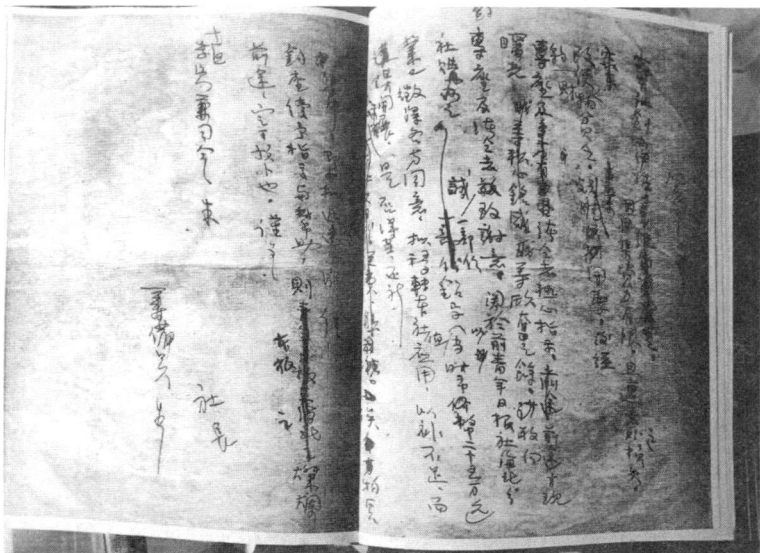

朱聚生在《海北青年》上的亲笔信（海盐档案馆供图）

从中不难看出，创刊之艰难。

创刊号中设有不少栏目，有小说，也有诗歌，有政论，也有散文，这一篇篇文章犹如战斗檄文，吹响了向日本帝国主义发起最后进攻的冲锋号，也是唤醒民众向侵略者宣战的宣言书。《海北青年》出刊后，在民众间迅速传阅，引起很大反响，激发起当地民众抗日的热情。此后，终因时局动荡，环境险恶，加上资金有限，《海北青年》在圣安乡乌船浜发行一期后终止。

第二节　家乡土地，迎接胜利

抗战大捷的消息一天比一天多了，朱聚生的心情也一天比一天好起来。他经常在阳春弄的家中与王坚等人聚在一起，商讨着接下去如何迎接抗战胜利的事宜。

1945年8月13日，日本军队突然撤出盘距了八年的沈荡小镇。这使得朱聚生敏感地意识到，日本侵略者被我们打败了。次日，朱聚生在街上的镇民手里看到一份报纸，上面用大号字排印着通栏标题：

日本接受无条件投降

旧金山8月10日广播：日本政府本日4时接受4国公告，无条件投降，其唯一要求是保留天皇。今日吾人已获胜利，已获和平！

历时十四年艰苦的抗战终于宣告胜利结束！消息一出，举国欢腾。沈荡的天空到处弥漫着爆竹的硝烟。欢庆的人们涕泪交加、张口大笑，人们沉浸在无法描述的喜悦之中。

朱聚生欣喜如狂地挤向一家卖爆竹的铺子，好不容易买到两串鞭炮，他带着难以抑制的喜悦兴奋地走回家去，一路上遇到许多和他一样兴奋的青年，他们喊道："朱先生，我们要讨酒吃了！"聚生也喊着："好啊，跟我走！"他热诚地招呼他们去喝酒，他需要留住这份疯狂的喜悦。朱聚生拿出陈年的沈荡黄酒，还特地去哥哥家拿了几包松子糕、芡实糕，就算是下酒的佳肴。这一屋子人，无论男女老幼，再没禁忌、拘束和客套，站在柜台的里里外外，尽情地自斟自饮，放声高唱。平日里不喝酒的人，也豪爽举杯。酒醉之后，聚生被街上的狂呼声所吸引，又跟着青年们去疯狂、去陶醉、去奔走相告，直至深夜。

这又是一个不眠之夜。他躺在床上，思如潮涌，不能成寐。他想起八年前被毁的这个小镇，想起了在联中读书时的国文教师许志行，想起了八年来生离死别的亲朋好友，也想起了惨败的日本、汉奸的下场，以及奇迹般胜利了的中国的前途。他想了许多许多，无端地悲从中来。

古人云："欢乐极兮哀情多。"这是胜利者的悲哀！

东方既白，经过苦难和泪水洗礼的朱聚生又迎来一个新的黎明。

第六章 创建商店，实业兴国

第一节 希望失望，相互并存

1945 年 9 月 1 日，沈荡各界在西市生腾桥茧行召开庆祝抗日战争胜利大会。朱聚生等人都前去参加了。只见会场上张贴着多幅大标语：庆祝抗战胜利！日本鬼子滚出中国去！台上，发言者激动地振臂高呼，台下群众齐声呼应，一扫往日沉闷的气氛，会场成了一片欢乐的海洋。

朱聚生以为，从此天下会太平，老百姓会过上好日子。可谁知事与愿违，农村田野荒芜，城市工厂倒闭。他所见到的是，满目疮痍、乞丐成群、垃圾满街、商品匮乏的萧条景象。沈荡仍是权贵的天堂，穷人苦苦挣扎的地狱。最让人失望的是，内战的乌云似乎又要笼罩整个国家的上空。国民党似乎又要发动内战，大动干戈，再度陷老百姓于水火之中。国民党的接收大员们终日花天酒地，过着荒淫无耻的生活，甚至过去的汉奸也摇身一变成了新贵。加之物价飞涨、通货膨胀，战后社会病态日益严重。朱聚生不仅找不到工作，甚至连生计都成了问题。这样下去，也不是办法。于是，朱聚生开始在镇上寻找门面，准备开店创业。有一天，他在东市街（现沈荡镇贲湖东路）沈家弄西侧找到两间店面。向人一打听，才知这两间门面是钱家大院的主人钱彩顺的。经过协商，对方同意出租。朱聚生即刻支付了租金。经考虑，他认为还是经营自家传统的老字号产品为妥。这样做的目的，主要是想继承祖父和父亲的遗愿，将他们的传统产品发扬光大。再说，别的事情他也没做过，俗话说："做生不如做熟。"虽说之前他也没从事过这行当，但从小在糕饼作坊长大，耳濡目染过总比陌生的行当强。

新店与泰源布店为邻。为取店名，朱聚生费了不少心思。最终定名为"正大同南货店"。为了与众不同，还别出心裁地将"正大同"三字镶嵌在一个红五星中。母亲问："取这名是什么意思？"他说："这'正大同'包含着多层意义。其一，'同'，取自祖父名字'朱同义'，是继承祖父传统意志；其二，光明正大，求大同存小异；其三，公正无私，与顾客同甘共苦。"母亲听罢，点头表示赞赏。

新店开张之日，街坊邻居和亲朋好友都前来道贺。在一片爆竹声中，镶嵌于红五星中的"正大同"招牌被悬挂于门楣正中上方，立即引来众人议论纷纷。这红五星不就是代表中国共产党吗？！人们七嘴八舌，纷纷猜测。朱聚生闻说，却笑而不答。在他的心中早有心向往之的追求与信念。如今，要不是迫于生存的压力和一个男人对家庭的责任，他才不愿创办这家"正大同"南货商店呢！但话又说回来，对朱聚生而言，就算开了这商店，仍是"身在曹营心在汉"，又怎么可能坐守商店，而放弃他对理想与信念的追求呢！

趁着生活安定些，朱聚生就想着要在家里建个厨房。原来大家庭时，只有一个厨房，他和大哥分家后，两家就凑合着共用一个厨房。朱聚生觉着两家合用一个厨房有诸多不便，于是，征得大哥同意后，朱聚生就在大哥房屋西侧建起了两间平房。一间做厨房，用来烧饭；另一间则用来吃饭。这两间房屋的四周均采用厚玻璃，从外面看是透明的，很是洋气。建造时，大哥也帮工不少，建好厨房后，朱聚生还邀请大哥全家在一起喝了酒，以示答谢。为了美观，朱聚生还在墙根种了几棵凤仙花，把环境点缀得很是优美。

不久，国民党三民主义青年团浙江支部海盐分团第六区在沈荡镇成立。在联中时，朱聚生就是国民党三民主义青年团的骨干，孙中山先生在中国资产阶级民主革命中所提出的政治纲领，即民族主义、民权主义和民生主义，无疑是他所崇仰的。尤其是孙中山主张国内各民族一律平等，建立为一般平民所共有、非少数人所得而私的民主政治，平均地权和节制资本的政策，与他所追求的政治理念与梦想很契合。于是，他毅然加入这一团体。因为在他看来，他只是恢复其身份而已。经过选举，许鹏霄任区队长，朱聚生任区副队长，下设五个分队，在册队员有七十余人。区队部设在送子庵弄内的一所房子里，队部下设"沈荡青年服务社"。经朱聚生建议，下设图书室、茶室、乒乓室和足球队。同时，朱聚生筹建起一支"四维篮球队"，不定期地邀请外地的篮球队与"四维篮球队"进行友谊比赛，以此提高球队的技术。青年团又租借李铭义的房屋创办了一座剧院，不间断地邀请外地剧团和评弹艺人来镇上演出，开展一些群众性的文艺汇演等活动。这些活动的开展，大大丰富了小镇群众的业余生活，提高了民众的审美情趣。

不久，由国民党三青团海盐分团海宁工作组接管了硖石一家敌伪印刷厂，朱聚生得知后，觉得这是个机会，便立即联系了曾在联中就学时的海宁同学。经商量，他们决定自筹资金，创办一份《青年报》（海北版）。没过多久，报纸就创办起来。

报纸的创办，也使得朱聚生几乎每天在海宁与沈荡来回奔波。深感自创家业和身处两地的不便，为了全身心投入报业，朱聚生考虑后，特聘请了一名姓汪的经理，将正大同南货店委托他全权管理。与此同时，还招聘了几名店员协助其经营业务。报纸的创办，使朱聚生无暇顾及正大同南货店的业务，但与之相反，他却把报社编辑部设在正大同南货商店内，这样一来，正大同南货店俨然成了报馆，读者、作者、编辑，进进出出不断。朱聚生则利用这份报纸，在报上撰文，其揭露地方官员腐败的犀利文章，开始引起读者的关注。

可没过多久，国民党三青团海宁分团团部成立，不再隶属于海盐分管，印刷厂也由海宁接管，经费日趋紧张，《青年报》（海北版）在断断续续出刊几期后，终于被迫停刊。

报纸虽然停刊了，但朱聚生揭发地方官员贪污腐败的斗争行为，在民众中引起的广泛影响，早已起到无法估量的作用。这也坚定了朱聚生利用舆论阵地作为武器，向各种恶势力展开斗争的决心，为日后创办报纸积累了丰富的经验，打下了坚实的基础。

第二节　好友相见，分外亲切

这天傍晚，朱聚生在沈荡迎来了富守人。好友的到来，使他备感欣喜。他请母亲多准备几个菜，和家人一起招待这位儿时的友人、知己。接着，他陪同富守人去镇上各处转转。他俩一边走，一边回忆昔日在一起抗日的时光，富守人更忘不了朱聚生当年跟在他们屁股后面拎着桶，以及帮助演剧团借服装、道具的情景。

"这是冯夷桥，想当年，我和你还在桥埭两边房屋墙上刷抗日标语呢。"富守人站在桥上，一边眺望河对岸暮色中一排排沿河而建的民居，一边用手抚摸着桥上的一只石狮动情地说。

朱聚生听后，感慨地说："是啊！这座桥始建于1936年，至今也有近十年了，时间虽不长，但它却见证了这座小镇沦陷、烧毁的历史，同时也见证了我们之间的友谊。"

富守人说："这一切仿佛就在昨天。"

回到家中，一家人正等着他俩开饭呢。朱聚生热情地拿出一瓶黄酒，取出两只杯子，就着一盏油灯，两人边喝边聊。两杯酒下肚，他们倾心而谈。

他们对当前的形势进行了探讨。这个时候，全国正在清理汪伪汉奸，帮会势力盛行，加上地方上各种政治倾向纷纷冒尖，鱼龙混杂，秩序紊乱，倾轧很激烈。在谈到地方帮会势力时，朱聚生情绪很激动，说："抗战胜利了，我以为，一切都会有所改变，却想不到，地方上至今仍由两股势力在控制，一股是

冯夷桥（张东良摄于2020年）

国民党当局，一股是地方帮会。"

富守人听后，开玩笑说："你想小鬼踢金刚？"

朱聚生望了他一眼，说："抗战中，地方上的青洪帮成了实际统治者，海盐有姚金标，沈荡有张乐三，但是如果两者相比较，姚金标还只能算是小巫，势力范围仅在底层，而张乐三不同，他包罗斯文，已跻身上流社会，成了呼风唤雨的人，不能小觑。"

富守人听后问："张乐三掌握些什么？"

朱聚生说："他在抗战胜利前后，做过一些公益事业，比如造桥铺路，在梅史堰圩地准备建公园，这一切都是为他自己营造声誉。这倒也没什么，问题是他哪一桩事办得光明正大，让人心服口服？就拿造永安桥说吧，工程一拖就是两年，至今还不肯收尾。还将桥拱设计得特别低，致使船只无法进出。就拿王福卿所建造的第一桥和第二桥来说，比张乐三要晚建，却早已完工。而张乐三的永安桥仍拖着，直等到名利双收之后，才草草了事。再比如乐三公园，围圩后立一块招牌，广送缘簿，却不见施工。"讲到此，他叹了口气，"岂知，近日他的手伸得更长。"

"伸向哪里？"

朱聚生说道："抗战胜利后，张乐三办了一所以他名字命名的私立小学，并且已经聘请富利渠为校长。"

富守人听后，不解地说："这不是很好吗？"

朱聚生说："问题就出在资金的来源上，还有日后学生的思想倾向上。张乐三以窃取名利为目的，直接影响了公办学堂的教育，真所谓上海有'三老'，这里有'一老'。"

富守人这才恍然大悟："你是否也想搞教育？"

朱聚生笑笑，避而不答，只是说："近日在恢复县治，张乐三正在安插镇长的位子。"

"是吗？那他安插谁当呢？"

朱聚生说："有个叫汪刚的，你认识吗？"

一听是汪刚，富守人马上接说："这人我认识，抗日战争时期他与我一起逃过难，肚子里有点墨水，笔底下有一手。汪刚一度经张乐三介绍，去嘉兴专员公署编辑过抗战杂志。他应该算是张乐三的得意门生。然而，这事跟你有何干？"

朱聚生听后笑笑，沉默不语。

"你是否也有意角逐？"富守人以试探的语气询问。

朱聚生笑笑，婉转地说："你昔日的那些同伴，如今在海盐城里很吃香，却仍然吃着这碗里，看着那锅里，也在谋算着镇长与商会会长的位子。"

"是吗，目前这儿的商会会长是谁？"

"之前的当然走了，目前在任的也没什么政治手腕，迟早是要换人的。"

富守人一听，说："你是不是想这个位子？"

"这个位子就是请我，我也不会当的。"

"那么，你是想镇长的位子？"

"这位子假设是你以前的朋友上，我就让，如果还是帮会要，我就要上。"

富守人说："许鹏霄他不会要的。"

朱聚生听后，说："他自己是不要，但他在为弟弟争取。"

"这不太可能，镇长与商会会长，独揽一人之手，全镇人能容忍？"

朱聚生忧心地说："很难讲。"

朱聚生究竟是想从事教育还是实现他的政治抱负？富守人一时也捉摸不透。但从他的言谈话语中，不难听出朱聚生想在地方上掌握政治上的权力，他隐隐觉得好友是认为手中如果没有实权，谈什么都是一句空话，只有掌握了一定的实权，才能清除汉奸，揭露当局弊病和同腐败做斗争。这样看来，朱聚生的志向是远大的，他决不会仅局限于商业经营上的活动，有一天他会一步一个脚印地去做他想做的事。想到这一点，富守人很为他感到高兴，说："新陈终必代谢，后生自来可畏。"

小镇的夜晚是宁静的。两位知交促膝谈心，打破了彼此间内心的平静。临别时，富守人告诉朱聚生，这一次他来看望他的同时，也是来向他道别的。此后，他将去安徽芜湖工作。

朱聚生听后，有些不舍。好友此去安徽，路途遥远，可不像是在上海，他想见也方便，就说："到了安徽，你就给我来信。"

富守人一听，便承诺到岗后会立即写信给他，也务必请他将努力的结果写信告诉自己。朱聚生听后，欣然应允，举起酒杯为好友饯行。

听了富守人对他的鼓励，从那一刻起，朱聚生就暗暗立下志愿：一是将教育事业作为自己优先考虑的方向，只有把教育搞上去，才能启迪民智、唤醒民众；二是要实现自己的政治抱负，只有掌握沈荡镇的行政管理权，才能实现为民众办实事、办好事的愿望。

朱聚生的心里敞亮多了。这个夜晚是那么美好，清风是那么暖人。朱聚生知道：富守人这位良师益友始终会看着他向前走的。

这一晚是朱聚生人生中的一个重要的关口。因为他从这晚起就打定主意弃商从文，或从教或从政，把一生奉献给教育事业，抑或政坛，实现自己的政治抱负。在他看来，这两者之间本没有冲突，教育好孩子，才会有未来。而为了国家的未来，去实现自己的政治抱负，这是他的理想与追求，直到最后，他都没有改变志向。

第七章　多方探索，为民请命

第一节　为了抱负，四处奔走

　　1946 年前后的中国，政治局势激烈动荡，国内形势发生了新的变化，中国革命进入了一个新的历史时期，即为新中国而斗争的时期。究竟是要建立一个无产阶级领导的社会主义国家，还是要建立一个大地主大资产阶级领导的资本主义国家？抗战胜利后中国面临着两种命运、两种前途的选择。中国共产党顺应人民意愿，采取积极争取民主、和平、团结的方针，反对蒋介石集团的独裁统治。然而，蒋介石集团却一心想打内战，各种社会矛盾日益严重起来。朱聚生目睹了国民党统治的腐败无能和现实社会的丑恶，贪污舞弊盛行，人心浮动，民不聊生。像许多有良知的知识分子一样，面对这一切现状，他感到窒息、沮丧，甚至绝望。可他又对国民党抱有希望，期盼这个执政党能不打内战，领导民众将国家在战争后的废墟中建设起来。朱聚生不是一个只说不做的人，他是个有着远大理想与抱负的人，决不会这样沉沦下去。这时的他视野已经广阔，目标也越发明确。他决定用实际行动为民除奸，揭露现实社会的丑恶、贪污舞弊，以及改造这个社会，为民办实事。

1946年春天，朱聚生被聘为沈荡镇国民中心学校代课老师。

说起沈荡镇国民中心学校，它的历史可以追溯到清光绪年间，时称治群初等小学堂。校址位于镇西市港南冯夷桥边的一座寺庙里，辛亥革命后停办。民国四年（1915）8月复校，定名为县立第二小学。抗战爆发后，学校再次停办，直至1939年复学，迁移至聚宝桥西首。后来，由沈荡"维持会"接管后借用阳春弄王福卿的老宅开办沈荡镇国民中心学校。这种民宅房间原本不大，做教室时，五十多人一间，将原有的七间教室都塞得满满的。时值抗战刚结束，百废待兴，加上国民政府并不重视教育，当地政府要办学，也只能租借私人房屋做教室。镇上棉布庄老板王福卿的房屋，在私宅中算大的，但作为教室却仍有诸多方面不符合要求。比如江南的房屋建筑，大都讲究风水，房屋面积虽大，但通常只设一个天井采光。这样一来，教室里的光线就不如人意。加上每个房间都不大，人一多，就显得很拥挤。另外，作为学校需要有活动场地，学生可以上体育课，下课后也活动得开。可这在私宅是不太可能的。所幸的是，尽管各种条件不如人意，但教师们的干劲和学生们的学习热情却很高涨，教育质量自然也就不错。这里就读的高年级学生毕业后，大都能顺利升学。1946年7月10日，沈荡镇国民中心学校召开座谈会，朱聚生出席了这次会议，并在7月13日的《生报》上报道了复校后第一届小学毕业生王纪坤、樊松华等十人的毕业简讯。

4月29日下午1时许，沈荡镇举行镇民代表大会。会议在王家小桥西堍叶家宅的镇公所内举行。出席会议代表共有二十一人。其间，正式选举镇长和副镇长。选举结果，朱聚生十四票、汪刚十八票、李铭义十二票。按照最高票数，汪刚当选为镇长，朱聚生和李铭义为副镇长。俞志义为总干事，陈嘉福、吴孝铭为干事。选举之前，朱聚生也为此操了不少心，在同伴与镇民中进行过一番活动。经过这次选举，朱聚生终于登上政治舞台，开始施展他的政治抱负。

不久，国民党三青团海盐分团第六区工作会议在沈荡召开，朱聚生主持了会议。出席会议的有许霄鹏、张谊、陆韶和等二十余人，第七区队（圣安）区队长虞云浩列席会议。会议由区副队长朱聚生报告一年以来的工作情况，并进行讨论。最后做出关于人员分工、召开联席会议等六项决议，还布置了下一阶段的工作。会上，朱聚生还就前塘东北乡乡长曹应和收刮民脂民膏、危害地方、无所不为，于抗日战争期间残杀工作同志杨文彬、严华生一事做出决定：强烈要求县政府严惩凶手，讨还公道。

抗日战争胜利后，海盐县的报刊迭出，可谓盛极一时。先后创办的报纸就有《生报》《海盐商报》《学报》《前锋报》《民声报》《行报》《乡报》，刊物有《海盐地政》《新世纪》《秘密丛刊》《师训通讯》等。

这时，掌握了一定行政权力的朱聚生，决定利用自己的特长——笔杆子，为民众说话。

报纸，作为一种舆论工具，长期以来受国民政府的严格控制，欲使之成为他们的喉舌。比如，《海盐民报》就是国民党地方机关报。这份报纸创刊于1930年秋，由于右任题写刊头，社址设在县党部。经常报道国民党所谓的"勘乱建国""反共剿共"的新闻，成为海盐地方国民党政府的宣传工具。他们连续公布新闻审查和惩罚办法，企图压制新闻自由。如果报刊符合他们的要求，那么就能顺利地办刊，并且得到他们的支持。

如果不是，那就反之。但这期间，不少进步知识分子参与编辑了许多报刊的出版工作，为海盐县的新闻事业输入了很多新鲜血液，注入了生机。尤其是经中共党组织的关心、指导的报刊，发挥了更强大的舆论作用，为革命事业做出了重大的贡献。他们冲破国民党政府的阻力，发表了不少揭露黑暗、抨击时弊的文章，表达了广大人民群众反对内战，反对压迫，反对饥饿，争取民主、自由的呼声。而《生报》《行报》等对地方弊政针砭尤为突出。

5月的一天，石文等人在朱聚生家中商议，打算以国民党三青团海盐分团的名义，创办《生报》。经过紧张的筹备，这

《生报》

份取名为《生报》的报纸,终于在 1946 年 6 月 10 日试刊。《生报》社址和编辑部分别设在沈荡东市朱聚生的正大同南货店及西市天德堂国药号内。社长兼发行人由石文担任,聘请王模任总编辑,朱聚生、汪刚任编辑,许鹏霄为经理。报社由编辑部、发行部、生路(副刊)编辑室、广告设计部五个部分组成。7月 1 日,《生报》正式发行。这张八开四版、三天一期的报纸,起初发行五百份,随着发行量的增加,最多时达到了一千二百份。凡本县范围的一律付费订阅,外地来信索取的,一律免费奉送。

书生革命,以笔为刀。朱聚生在担任《生报》编辑、记者期间,经常在上面发表政见,面对国民党腐败政权,激扬文字,针砭时弊,反映底层民众的呼声。《生的真义》《舆论的制裁》《实话,直说》等文章如刀似剑。这一切,也为他从政的道路打下了良好的群众基础。

6 月 10 日,朱聚生在《生报》创刊号上撰文,发表了题为《生的真义》的文章。这时的他,信仰孙中山的三民主义。因此,在文中讲到孙中山先生关于民生问题时说:"民生就是人民生活、社会的生存、国民的生计、群众的生命。"这是民生的意义,当然也就是生的意义。

对此,朱聚生认为,"生",以民生来说,无非是生活和生命。但从"人生七十古来稀"这句话来看,寿命之短促从古至今是一样的。如果人活在世界上过的日子是度日,那是如没有生命的物体一样来活着,但人是有生命的,生死莫大焉,人的精神应留在世上,提供有用的价值,就是俗话所说的"虽死犹生"。"人可以早死,心是要永生。"

对于生死,他充满激情地说:"我们的生,不是'醉生梦死',也不是苟延残喘。我们希望生,当然也不怕死。许多革命先烈的死，他的价值是超过'生'的。许多活着的汉奸走狗、贪官污吏，他们的生比'死'还要臭。"这一篇充满激情的战斗檄文，是朱聚生首次发表在《生报》的文章，是他生命激情的迸发，也是对生命价值深思后的结晶，从此贯穿于其奋斗的一生。

这一期上，他还撰写了题为《杀害抗战两同志　主犯曹应和落网》的通讯，披露了杨文彬和严华生被曹应和残杀的经过。杨文彬和严华生两人曾在1944年驻塘东北乡，当时曹应和任军合站站长，但他滥用职权，公开收捐钱物，杨文彬和严华生两人善言相劝，曹应和非但不接受，还引以为仇。他于农历七月二十一日晚，设陷引杨文彬和严华生到荒郊野外，暗地里指使打手用铁耙将两人打死，埋尸灭迹。其劣行败露，由警察局派人前往拘捕，经审讯，"确实杀害杨严二人不讳"。

朱聚生伸张正义的行为得到同伴的支持。6月14日，国民党三青团海盐第六区队举行全体会员会议，由朱聚生主持做工作报告，经全体会员商讨，产生了六项决议。其中一项，就是"由本区队联合第七区组织对杨、严两位同志的惨死鸣冤，并向县政府鸣冤，要求择期举行追悼大会"。

朱聚生年轻有为、精力充沛。他白天忙镇上的事，一到晚上，就会全力以赴忙《生报》编务上的事。他的多才多艺，在这个平台上发挥得淋漓尽致。他不仅写新闻报道，而且创作小说在《生报》副刊发表，比如《阿三》《鬼是没有的》等。从1946年6月13日起，他在《生报》上用诙谐的叙事风格，以赵曾为主人公，写了一个题为"诙谐的故事"的小说系列。这一个系列由五个故事组成，是《嘲了议员有酒喝》《什么叫做私盐》《自己不拉回声，偏要人家道歉》《退保的是冒牌唐志和，不退保的是真正的唐志和》等，虽然是小说，但仍以揭露和讽刺现实社会中的弊端为内容。比如《嘲了议员有酒喝》，讲述故事主人公赵曾有一天走进一家小酒馆，看见他的挚友李君正在举杯独饮，于是，他说："老李，你当选议员，理应请客。"李君想逗他一下，就挖苦说："要我请客容易，我有一个条件。"赵先生说："你讲得出，我自然做得到。"李君一听，说："你拿议员为题，脱口唱一首歌，我让你吃三大碗。"于是，赵先生微微一笑，唱着说：

　　议员议员
　　洗洗尿裥（布）
　　见老婆琐话讲勿出
　　双手接过抱小囡

　　进茶店
　　上酒馆
　　三圈大吆二
　　一碗黄汤灌
　　慈善乐捐一钿勿肯出
　　迷信铜钿单独出一半
　　…………

　　李君听罢强作欢笑，把酒倒满了一杯，拉赵先生坐下来同饮。
　　这个系列的小说从6月3日至8月18日先后在《生报》上发表，这种诙谐的形式引起读者的注意，有的读者读完第一篇后，余兴未尽，就期待着下一篇。其中一篇题为《鬼是没有的》的小说，讲述了主人公三官生了半个多月的病，一天晚上突然失去了知觉，呓语起来，他指手划脚地说："三官，你好！偷了丝行里的钱，还冤枉明林做贼；害了人家一条性命，今天非要你偿命不可……"他的胡言乱语，让三官的母亲急得颤抖起来，眼看着三官的病是明林讨命，无法挽救了。

原来，三官和明林一年前曾同在城里一家丝厂当学徒。一天，三官偷了行里一百元钱。被经理发现后盘问，三官诬指明林所偷。经理把明林打了一顿。明林死不承认，还找机会逃了出去。这一去，杳无音讯，后来听说他是投河死了。最近三官停歇了生意回家，生了一场大病。病中明林总是缠住他。三官心里清楚，是明林为他受冤而死，以致阴魂不散。三官母亲得知，拿出私房钱，请明林祖父到三官床前，说："明林，你既已死掉，也就算了，不必向三官讨命。"

三官病好后没几天，明林突然出现在三官面前，在场的人都吓了一跳。三官更是面如土色。大喊救命。

三官妈一见，问："你不是死了吗？"

明林说："这真是笑话，我一直在上海。"

他的祖父问："你为什么不写信给我？"

明林答："自从被冤做贼后，我也无脸回家，就逃到上海，靠卖报度日，想着总有一天会水落石出。果然前天遇到王先生，他刚从这里到上海，告诉我三官生病的事，还知道你替我设了灵位，所以我觉得很难过，就动身回家。经过这里，看见你在，我就跑了进来。"

故事结尾告诉人们：这世界上是没有鬼的。人做了亏心事，良心发现后，自己就会说出来。

这种富有地方特色又诙谐幽默的小说，使人们从笑声中得到启发和教育，很受读者欢迎。

诗歌，也是朱聚生常用的一种写作文体。他用诗歌讽刺现实生活的不正之风，以及表达对新世界的向往与憧憬。他写了不少诗作，如《清乡须知》《裙带》《青年之敌》等在《生报》

上发表，其中《给同志们》这样写道：

> 我们是青年，
> 是移风移俗的中坚，
> 怕什么？
> 勇敢上前！
>
> 谁说：
> 人情重过法治，
> 民主还要停顿十年，
> 这成什么话？
> 这简直否认有我们青年！
>
> 我们是革命，
> 还讲什么情面，
> 我们不想做官，又不想赚钱，
> 讲情面算什么青年！
> 怕招冤，
> 简直是笑话，
> 活着的人（除了小丑），
> 都要有冤家！
>
> 现在的年轻人，
> 是腐败人嘴里的"乳臭未干"，
> 又是腐败人的"眼中钉"，
> 偏瞧不起偏又是恨。

没有年轻人，
文化要倒退！
地球要停顿！
移风易俗，
创造新世界
是我们年轻人。

《裙带》一诗是讽刺社会上的不正之风——裙带关系。诗中写道：

我是某某的舅爷，
穿足了黄金马褂。
踱方步舍我有谁，
说大话其职难却。
朝里无人莫做官，
今日体会方了解。
多亏母亲生阿姐，
还不是一条裙带。
…………

朱聚生生活得很充实，也很幸福。6 月 13 日下午，朱聚生出席了由合作协会海盐县支会在武原镇县府礼堂举行的成立大会，在此次会议上，朱聚生等三人被推选为监事，聘请县长俞斌为名誉会长。

这段时间，朱聚生思想活跃、创作颇丰。他除在《生报》上不断发表新闻稿、杂文和小说，还专门挖掘当地的民谣，揭露不良的风俗习俗，为妇女和弱势群体说话。他于 1946 年 7

月25日至8月20日发表的《民谣土语集》，就是以当地素材与方言挖掘整理而成。由于这一个系列的民谣都取材于当地，所以极富民间特色。比如《女大当嫁》（之一）中的其中一节：

姑娘大是送出浜，养勒（在）屋里惹祸殃，门前大树啦喔（乌鸦）歇，场浪（上）草青毒蛇行。

…………

意思就是说："女儿大了要让她出嫁，养在家里要闹出坏名誉的事情来，好像门前的大树，常停歇乌鸦，也譬如场上的青草，不时惹毒蛇来行一样。"

之二：《老倌和男客》

俗云："吃老倌，着老倌，灶里无柴烧老倌，床上无被盖老倌。"

上语足证女子难以自立，须依赖丈夫生活，甚至把丈夫比作饭、衣、柴、被，希望婚之男子，及早准备上项条件，否则你日后有被"吃"被"烧"的危险。

…………

之三：《养媳妇》

谣云：养媳妇，真欧苦，摇纱摇到半夜过，肚里沉得有点饿，偷碗冷粥呼勒呼，阿婆晓得要骂我，官人晓得要打我，隔壁有个三婆婆，（说）大娘大娘吚啥苦，十年媳妇十年婆，再歇十年做太婆，太师椅子朝南坐，啥人晓得奈（你）养媳妇。

由此可见，养媳妇生活之苦，睡眠时间过分缺少，饮食常感不足，日常生活颇受虐待，致有勾落养媳妇之说法。

这些文章读上去通俗易懂，为当地民众所喜爱。

朱聚生的猎涉面很广，写作的体裁也很广泛。他对石匡时的采访，就以纪实的方法进行报道。他将石匡时在上海绸缎店当学徒时的经历，采访后写成《不诚实与诚实》一文，刊登在8月9日的《生报》上。文中记录了石匡时当学徒做生意时，因为说真话和说假话所得到的一正一负的事情。经朱聚生的妙笔润色后，增加了可读性，既真实可信又不失幽默，读者在一笑之余，陷入深深思考。

朱聚生有事去嘉兴，总喜欢到老东园茶楼喝茶。老东园茶楼位于宣公桥东边桥头，是一幢木质结构的大楼，坐北朝南，门窗用玻璃镶嵌，室内宽敞明亮。大楼临河而建，周围风景秀丽，因此非常有名，一般到嘉兴的人，都喜欢去那儿坐坐。

这一天，他正在老东园茶楼喝茶，突然旁边桌上的两个人，不知什么原因，喝着喝着，竟吵起来。其中一人抓起茶杯就想掷，另一人抄起长凳也想扔过去，吓得在场的茶客大喊"速止"。后来，这两人在众人的劝说下终于走开了。朱聚生看后，很是感慨，心想，这种只顾自己意气用事，不顾他人安全的思想，在当代社会每一个阶层中都潜伏着，如果再这样发展下去，怎么得了。

当晚，他借宿在一家旅馆，因身体发烧，翻来翻去睡不着，思考着上午看见的事。他还发现，之前在这家旅馆住宿时，房间墙上贴有一张纸，明确告知旅客，"除房金外，不给小费，有事宜呼服务员姓名，不必叫茶房"，等等。可这一次，他竟不见服务员，只有两三个中年茶房，墙上的纸不见了，所贴着的纸上写着："每天房金二千三百元，加（二百元）计二千五百元。"次日，当他离开时，茶房还向他讨要小费，原先"以便利公民之宿舍，已经完全消失"。为此，他返家之后，就撰写了题为《在禾杂感》一文，发表在 8 月 21 日的《生报》上，文中感叹："这当然是'新生活'战不过'旧习惯'，一般理想的计划是不中用的。"朱聚生感到非常失望。在同一期上，朱聚生还具名"六亦斋"发表了《清乡须知》一诗。

自《生报》发行后，朱聚生觉得应该成立一个联谊文艺青年组织，通过这一组织创刊一本纯文艺刊物，主要目的"就是使青年们的业余时间和精神有正当的依归，而不再以谈笑唱戏作为日常休闲方式，以至让各不相及的散漫局势延续下去"。倘若能从联谊这个组织开始，就可以从学习发展到学术研究，这也可以提升青年素质。与此同时，他还认为海盐应该创办一所图书流通所或图书馆，读书对于人们陶冶情操、增长知识有好处。在他看来，个人买或向书店租借，费用太大，如果能有流通图书所或图书馆，就能方便读者。为此，他以笔名方生于 1946 年 8 月 18 日在《生报》上向读者征求意见，建议政府进行大规模筹措，来解决这个问题。考虑到"政府办事太拖拉的毛病，请有书的人拿出书来，共同放在一起，交换阅读，由一个人的一二本，看到人家的几十几百本书，无论怎么说都是上算的"。注明如读者对"此文有反应，请投稿给本报"。

没几天，报社就收到了远在上海工作的干果坚的来信，信中说："见到方生先生《征求意见》一文，引起了我无限的同感和快乐。谁都知道，知识是相互交换而来的，我们穷乡僻壤的海盐，对于知识交换的组织，向来缺乏，大多数青年把宝贵的时间消磨在消极的享乐中，赌博、坐茶馆成了唯一的功课……所以，今天看到方生先生提议创立'文艺青年联系组织，及图书馆，联合爱好文艺的青年，共同学习，相互研讨书，集体研究之效，创不断求进之风，以交换藏书，推动阅读'，这真是件多么有价值的事业啊。"干果坚在赞同方生创议一事之外，还对联谊会的创办提出了四点建议。朱聚生读到后，立即撰写了《给方生先生的反应》一文，刊登在9月7日《生报》第三版上。

9月1日，是记者节。为了庆祝这个节日，创刊不久的生报社邀请各位记者和特约通讯员举行联谊会。下午4时，会议在报社举行。虽然天上下着雨，但此时的正大同南货店俨然成了报社的会议室。商店平日里用来摆放货物的长条桌前，此刻坐满了前来参加会议的成员。朱聚生热情地招呼着，还不时让店员招待着前来参加的人，让座、沏茶。

出席会议的有干果坚、王榴生、宋仰成、葛明哲等十八人。会上，《生报》总编辑王模做工作报告，他回顾了《生报》创刊以来的工作情况，并希望各位记者与前来参会的特约通讯员对报纸日后的版式、编排、题材，尤其是内容等各个方面提出意见和建议。其间，与会者除讨论了文章的内容、题材的舍取、政论的斗争性以外，还对新诗形式与韵律做了探讨。朱聚生在一旁认真倾听着，不时做着记录。他对同行及通讯员所提出的意见与建议，尤为上心，认为学到不少的东西。晚餐后，他们还一起去中心学校操场观看了由报社组织的篮球比赛和文艺节目，直至深夜才散去。

这次会议后，《生报》在言论的公正性与报道的深入挖掘上，进行了大胆改革。此后的《生报》，由于报道翔实、言论公正，发行量激增，与发刊时相比增加了百分之两百五十，其影响力也日趋扩大。为此，《生报》刊登消息，又讯：

《生报》自3年6月问世以来，内容力求充实，编辑时加改进，深得各地读者赞许，纷纷阅订，业务蒸蒸日上，销数已至 1200 余份，较出刊时增加一倍半。计 6 月 500 份、7 月 760 份、8 月 920 份、9 月 1000 份，10 月至目前已达 1200 份，外埠上海、杭州、嘉兴、硖石、王店等地读者，均来函订阅。

《生报》的影响扩大到了外围。继四川省立图书馆来函索报之后，国立中央、北平两图书馆亦来函索阅本报，又讯，兹附录两馆原函如下：

> 迳启者：兹闻贵社刊有生报，拟恳颁赠一份，借兴点藏，而资阅览，至希惠允见覆为荷，此致生报社。
>
> 国立中央图书馆谨启
十月十五日
>
> 迳启者：兹查贵处刊行之生报，敝馆尚未入藏，拟请惠赐全份，以供参考，嗣后如有新本，仍祈随时寄赠，无往感企。
>
> 此致　生报社
>
> 国立北平图书馆启
十月十六日

《生报》的发行量达到了前所未有的地步，这在全县的报刊中也是数一数二的。显然这与朱聚生的努力是分不开的。社长石文平时在上海工作，对报社的事可以说是鞭长莫及，经理许鹏霄忙于商会工作，因此只是挂名，从不过问。记者俞志义是沈荡镇公所干事，平时工作也很忙，所以《生报》编务上的事，主要由朱聚生在负责。这时的朱聚生既是副镇长，又在国民小学任职，工作也十分繁忙，平时审阅来稿、编辑文稿，以及撰写文章只能利用晚上时间，这样一来，他常常感到时间不

够，恨不得将一天时间当两天用。这一次的会议，使朱聚生从
中获得不少编务上的启发。报纸的改变，让朱聚生和他的同仁
们尝到了甜头。经过思考，朱聚生觉得想要办好报纸，还必须
广开言路，让读者参与进来，使读者参与互动。于是，他决定
对报纸的栏目进行改版。

第二节　特设栏目，彰显志向

对于汉奸，朱聚生向来恨之入骨。抗战胜利后，各地的汉
奸摇身一变，有的成了新贵，加之封建迷信猖獗，严重影响到
国统区民众的生活。如何对这两种现象进行有力打击，使反汉
奸反封建迷信形成一种共识，成了当时一项重要的工作。这在
他编辑《生报》时，从增设"生路"栏目中就可见端倪。"生
路"是《生报》的副刊，由朱聚生主编。由他增设的两个栏目，
一个叫"打倒汉奸"，另一个就叫"破除迷信"。至于为什么要
增设这两个栏目，朱聚生在《编者的话》中这样写道："汉奸
如不彻底打倒，心理建设从何发起？管子曰：'礼义廉耻，国
之四维，四维不张，国乃灭亡。'"他认为"今天如果奸良不分，
怎么来以明礼义，知廉耻，国家之兴旺，尚有以待也"，指出：
汉奸问题之所以没有解决，关键在限于人情，导致检举乏人，
包庇却有人。还有政府对小民的呼声置之不理、不了了之现象。
这使得曾当过汉奸的人，仍不悔改，而其他人则产生悔不当初
做汉奸的心声。长此以往，对民众和国家都会产生不良的结果。
因此，一定要毫不留情地进行讨伐。他寄希望于读者赐稿和提
出意见，使之"树立起光明的灯来"。栏目一经刊出，立即引

起读者的共鸣，他们纷纷来信来稿表达自己的观点，揭发、批判汉奸的种种罪恶行径。有个名叫定一的作者所撰题为《汉奸许厚章》一诗，发表在第 41 期上，诗中云：

> 昨天提到的汉奸是许"镇长"，
> 今天释放的"良民"是许厚章，
> 密告他的是吃苦头的老百姓，
> 保释他的是本地的"大亨"！
> 许厚章是个什么东西？
> 是个马浪荡，
> 是个拆白党，
> 是个活阎王，
> 是个大流氓，
> …………

作者通过诗歌的形式，将那些胡作非为、猖獗一时的汉奸，曝光于天下，从而揭露了汉奸的丑恶面目，发出了人民的声音。

每当收到这些来稿，朱聚生就会选用一些诗歌和评论文章刊登。其中在第 52 期"生路"上，有署名信甫所撰写的《汉奸》一首诗：

> 汉奸，
> 你镍铛入狱了，
> 来尝你以往尝给别人的铁窗风味，
> 叛逆了八年祖国的你。
> 汉奸，
> 在这八年中到处显出你的手段，

是毒辣的，

是残忍的，

是阴谋的，

加害到善良的同胞身上。

鞭、打、踢是你平凡的应酬，

敲、诈、挤是你家常便饭。

汉奸，

你也有今日的一天。

你该在国法下伏诛，

改姓、逃避、贿赂、拉拢，

终究脱不了巨大的力量——民众检举，

你快收颈等死。

　　还有一个名叫小黑的作者撰写了题为《包庇汉奸》的杂文，在"生路"栏目第 46 期上刊登，文中有这样的句子："包庇汉奸杀无赦！"

　　读着这些来信，朱聚生激动之余以赵曾署名撰写了题为《打倒汉奸——代专号序》，刊登在"生路"副刊第 46 期上，文中写道：

　　国家有巨奸、省城有大奸、城镇有小奸、乡里有村奸，其奸虽有大小，其罪理应同论……

　　村奸不办，再乱时必多村奸，村奸之毒，厉于巨奸！

　　女奸不办，再乱时必多女奸，女奸之害甚于男奸！

　　为平等计，打倒汉奸，不分大小，不分男女，凡对民众有所危害，对抗战有所不利，应该一起彻底打倒。

同期刊发的还有他以方生具名的题为《国法和人情之间》的文章，文中写道："汉奸必须严惩，这是国法，汉奸之无须严惩，这是人情。"旗帜鲜明地表达了对汉奸卖国贼的愤怒之情。

朱聚生增设的这个栏目，由于符合形势，对抗战期间出卖国家利益，叛国投敌，给国家与民众带来无穷灾难的民族败类，给予无情揭露和抨击，大长了人民的志气，大灭了汉奸卖国贼的威风，因此，深得广大民众的支持与欢迎。

至于为什么要增设"破除迷信"栏目，朱聚生认为"迷信对于社会、经济和心理方面的影响实在太大，已经到了不破不足以谈建设，不可能提倡新生活"的地步，所以要对助长迷信的人给予严厉打击，同时普及医药设备，对民众进行破除迷信思想的教育。他还以笔名慎志撰写了《破除迷信》一文，刊发在1946年9月13日的《生报》上。文中认为，政府虽然有具体计划和办法，但是能否扭转扎根在民众中根深蒂固的迷信思想，尚待商榷。在他看来，现实生活中下层干部，还有乡保甲长、警士教员，大部分人的脑海都没有破除迷信，甚至有不少人还在助长封建迷信。另外，缺乏医生与医疗设备，以及缺少揭发迷信内幕的宣传。"有人患了病，不愿去正规的医生那儿医治，反倒宁愿购香烛、丢香金。其实就算治病吃药无需花费千元治好一个病，大家却都宁愿一次次烧香拜佛，而使得花费日益巨大，而且对治疗顽疾，无济于事，甚至于还耽误病情。尽管如此，大家还是陷于迷信的泥坑里，不愿自拔。"

针对这种情况，朱聚生提出"要倡导科学教育及出版宣传刊物，使民众潜移默化，自动破除迷信"，并建议"先成立破除迷信队，然后根据政府颁布的办法，抓紧落实，对沉迷于迷信落伍分子，作强有力的教育"，"要设立盲人习艺所，使占卜者改行。提倡做正当的娱乐行业，开办民众医疗所，只有采取标本兼治的行动，才能彻底破除迷信，建立良好的社会风尚"。

文章的刊载，引起广大读者的关注，一个陈姓的先生专门撰写了一篇《建议破除迷信的几种方法》，寄给"生路"。文中除对第 39 期上"生路"编辑的话表示赞同外，还就如何破除迷信，提出了几种具体办法。其中第一种治标的方法，就是采取"以庙办学"。他举例说，海盐境内，学校少得可怜。而"寺庙却三里一座，五里一只，随处可见，建议将庙产屋宇充分利用"；第二种治本的办法，就是政府增设"贫民诊疗所"，或在寺庙加设"民众阅报处"，开设民众学校，召开保民大会，经常派专员给予指导，达到义务感化之功效，如再有少数人执迷不悟，政府可强行下达禁止令等。朱聚生读之，很是欣赏，立即将它编发在"生路"上。

抗战胜利后的首个民国国庆日即将到来。深夜，朱聚生躺在床上翻来覆去睡不着，心想，这个国家是无数人用鲜血和生命才建立起来的，本应该让国民党与共产党联合执政，一起建立一个"国际地位平等，国内经济稳固的国家"，可如今国民党的政策，却试图挑起全面内战，扰得全国上下民心不宁、生活无法安稳。抗战刚结束，人民期盼安定，如今又一次笼罩在内战阴霾中，朱聚生禁不住一种凄然袭上心头……

1945 年的民国国庆，适值日军投降，全国上下，无不欢腾。海盐各地的民众都上街"提灯庆祝"，所有人都认为，从此可以天下太平。可谁知，却仍是灾荒，盗匪到处都是，江山依旧，贫穷依旧。想到这里，朱聚生心潮难平。于是，他起床，坐到桌前，点亮油灯，就着昏暗的光线，伏案写下题为《国庆有感》一文，文中道："一年来果然敌伪之威胁已除，但于灾荒之处，生活指数依然上涨，工农破产、商业凋零，胜而无'利'。"谈到战败国日本："据从日本旅游归来的人士说起，日本民生渐渐复苏，安心从事职业，并无兵燹盗劫及灾荒疠疫。反倒是败而有'荣'。"对此，他在感叹这第一个国庆，竟依然是无庆可祝之时，也希望"只能努力于建设，期待明年了"。这篇文章，于1946年10月10日发表在《生报》上。

没过几天，朱聚生参加了县长巡视会。会议结束后，他在会上对与会者所提出的问题，做了概括性的总结，并对其中经济问题、机关作风、乡镇合并，以及志愿兵问题，撰写成《旁听四感》一文，发表在1946年11月21日的《生报》上。

日后，朱聚生又花了几天时间连续走了多个机关，进行实地采访，从而听到了诸多怨言。提得最多的自然是经济收入少、待遇偏低，而且薪水普遍不能按月发放，导致生活不稳定。其次，是主管的人不尽责任，有的因别的企图，舍本求末；有的为了一己私利，公事一味敷衍，从而使职员工作积极性降低。在他看来，这种内部造成的乱象导致整个团体不可能有好的状态工作。为此，他将这种现象撰成《杂感》一文，发表于11月30日《生报》的"生路"上，以示告诫。

1946年10月25日，《生报》以题为《沈荡迎神赛会疏愿充校舍建筑费》的文章，告示准备次日借"北阴菩萨"出巡之际，大闹一场迎神赛会。这让镇上的老百姓颇感困惑，政府不是已经明令禁止搞封建迷信活动了吗，怎么又要举行庙会呢？更令人想不到的是，这个活动的发起者竟是力主破除迷信的朱聚生。

在沈荡，旧时庙会很多。比如清明后农历第一个九（初九、十九或廿九）是老太堂庙会，通常是在隔河对庙搭台唱戏两天。农历四月十一、十二是大庙土地菩萨庙会，有"奏郎担"唱戏。

农历五月十三，是大庙关帝菩萨生日，有两台"奏郎担"唱戏。到了农历十月初一、初二是地藏庵庙会，俗称"十月朝"，庙内也唱"奏郎担"。此外，还有董司庙、鹿苑寺、杨柳庙，逢庙会时，都会演出草台戏。戏剧戏目很多，有京剧《二进宫》《玉堂春》《群英会》等，也有越剧《梁祝》《珍珠塔》，还有武功戏《嘉兴府》《铁公鸡》等。城镇观众通常喜欢看唱功戏，演出前加演个跳加官，为当地达官贵人讨个好口彩，为群众求个平安符。农村观众则喜欢武功戏，跟斗翻得越多越好，桌子翻得越高越好。这种庙台戏就是以演戏的形式酬谢神的，前来观看庙戏的民众都无须花钱。

实际上，这次迎神庙会是在民众的强烈要求下举办的。朱聚生之所以热心张罗这件事，也是为了筹措中心学校的经费。当地民众通常认为菩萨的心肠是很慈悲的，菩萨看到失学的儿童没书读，也会产生怜悯之心。因此，民众供奉给他的钱，菩萨自然乐意拿出来作为教育经费。这在佛教界是无远弗届的。"迎神庙会"在朱聚生的操持下，搞得有声有色、非常热闹。就连外地的杂货和糖果摊主等闻讯后都赶来设摊。四里八乡的民众一大清早就来镇上，善男信女有的写疏愿，有的供香烛，供奉香金者也很多。目睹这一切，朱聚生为民众以慈悲为怀的善心与捐资办学的善举所感动。事毕，他将民众所捐的款项除去"十月朝"庙会开销外，结余全部作为国民小学的经费。这样做既满足了民众从善心理，又募集到了学校的建设资金。这种一举两得的善举所产生的效益，使知道内情的人都说："朱聚生为办学校，真是动足脑筋，他一心办校的善举，令大家感动。"

第三节 为民请命，帮助蚕农

作为一名报社记者，朱聚生对新闻报道的关注早已不只局限于本镇，他的新闻视野越过小镇的上空进入县城，尤其关注底层农民兄弟的生活。

一个上午，天气炎热，树上的蝉叫得人心烦。朱聚生从沈荡坐船去海盐县城武原镇，采访正在那儿召开的县参议员议长选举大会。谁知，船行时正逢逆风，到达海盐已 11 时。一上岸，他紧赶慢跑到了县商会，发现会议已经结束，议员们刚从里面出来，有的面带笑容，有的愁容满面。朱聚生心想，议长应该已经产生了。瞬时，他为自己没有赶上选举而感到遗憾。

下午 2 点半，会议再次开始。朱聚生见到了与会的四十八位县参议员。他发现这些参议员竟然全是男性，看上去很有绅士风度。他们大多数穿着长衫，有少数人穿西装和制服。其中有五个人头发已灰白，尤其是新任议长朱静候。因此，周仰松议员笑说："德高望重。"

墙上贴有一红底黑字的大幅标语：真正为老百姓说话！朱聚生心想，这也是老百姓对县议员们寄予的最大希望。

会上，他听到出席会议的俞县长介绍其家乡平阳的风俗习惯："平阳到了除夕，家家户户门上会贴一张'今年田粮已完纳清楚'的纸条，有的会连收据也一并贴上。真所谓'上不欠田粮，下不欠私债'。"尽管没能采访到会议的正题，但朱聚生觉得场上的交谈也颇有意思，于是便撰写了一篇题为《议会花絮》的文章，发表在 1946 年 6 月 25 日的《生报》上。

对青年人的生活，朱聚生尤为关心并寄予希望。社会上整日逛戏院赌场、胡调猎艳、谄媚官员、自称福运高照、自认为交际广泛的青年和另一种自称是看破红尘，整天待在家里，仅与妻儿度日，总把社会看得太邪恶，因此变得懦弱、消沉、无所事事的人，朱聚生都视作败类，也是时代的渣滓。为此，他还在 1946 年 8 月 30 日的《生报》上发表了题为《踢开他们》的文章，文中呼吁年轻的作者要想推动这时代的轮子，首先就要把青年的善与恶区别开来，"对善良的要拉紧他们的手，懦弱的要鼓动他们，无意识的要加紧教育。只具有青年驱壳而无纯洁灵魂的，踢开他们"。这样，新的社会才能在年轻人手里创立起来。

当了副镇长的朱聚生是忙碌的。他既为报纸忙碌，也为底层的百姓忙碌。尤其是农民的疾苦，他时刻都放在心上，急农民所急，为农民办实事。

夏天，是蚕农收获的时节，也是出售茧子的时候。这一年的产茧量还不错，起早摸黑养蚕的蚕农在欣喜之余，谁不想卖个好价钱？！沈荡地区是海盐县产茧量最多的地方，因为它四周有百步、横港、欤城、齐家等几个蚕业相对发达的乡镇，所以桑叶交易也较兴隆。早在 20 世纪 30 年代初，镇上就有四十多家米行云集，这些米行多数兼营叶行生意，业界有谚语云："看准四月天，坐着吃半年。"卖桑叶也能形成一条产业链，在获得丰厚利润的同时，形成了一种蚕桑文化，俗称"开叶市"。有《蚕花书》佐证，其中云：

五更金鸡叫嘎嘎，夫妻商量细安排。到叶行抬头看，坐起拉都是买客。主人说七百连佣，卖客人争要八百。三四人坐在一道，就打听别处去买。端正好洋钿钞票，圈棚船寻介一只。连夜开船不耽搁，摇船都是后生家。……

可见当时沈荡地区蚕农之多、影响之广。

一天，朱聚生经过一家茧行，看到许多蚕农围着茧行老板在说什么，脸上流露着不悦，便走过去打听。一问之下，才得知，今年的收购价比往年低了不少。他俯下身，从一蚕农的箩筐里抓起一把茧子，看了看，发现质量很好。便问："这是什么原因呢？"

老板说："这是上面下达的价格。"

朱聚生经过一番了解，发现当局利用当年丰收的年成，故意压低茧子的收购价格，而蚕商趁机从中盘剥。获悉这一情况后，朱聚生非常气愤，立即挑灯夜战，撰写了一篇题为《三日春秋》的文章，在 1946 年 9 月 1 日的《生报》刊登，文中写道："本县是蚕桑区，农民除了米谷生产之外，是靠茧丝来依为副业的。但今春的茧价，因了'官与民争利'的缘故，抑制到不够成本，甚至竟要'赔了工夫又亏血本'。"他在为茧农鸣冤的同时，对当局欺骗蚕农，以及蚕商盘剥蚕农的丑恶行径，进行了无情揭露。

其实对于蚕农的利益，朱聚生早在之前的《生报》上就谈道："养蚕的农民，哪一个人不亏了老本？卖茧的农民，哪一个不含泪回家？"在他看来，这其中的原因，有育蚕的成本高于茧价，同时也与中国蚕丝公司压低茧价、从中牟利不无关系。对此，他批评政府"一方面高唱奖励生产，而另一方面又使官僚资本来掠夺生产"。对于这种愚人愚己的政策，他认为"实在是一种自杀，也实在是不敢苟同"。

后来，他又在海盐《行报》上撰文《为蚕农请命》，对这种多年不变的现状做了剖析，认为"中国农民一向是被剥夺者。

抗战以来，有所谓的'赔偿'，有所谓的'救济'，都是不能'下达'的。偶而有之，也顶多千万分之一而已"。目前政府虽然在倡导合作，口号是喊得响亮，但农民的利益，实际还是操纵在少数人的手里。并以古诗"满身罗绮者，不是养蚕人"形容蚕农的凄苦生活，建议政府采取有效措施来补助蚕农。显然，朱聚生多次为蚕农利益发声，直接或间接地让决策者看到了，上级有关部门调整了秋季的蚕茧价格。他获悉后，还不忘在报上提醒蚕农："秋茧的价格现已商定，每市担不得低于十二万元，这当然是政府顾及茧农的一种设想，但仍要注意提防蚕商，以免被他们剥削。"

　　朱聚生不仅为蚕农争取利益，而且为蚕农请命。救蚕农于危难之中，这成为他从政和当记者时的主要任务之一。朱聚生敢于在《生报》不断地发表揭露社会各种弊病的文章，急蚕农所急，为蚕农所想，引起了广大民众对他的关注，在提高知名度的同时，也让不少人看到了他的热情与能力，更让大家看到了他关注民生、体察民意的高尚品格与无私的奉献精神。1946年 11 月 6 日，国民党三民主义青年团海盐分团第六队（沈荡）在青年服务社召开第八次分队联席会议，出席会议的有张谊、史群中等四十一人。在这次会议上，朱聚生当选为副区长。他的声望因记者的特殊身份日益提高，并且为民众所熟知，而他一心为民的执政理念更赢得了广大民众的心，农民兄弟读到他写的文章后，都竖起大拇指夸奖说："朱聚生为我们农民说话，他是个好镇长，也是名好记者。"

第八章　创办报刊，无奈受阻

第一节　战红诞生，夫妻喜悦

朱聚生很忙，忙中心学校的事，忙报社的事，也忙镇上的事。

这时韵玉已怀孕数月了，因生理反应时不时还会呕吐，碰到这种情况，朱聚生总是握住她的手，关切地询问："哪儿不舒服？想吃点什么？"韵玉听了，感到有一种力量鼓励着她，挺一挺也就过去了。

尽管韵玉的反应有些剧烈，但仍坚持去齐家小学教书。对她来说，从事教育工作是打小就立下的志向，是任何事情都不能阻挡的。朱聚生对妻子很了解，但有时也会说："大着肚子还跑去那么远的学校讲课，是不是我太无情了？"

韵玉娇嗔道："那么，你来做个大肚皮看。"

朱聚生看着她的大肚子，非常不安地说："我这么说是有道理的。你怀孕了，还挺着大肚子去乡下上课，我又忙，不能陪着你，万一路上出了什么事，叫人怎么放心？"

对于聚生的这番痴论，韵玉只能置之不理。她太了解丈夫了，知道他此时的心情。在抗日战争前后的这些日子里，她几乎每天与他在一起，一起在镇东小学读书，一起去百里地外的联中求学，在这么些年人生的旅程中，这个从小在自己眼里就像小大人似的男孩，如今成长为一个有担当、有责任感，为民众鞍前马后忙碌，为理想甘愿赴汤蹈火，哪怕做出牺牲都会挺身而出的顶天立地的男子汉。她理解他、心疼他，也更爱慕他了。

1946 年 5 月 26 日这一天，朱聚生正在学校忙碌，突然有邻居找他，说是他妻子要生产了，让他立即回家。朱聚生一听，扔下手头的事就心急火燎地往家里赶。跨进家门，只见母亲正等在楼下，焦急地朝门外张望，期盼他快点回来。

追问之下，才知妻子已在生产，母亲早将镇上的接生婆叫了来，正在楼上接生呢。

朱聚生听罢，立刻冲到楼上。

这时，朱聚生像经历了一场生离死别的考验。他站在房门外，听着妻子在里面因为疼痛而发出的一阵阵叫喊声，心中充满着焦虑与不安。他如今是连给即将到来的孩子取个什么名字都顾不上了，他不知痛苦呻吟中的妻子会在生产中出现什么情形。他在房门外等了两个多小时，却仿佛等了漫长的二十年。终于接生婆含着微笑，走出房门。这个接生婆是镇上的，彼此都熟悉，想不到今日在家里与她相遇。望着她，朱聚生充满期待与感激。她给聚生带来了福音："你家添了一个可爱的千金！"

等她刚一下楼，朱聚生立马就冲了进去。床上的韵玉因刚生产完的缘故，显得一脸疲惫。朱聚生深情地凝视着妻子，伸手摸了摸她的额头，温柔地在上面亲吻了一下："玉，真苦了你了！"

妻子被他的柔情所感动，疲惫而幸福地说："你快看。"朱聚生俯下身看着在妻子身旁恬静地酣睡的女儿，再也按捺不住心头的激动，亲吻了一下那张粉嫩的脸蛋。

他又端详女儿说："长得像我？"

妻子娇嗔地说："你说像你就像你。"

他羞涩地笑了。

妻子说："你给她取个名字吧。"

朱聚生稍作沉思后，说："那就叫战红吧！"

"战红？"妻子不解地问，"为什么？"

朱聚生答："抗日战争刚胜利，这来之不易的胜利，是无数烈士的生命换来的。"

妻子听了，点了点头。

朱聚生望着平安的母女俩，脸上荡漾着欢愉的笑意。

6月16日，朱聚生为了给战红过满月，还特地在《生报》上刊登启事，准备届时在家中设宴招待亲朋好友，以答谢他们对女儿的祝福。

这一天，朱聚生在阳春弄的家中设宴招待前来道贺的亲朋好友。妻子抱着战红坐在一旁，喜气洋洋地接受来宾们的道贺。在一片祝贺声中，朱聚生举杯畅饮，感谢多年来关心和照顾他家人的来宾。

有了女儿战红，从此朱聚生夫妻俩的生活是多了一份责任，也多了一份希望与期待。女儿就像一道阳光，使他们的生活变得更加温暖，也变得越发有意义了。韵玉在既当母亲，又当老师的同时，协助丈夫忙于各种社会活动。他们的生活似乎没有改变，但又似乎完全改变了。战红就像一条纽带，把他俩的心紧紧地联系在了一起。

第二节　《青年之友》，无奈夭折

朱聚生和盛韵玉不仅仅是夫妻，更重要的是，他俩对生活和理想的目标是一致的。从幼年认识起，两人就有一个共同的愿望——抗日救国，拯救中华民族于危难之中。正是基于这个共同的目标，他们才结合到一起。做妻子的因此很理解丈夫的工作，也会尽最大的努力去帮助他。他俩的性格可以说差异很大。朱聚生办事很急，想到的事马上就会去做。而韵玉则不同，她性格温柔、遇事冷静，为支持丈夫的《生报》编务工作，她还参加了由《生报》组织的读书联谊会，协助丈夫联系文学青年，与爱好文学的进步青年交流书刊。为了做好这一工作和提高自己的文学修养，她还忙中偷闲阅读了大量进步的文艺书籍。夫妻俩经常把各自阅读后的书，相互交换着看，并进行学习交流。

一个夏日的黄昏，他俩等孩子睡着后，做妻子的就笑眯眯地递给丈夫一份阅读目录清单，上面写着《文艺批评与人生》《方生未死之间》《社会学》《五十回忆》《黄绍雄自传》《战时边疆故事》等书籍。朱聚生浏览后，顿感惊讶。心想，这段时间，妻子既要带孩子，又要去学校教书，为了支持他的工作，还承担了诸多家务，说："真不知道你在百忙中还能挤时间读那么多的书，与你相比，倒是我读得少了。"说罢，他也拿出自己阅读过的书目清单递给妻子。韵玉在他的清单中看到有《火地人文》《蚁蛭集》《归国秘记》《日本民主化诸问题》《生物学与人类进步》等书。他俩的阅读侧重点有所不同，但这些书中的进步思想犹如春风，为他们打开了一扇通往外界的窗户，使他们的心豁然开朗,开阔了眼界,也使朱聚生萌生出一个念头——
创办一份文艺刊物。

其实,朱聚生的这个想法在之前的《征求反应》中就谈到
过,现在他只是想通过自己来实现这一愿望。

这一晚,他俩你一言、我一语,商讨起创办刊物的事宜。
聊着聊着,由于激动而无意中高亢的嗓音将战红惊醒了,她"哇
啦哇啦"地哭了起来,韵玉赶紧抱起孩子哄拍着,转头对丈夫
婉然一笑,说:"她也激动了。"

朱聚生一听,笑了。

他俩虽然有孩子,不像之前只有对方,但孩子的出生,使
他俩多了一份责任的同时,更多了一份理解,将他们的心贴得
更紧了。所谓心心相印、志趣相投,也就是如此吧。

那晚天气格外炎热,可朱聚生的心比这天气还火热。次日,
他就给在上海的好友陈鹤群接连写了两封信寄去,请他务必
于百忙中抽空赶来沈荡一趟,商议创办刊物一事。陈鹤群时任上海《前线日报》编辑,是沈荡人,老家就在镇上,曾在沈荡中心学校当过教师。朱聚生与他志趣相投,又都喜欢读书,交往多后,成了知交。朱聚生觉得,陈鹤群在上海滩报社任职,见过大世面,办刊经验丰富,听取他的意见是非常必要的。

朱聚生(右)与陈鹤群
(中)在一起(海盐档案馆供图)

8月25日,陈鹤群应约从上海赶来家乡沈荡,好友

相见，分外高兴。朱聚生招待陈鹤群在家吃晚饭，陈鹤群欣然答应。酒足饭饱之后，朱聚生不顾身上正发着皮疹，光着膀子就与陈鹤群一同去了沈荡大桥。

沈荡大桥，原名永庆桥，位于沈荡镇东，据记载，始建于清雍正三年（1725）4月，整座桥用花岗岩条石砌成，雄伟地东西横跨在盐嘉塘河上，像个哨兵似的守望在两岸之间。月光洒在河面上，河水泛着银色的波光。桥上坐着纳凉的人，他们三五成群地谈论着各自的所见所闻，孩子们在听老人讲故事。朱聚生和陈鹤群打小时起，就经常约到这儿来玩耍。他俩坐在桥栏上，就创办刊物一事进行探讨。随着话题的展开，他们越聊越投机，越谈越兴奋，直聊到午夜才回家。

到家后，朱聚生用毛巾擦了一下身子，随后拿起一把扇子，摇着进了房间。妻子还没睡，正躺在床上等他。见他回来，韵玉撩开蚊帐问："谈得怎么样？"

朱聚生说："与陈兄商议了，这本杂志打算做成三十二开本，在10月份面世。你看怎么样？"

沈荡大桥（现移迁至聚金村）（张东良摄于2020年）

"好啊！说干就干。"韵玉一骨碌从床上坐起来。

朱聚生顿感信心百倍，说："好，我们都想到一块了。"

韵玉说："那么每期的印刷费要多少？你们打算筹集多少钱创办呢？"边说边走到桌子前。

"大约需要五十万，可以先出五期，假设刊物能达到预期的目标，在两个半月中打好基础，那么读者就是刊物的股东。"朱聚生拉凳子让她坐下。

"那么，你们究竟想办成一份什么样的刊物呢？"

朱聚生看了看她，说："初步设想，是想把它办成一个综合性的杂志，相当于一张四开报纸，有十六个版面。内容兼顾文艺、学术及趣味性，不涉及政治、社会，阅读对象是中学生和职业青年，这其中包括小学老师，初定发行一千册，假设半数收回每册两百元也不难。如能实现这个目标，这份刊物就能存活下去。"

韵玉又问："稿子的来源呢？"

朱聚生答："学术部分由鹤群向上海的向许杰、曹聚仁等名家约稿；趣味性这一块，他也会在上海找，毕竟上海大嘛，每天找一两位撰稿作者，还是有的。"他充满自信地说："试想一下，如果每期上能刊载十五个趣味小品，那内容看上去该有多么活泼呀。"

韵玉受他对未来的憧憬所感染，急切地说："那么，文艺部分呢？"

"以推介名作家稿子为主，其他的留给新作者，这样可以培养更多青年和学生创作，提高他们的写作水平。"

"刊物名称取了吗？"

"取了。我和鹤群商量决定，就叫《青年之友》。"朱聚生说。

韵玉一听，兴奋地说："这名字好！我希望这刊物早日与读者见面。这样就可以弥补沪杭线一带文艺刊物的匮乏，也能给那些黄色刊物一个沉重的打击。"

朱聚生随即说："关于发行人的事，我们准备成立一个出版社，这样做的目的，是避免有人沽名钓誉。"

韵玉说："我想立即报道这个消息，这样一来，也是对你们的鞭策。"

朱聚生听罢，微笑着说："你放心，我明天就起草一份发刊词，告知读者《青年之友》的性质与出版计划，还要印刷一份预约启事，争取五百册的订数，每册收一千元，这五十万元就成了青年之友出版社的基金。"

由于兴奋导致说话声太响，竟把战红吵醒了。韵玉赶忙抱起她，嘴里哼着小调，哄她睡觉。

朱聚生朝妻子做了个鬼脸，轻手轻脚地走到桌前，就着油灯，伏案写起了计划，直至天将破晓，街上传来四乡农民挑着菜担"踢踏踢踏"上早市的脚步声。

朱聚生、盛韵玉夫妇和女儿战红合影（摄于 1947 年 6 月 30 日，海盐档案馆供图）

韵玉躺在床上，看了看刚入睡的女儿，想着丈夫即将要做的事情，怀着期待的心情，进入了梦乡：朦胧中，她就着灯光正在翻阅一本书，里面有好多的页码散开，她尝试着将它装订起来。突然，她看见封面上写着《青年之友》（创刊号）几个大字，开心地笑醒了。

谁知次日清晨，朱聚生的情绪突然又低落起来，他对妻子说：“夜是梦想的王国，白天是现实的恶魔。这恶魔不知摧残了我多少美妙的梦想。”

听了他这番充满消极情绪的话，韵玉马上鼓励道：“你们既然已有计划，只要条件具备，当然能如期出版。”

“说起来容易，做起来难。”他叹了口气说。

9月10日，韵玉撰写了一篇题为《祝〈青年之友〉成功》的文章，具名盛音发表在《生报》第三版上，文中介绍了朱聚生他们准备创办《青年之友》刊物的消息，表明她支持筹办的态度，并寄希望于这份刊物能早日诞生，认为这份刊物“可以使得各地的青年携起手来，创造更美好的明天”。

朱聚生看到妻子这样理解和支持他创办杂志，心里有说不出来的高兴。只要一有空闲，他就思考并修改着方案，争取早日出刊。之后，朱聚生为《青年之友》一事，还专程赴上海与陈鹤群商量。不巧的是，那一天正遇上陈鹤群所编的刊物要扩版，他忙得不可开交，没时间详谈。他俩只能在编辑部里就一些编辑、组稿等问题交换了意见。比如，办刊的主要内容是谈做人、谈文艺、谈科学、谈政治等。至于创办刊物，陈鹤群认为，诚如西方人有言，“罗马不是一天造成的”，要脚踏实地一步步地做，但是，他寄希望于“在不断地努力中去创造它幼稚的生命以光辉的未来”。

盛音的文章被远在上海的陈鹤群看到了，他立即撰写了题为《关于〈青年之友〉》的文章，发表在 10 月 28 日的《生报》上。文中对曾应朱聚生之邀，回沈荡四天筹备《青年之友》一事做了说明，并对他返沪后，因为忙于事务而导致《青年之友》迟迟未能出刊一事深表歉意。他写道："看到《生报》上'催生'的这篇文章，以及聚生弟的来信，知道各方面的朋友们很关注这一个小生命的降生，使我更感到汗颜。"表示会积极关注这件事，使之早日出版。

韵玉为表示对丈夫的支持，还在 9 月 25 日的"生路"上，发表了题为《吃饭的人》的一首诗：

我做了一个梦

梦见许多人

他们正在吃饭

在他们的额头上

很明显地刻着

"靠投资"

"靠背景"

"靠挖耳"

他们都得意地

快乐地

吃得怪响

而另一个地方

有人的额上刻着

"靠良心"

"靠本领"

"靠学问"

他们大都没有碗

没有筷
或是一只破碗
盛了点稀粥
在偷偷地呼着
惊醒了
我担心
在这世界里
会活活地饿死

朱聚生也不甘落后，在这一期的第三版上，刊登了《答'征求反应'的响应者》一文，以回应来稿的作者。文中谈到，虽然响应者只有海燕通讯社，干果坚、宋仰成等寥寥数人，但对此情况他心里早有准备："事前并未有过太夸张的奢望，所以非但并不失望，我个人是收获了较预期的快慰的——征求反应不投在空漠里，它有了回应，有了同声的要求。那么剩下来的问题，就是如何将这些要求，转化为具体的事实。"他认为，这不是单靠笔墨所能完成的事，应该马上付诸行动，在这过程中，有些技术上的问题，可以边做边解决。他是这么说的，也是这么做的，就在这篇文章的下方，刊出了关于征订《青年之友》基本订户的广告。

战红开始学走路了。朱聚生非常宠爱她，稍有空闲，就会将两只八仙桌并排，将她放到桌上，然后和曾氏隔着桌子，两人一左一右拉着她的两只小手让她学走路。每当这时，战红总是显得特别兴奋，无所畏惧地朝前迈步，还左顾右盼，开心地笑着，嘴里不停地喊着："爸爸，爸爸。"朱聚生听着，笑得合不拢嘴。之前，他吃罢晚饭，总是急匆匆上楼，去写他的文章。而此时，他却喜欢坐在饭桌旁，微笑着，嘴里时不时哼着地方小调。然后，从母亲手中抱过战红，将她举过头顶，仰望着她那张粉嘟嘟的小脸，接着哼。这时的战红也会学着他的调，"伊伊呀呀"地哼着，瞅着女儿一本正经的模样，他不停地摇晃着。瞬时，战红发出一串银铃般的笑声。

这期间，国民党三青团海盐分团召开成立记者公会筹备会。出席会议的新闻从业人员共二十三名。因组织章程已经起草完成，进而转为成立会。会议由陈文元主持。议程一是通过公会章程，二是选举第一届理监事，三是各位记者发表贺年讲话。海盐记者公会组织章程的第一条，就是将本会定为海盐县记者公会；第二条，本会以阐扬三民主义，宣传国策，研究新闻学术，发展文化事业，促进社会进化，并增进全县新闻记者福利为宗旨……共计二十四条。会议在完成一系列议程后，每一位记者就如何写好文章，以及办好报纸等问题做了各自的发言。

石文首先发言说："办报不是为自己，是为民众，虽然有困难，但必须合力攻破它。海盐新闻事业很蓬勃，是个好现象，但如何全力以赴，使黑暗彻底暴露，光明面尽量发扬，促成地方复兴，以及农村建设，其责任也在我们笔尖下。"

王坚听后讲："我们一方面固然须表彰光明英烈部分，使之对现实发展起宣传与推动作用。另一方面还要对卑劣腐败的部分加以揭露与批判，使存在于现实生活中的污泥淖水全都清除掉，唯有如此，才能完成我们对社会改革之任务。"

朱聚生则说："作为新闻记者，要有招冤、被控、坐牢的准备。针对社会的黑暗面，除了争取采访自由，更需要取得发表的权利。即使被封锁操纵的新闻，也该设法报道给读者，始终为读者真诚地服务。"

记者们纷纷抢着发言，气氛热烈而严肃，他们对如何办好报、清除社会上的不正之风，以及为民众服务等决心，均发表了各自的看法。

选举结果，陈文元、朱聚生、王坚、沈纪常等七人当选为第一届海盐县记者公会理事，朱聚生同时兼任研究组组长。

朱聚生决定创办文艺刊物，也是为了实现自己的文学梦想。这个梦想对他来说既是生活上的养料，又是精神上的一种追求。他喜欢文学创作又擅长新闻写作，说起来也是一个富有情调的人。这种情调，也使他会在游玩与欣赏之际，寻觅趣味和提升自己的审美境界。

这一天，朱聚生出席县记者公会在角里堰召开的会议后，和同行们一起前往海盐澉浦观"日月并升"。

澉浦距海盐县城约十八公里，有一处名叫南北湖的风景区。这里风景如画，素有"小西湖"之称。湖周有垂虹落雁、荆陵初晓、西涧草堂等著名景点。"日月并升"是南北湖一景，是一种天文现象，也是自然奇观。十月朔，登鹰窠顶观"日月并升"或合璧，早就名闻遐迩，当地的旧志书均有大量诗文记载。但真正见到的人不多，因为它与天时有着密切的关系，一定要天气晴朗、海上无雾，通常在阴历九月晦、十月朔才能看到。他们一行人下午在角里堰开过座谈会后，吃罢晚饭，翻过一座小山，到戴青别墅休息，9点钟再上山，经过一个小时的步行后到达顶峰。可惜的是，这一天没有出现传说中的"日月并升"奇观。尽管没有看到，但对朱聚生来说，也是百忙中难得借会议间隙游览南北湖，想一睹这自然奇观。这次观赏，给他留下了深刻的印象：

从午夜开始，我们有六七个人在一个竹园里生起一堆火来，人越来越多，前后有百余人参加这自然成长的"营火会"，谈笑歌唱造成了另一个天地，大家谈起转移风俗的问题，利用这种场合，造成一种含有教育性的娱乐，或像原始人民野外盛会一样的聚合，倒是一个办法。因讨柴火，进庙寺之后门，见门里有五六顶轿子，有两个兵在酣眠，听人家说，一顶轿子抬上来在三十六万，我认为是人人先生应出的代价，就是加十倍也不算贵。

四时半离开火堆，走向顶的极端，黑色里只见电筒的光，南北相映，像是"陆军"（兵士们）在演习搜索。眼望着东方的朝霞，近处是白茫茫的沙滩和盐场。远远一片幽黑的，不相信是海，海上狭窄的尺许蘋绿的光，连接着深蓝色嵌着几颗晨星的天，渐渐地蘋绿的变为淡红，到五时时分在稍偏南方的东方，才透出一些红光。这时掌声四起，满望着日和月可以并升起来了。然而，过五分钟，旭日已露了脸，先像半个盒子（像陈琳太监在九曲桥上捧的盒子一样）经过了一层暗云，在圆圆的太阳上围着一个黑圈。刚把太阳等分为二，那黑圈退去三分钟后完全升起，看的人都走了，还有人在等月亮。然而等到太阳耀眼的时候月亮还未出来，当然不能称之为"并升"，只能名之为"迎日出"。

下山时看见许多城里人打扮的人在皮鞋上套着新草鞋，听说朱盐察等也这样，真是深入民间。近万人蜂拥下山，像一条长蛇，最整齐的要算乡妇包头，都是深蓝色和绿色的袄。山脚下乡民售土产的橘子，每斤六七千万元。一个妇人卖佛珠。返抵甪里堰已是八点半，坐在船里就像一匹战败的马，朦胧中汽船送我归途。

南北湖的美，赋予了朱聚生创作的灵感，他感叹道：她不但与西子媲美，更是满地黄金呢！返家后，他在报上撰文，呼吁"南北湖是风景旅游区，以后可以建商店、旅馆，吸引杭嘉湖一带的人前来游览，而湖水则可以用来灌溉澉浦三分之一的农田"。南北湖之所以能给他留下美好的印象，是"因为沈荡正大同南货店的主人与南北湖无利害关系，所见到的均是它优美方面的缘故"。与南北湖保持距离，保持轻松自在的心态，文学家正好可以静观现实、浮想翩翩，所以能写出发人深思的作品来。

1946 年 6 月 26 日，在没有任何征兆下，蒋介石撕毁《双十协定》，疯狂进攻中原解放区，解放战争全面爆发。蒋介石独裁集团因发动内战而连续增发"通货"，致使物价不断上涨。这时，南京中央社发表了一篇"某经济学家"的高论，主张发行大钞，不但五万、十万，最好五十万与一百万也同样可以发行。朱聚生读到这篇文章后，觉得简直不可思议："这似乎是一种'反话'，然而，他却以'很规矩'的态度说出来，真使人啼笑皆非。"

那么，大钞与百姓的关系，究竟是怎样的呢？其实，这在过去的实际情形就已足够证明。在"辅币"流通的时候，百姓和公务员手头是宽裕的，购买力也强。可演变到今天，连乞丐手头也有上万的钞票，都变成了梦中的富翁。可是，反倒出现了连一件衣服也穿不起、一剂药也服不起的情况，人们大都埋怨"通货"的膨胀，甚至有许多人希望改用银本位和金本位，以恢复那些元、角、分、厘的钞票，可见一般人都是不希望票面增加的。这正鉴于第一次世界大战结束后的德国有过马克泛滥的情形，恐其在中国出现，会使社会陷入不安现状的缘故。它带给人民最大负担，创造劳动力和物力将间接负担着货币贬值的后果，这是在无形"捐税"。假如你拥有一百万元的纸币，从今夜藏到明天的话，万一政府增发一次大钞，你就要蒙受若干损失。在偏僻城镇生活的百姓，更加容易遭遇到通货膨胀带来的损失。

这种情况导致广大老百姓的利益损害颇深，朱聚生经过一段时间的考虑后，就撰写了《欢迎大钞》一文，署名朱天发表在 1947 年 12 月 10 日的《生报》上，文中揭露了当局印发大钞的深层次原因，并一针见血地指出："内战一日不停，军费不能不增加，大钞无法不发，物价岂能不涨，民生也只好听其加深困苦，我们要生活安定，彻底的办法就是迅速解决内战，单希望政府不发大额的票面是无济于事的，因为目前还可能造成另一种现象，是万元钞数额的极度增加，使千元钞逐渐没落，市面上继续加多狭小劣纸的一万元票，这同发行大钞有什么两样呢？仅由政府多负担一笔印刷纸费而已。所以，在这种必然的趋势下，我们只能含了眼泪来欢迎大钞。"

圣诞节快到了。这一天，朱聚生以杂文的形式写了一篇题为《圣诞老人》的文章，发表在 12 月 26 日的《生报》上：

圣诞老人今年送来的礼品是外国货，圣诞节的"好现象"是百物暴涨，外国货足以摧毁工商，涨价足以打击小民，毕竟圣诞老人不是中国人，他没有带我们走向天堂。

朱聚生用文章以表达对这一外国节的看法。

这期间，朱聚生为了《青年之友》一事，与陈鹤群分头行动。陈鹤群在沪负责组稿，朱聚生负责编辑、排版工作。经朱聚生与陈鹤群多方努力，这份《青年之友》的创刊号终于编排完成。可惜的是，眼见曙光可见，却因为办刊未获批准，未能如愿印刷出版。这份花了不少心血编成的杂志中途夭折，使朱聚生备受打击。令他更加难过的是，发行一向顺畅的《生报》到了这一年的年底，却因财务遇到困难也到了难以维系的地步。这份一直靠自筹资金，仅少数商会支持的报纸，在没有一分"官

贴"的情况下，今日也到了山穷水尽的地步。为此，朱聚生在
《暂别——本刊读者》的告别词中写道："生路"半年来，起初
是稿荒，取舍水准比较低，现在此种现象已无，但为它写稿的
人尚未普遍多地，老是这几位，我觉得它很可怜。……今后寄
希望"老作者"多写稿子外，更希望"新的作者"共同走向生
路，使社会的阴暗面全面崩溃。

第三节 《生报》合并，卷入纷争

《生报》原定只是暂停一个月，这一个月中，朱聚生准备
筹集资金后，抓紧筹办印刷器材，然后再发刊。然而，有时想
法赶不上形势变化快，不久，国民党海盐党部的机关报《海盐
民报》决定合并《生报》，出刊联合版。

1947年元旦，《生报》出了最后一期刊物后，就被迫结束
了它的使命。

合并后的《海盐民报》，虽说与《生报》联合办报，但客
观上已将朱聚生排斥在外。对此，有人说，是因为他的许多文
章过分犀利，击中了贪官污吏要害；也有人说，他揭露的时政
弊端使许多人如坐针毡，通过合并方式，致使他无法再主编这
份刊物。对这一切，朱聚生听后，总是一笑置之，也不争辩。
在他的心中，人民的利益始终摆在首位，个人的得失算不得什
么。对此，好友富守人看到他寄去的报纸上的文章后，便回信
规劝："你的小报，笔调宜含蓄一些。"朱聚生读完信后，立即
复信，除对友人的关心表示感谢外，仍我行我素。可就是这位
"宁死不做亡国奴"，致力于以笔做匕首，同一切贪官污吏做斗

争的记者，却遭至一些同行的误解与非议。

这些天，朱聚生感到很纳闷，与之通信的友人对他好像显得很冷淡，似乎有意在避开他。起初，他也搞不清楚这是为什么，后经一位朋友提示，他才得知有一本刊物在攻击他，导致朋友们对他产生怀疑。经过了解，原来这份刊物由在上海工作的海盐籍进步青年创刊，发起人为徐肇本和吴定中等人。这份刊物的名称叫《秘密丛刊》，也称《革命丛刊》，丛刊每期用其中一篇主要文章的题目做刊名，先后发行五期，刊名依次为《我们是主人》《画像》《今话》《感恩》《烛光》。内容有揭露国民党黑暗统治、宣传马克思主义、报道人民解放战争的胜利等，主要有时评、诗歌、调查报告等形式。这份名叫《我们是主人》的刊物，上面刊登着一篇文章，文中尖锐地指出：海盐各报纸都拿到"官贴"，故而海盐的报界"风平浪静"，一片粉饰太平的景象等。

朱聚生读到后，颇感不快，这份《秘密丛刊》的创刊号，居然还将矛头指向了他。

夜深人静，朱聚生不能入眠。月光从窗户的夹缝中漏进来，他感到迷茫。"怎么会发生如此无聊的事？"他轻声叹道，但又不敢相信地摇了摇头。随后，他从床上爬起，披衣下楼，从厨房里取出一瓶黄酒，拿只碗，上了楼。他闭目静坐，历历往事，涌上心头：自己为筹集办报刊资金，宁愿饿着一家人的肚子，创办《海北青年》为抗日救国奔走呼吁；将积蓄拿出来与他人一起合办《生报》揭露国民党黑暗统治、揭发贪官污劣的行为；此外，他为筹备《青年之友》做出种种努力……在这条崎岖的道路上，他已品尝过诸多的艰苦、焦灼与紧张，眼前这几个青年的批评又算得了什么？

可转而又想，他是个光明磊落的人，是非不辩不明，如果是误解也应加以说明。想到这里，朱聚生拿起酒瓶倒了一碗酒，一仰头喝了下去。一碗黄酒下肚，顷刻激动起来。他即提笔写下了《我的自白》一文，随后便刊登在《行报》的创刊号上。文中对攻击他的言论，做出了说明与批驳：

第一是《生报》与《民报》的合并它出发点的好坏，姑且不论，我在后期的《生报》里只是个兼职不兼薪的编辑，为民生报联合版，是发行人所决定的，我有什么"权"，可以提出意见呢？第二，关于吴、干案的调解，我纯粹站在友谊立场，并不是觊觎二百多亩田而奔走，现在双方人都还活着，尽可调查，我拿到钱没有？第三说起海盐的标谷，我不是资本家和大亨，从来没有搭过脚，也是尽可调查。其次，说起这个《行报》，据一位朋友的好意，劝我缓办，因为这时人家对我印象太差，未必这东西办起来顺利，尤其我以前《青年之友》计划的失败。但自可告慰的，我并没捞钱，事事须要有成功的把握才肯下手，世界的进化一定会迟缓。最后，我告诉《我们是主人》的编者，骂人也要骂得合理，拖泥带水的、放冷箭式的，不是我们青年人所应为的。

朱聚生有理有节且坦诚直率地表明自己的立场与观点，以独特的文风和高尚的品格，赢得了同行对他的肯定。《生报》与《民报》的合并，并没有削弱《生报》在读者中的影响，作为联合版，朱聚生仍在上面发表文章，名气也随之越来越大。

虽然这几件事使朱聚生感到遗憾与不快，但他也深知有许多事做起来并不如想象中那般简单。正当他在为这两份报刊的流产、合并，同行间产生的误解而感到痛心时，一个更大的考验却正在前方等着他。

第九章　创办学堂，教育救国

第一节　呕心沥血，创办新学

　　曾经对当局抱有希望的朱聚生，此时已对国民党的一系列政策产生怀疑，尤其是国民党撕毁国共合作的《双十协定》之后，他的幻想就破灭了。这时期，国民党还压迫各民主党派，公然宣布民盟等爱国党派为非法组织，撤销其组织机构以打击异己。目睹这一切，朱聚生非常苦闷，他对前途感到很迷茫。他不知道，蒋介石集团为什么要这样做。为了寻找心中的奋斗目标，他开始通过各种途径与渠道，找到胡绳所著的《思想方法论初步》《社会发展史》和介绍马列主义思想的书籍，试图从这些进步书刊中探索真理，寻找正确的人生方向，实现自己的理想追求与人生价值。

　　冬天来了，万物期待春天的到来。1946年底，朱聚生意外地接到上级教育部门的通知，指令他接任沈荡镇国民中心学校校长一职。早已受聘于沈荡镇国民中心学校任代课老师的他，这一次却被破格任命为沈荡镇国民中心学校校长，这让他既高兴，又发愁。说起创办学校，其实一直是朱聚生的梦想。在他看来，一个国家的强盛全靠教育，少年强，则国家强；少年盛，则国家盛。多年后，他的小女儿朱荒红回忆说："父亲后来在镇上的大庙里办起了学校，由于缺钱少物，他把家里有用的东西往学校搬，还准备卖掉家中仅剩的十亩田产去扩建学校，最终因为被捕未能达成。"

朱聚生被任命为中心学校的校长，是有原因的。这所曾借用王福卿老屋做教室的学校，到了 1945 年 8 月复学后，便更名为"沈荡镇国民中心学校"。岂知，房东王福卿这时竟提出讨回出借的房屋的要求。理由是怕时间一长，他的房屋会被充公。这让时任校长陈灏颇感棘手，这样一来，学校就面临即将倒闭的窘境。考虑再三，陈校长于 8 月 19 日发函给本镇绅士及镇民代表等召开校舍座谈会。出席会议的有吴志洪、吴北溟等十八人。会上，首先由陈校长向与会者做了关于借用校舍经过的情况通报。经讨论后决定：新校舍借用大庙后堑及本镇抢救济院房屋；大庙须修缮后方可使用，在未完工前，由校舍建筑委员会联函向王福卿再续借两个月，成立组织委员会等事宜。两天后，由陈校长向县府教育科报告校舍会议经过，并请转函县救济院商借本镇房屋事宜。朱聚生以学校老师和报社记者的双重身份出席了这次会议，并对这一会议做了报道。

然而，事情并没有陈校长想的那么简单。到了秋季快要开学之前，因为缺少教学经费，不能按时交房租。房东见状，又催着要房，导致学校难以维持下去。如此一来，一部分学生家长见状，就将自己的孩子送去张乐三创办的私立小学读书。不仅如此，连学校的老师见无学生可教，也应聘去了张乐三的学校。当时创办公立学校的经费，大都需靠地方募捐。如果募捐不成功，也就没经费维持。真是"屋漏偏逢连夜雨"。无奈之下，陈灏只能提出辞呈，抱憾离校，去其他乡学校任教去了。

当晚，朱聚生躺在床上，眼盯着天花板，想了许多：学校已陷入缺少学生、缺少教师、缺少资金、缺少教室的窘境，要创办一所新学校，说说容易，还真不知该怎么办才好。

他将这种情况对躺在身边的妻子说了。妻子听了，却安慰道："船到桥头自会直，只要努力，就没有过不过去的坎。"

"话是这么说，但困难也实在太多了。"朱聚生说。

朱聚生的心就像飘摇于滂沱大雨中的一片树叶，焦灼而迷茫，无力把握未来的方向。在面临抉择的十字路口，陆觉初先生的形象一步步朝他走来。

对啊。人怎么可以让事情难住呢？当初自己读书的联中，不也是陆觉初等有识志士在艰难困苦的条件下创办起来，从而使他和同学们得到良好教育的吗？学校没有经费，陆老师不就将他自己的肥皂厂卖了，捐助学校供开销的吗？这种时候，自己应该向陆老师等人学习，面对困难而不气馁、不退缩。从另一个角度来说，这不正是锻炼自己，实现扶植教育为己任之理想的好机会吗？

在朱聚生的心目中，陆觉初先生无疑已远不止一位普通的老师，许多时候更像是一位圣人。当他心力交瘁的时候，他就把陆先生的形象唤来，使自己脆弱的灵魂变得更为坚强。他在心里默念：模仿这种精神去做社会事业，何事不成，何功不就！

想到这儿，他对妻子说："只要功夫深，铁棒磨成针。我就不信，办不成这所学校。"还许诺，只要他把学校办成了，就将她从乡下的学校调到中心学校来。

为此，他还写信给远在安徽的好友富守人，信上朱聚生告诉他，镇长的位子已由汪刚当选，他选上了副镇长，并兼任中心学校校长一职。还说："为了抵制私立学校，减少帮会门徒，对后职很感兴趣。"

富守人读罢信，认为他"还是敌不住恶势力，被打败了"。但又相信，对当校长一职，朱聚生是很有兴趣，相信他是"由衷之言"。同时很为他担心，担心他为人处事喜欢独树一帜，但当校长这事需要与各方周旋，"若无支持，恐难取胜"。

朱聚生对好友的担心，心存感激。但他觉着自己完全可以处理这种事情。

10月19日，朱聚生署名朱苏在《生报》上撰文，他在这篇题为《寺庙与学校》的文章中说"最好的办法是把寺庙改学校，庙产为学田"，认为在本县多的是寺庙，少的是学校，迷信重于教育。并列举了海盐北门庆丰桥到王泥堰桥短短几里路有三座庙，却只有一所保校的事例。这三座寺庙至少有一人管庙，七八个和尚；而这一所保校至少有一个校长，七八个老师。管庙的不事生产、不用劳力，只须化化斋米，和尚们除化化斋之外，钱米还会送上门来。而保校的校长，猫叫狗跳两个半月了，却领不到经费，收收学米，却连小朋友都没有。中心学校的学米收起来相对比较容易些，而经费仍然领不到，吃米虽然有，但伙食费却要校长想办法维持，这种情况实在很让人苦恼。朱聚生强烈呼吁政府下令，保证"每个保校至少筹学田三十亩作为校产。因为寺庙至少有地可种，而学校却没有"。

命运再次关照了这位有才华的青年。

冬天，是个期待春天的季节。倔强的朱聚生开始为办校的事日夜奔波。首先，他想到要争取地方有财力的人士支持，落实经费问题。经过一番努力，资金总算得以落实。经过勘察后，他决定将沈荡永宁禅寺（俗称大庙）的后埭用作校舍。永宁禅寺坐落在大庙场内，明崇祯四年（1631）建关帝殿，后十年建（1641）永宁寺。寺院面积达二点五亩左右，规模大，又称大庙。传说永宁寺原为许氏祠堂，因建造规模过大，而许氏在朝廷官职较小，祠堂规模与其不符，便改作庙宇。每逢农历初十一、十二举行土地菩萨庙会。然而后埭的房屋因年代久远，破损严重，如不加以修缮根本无法使用。于是，朱聚生又与聚宝桥西的许家和送子庵内的相关人士协商，经商量后，先借用这两处的房子，用作临时教室，安顿前来上学的学生和任课老师。

要修缮学校了，一时筹不到修缮学校的资金，朱聚生就先从自己开设不久的正大同南货店里挪用。沈荡永宁禅寺后埭的房屋共有五楼五底，全是木结构的楼房。由于年久失修，早已破烂不堪、千疮百孔。遇到雨天，外面下大雨，里面下小雨，根本无法住人。于是，他将整个房子做了统筹安排，利用一个黄昏，画了一张草图。底楼中间一间半是楼梯，后半间用作办公室。上楼后，前面走廊向东、西各安排一教室，楼下也有两间教室和一间办公室。中埭设置为大礼堂，前埭两侧也设置两间教室。这样一来，共有六间教室，可供一至六年级的学生使用。

修缮之时，没有用料。朱聚生就请人砍了几棵大树，加工后用来修理楼梯、楼板，还做了一部分课桌椅，以及教师办公桌、住校师生宿舍的床铺等。为保证工程质量，他亲自张罗着找木工、泥工，还每天在工地上跑来赶去当监工，有时木工缺少钉子，他还会亲自上街购买，而这一切都是为了尽快完工。

新学校终于可以上课了。朱聚生也实现了自己的诺言，将妻子从齐家小学调至沈荡镇国民中心学校任教。朱聚生望着校园内欢歌笑语的学生，心里说不出有多高兴。开学典礼上，朱校长身穿一件灰色的粗布马褂、一双元口布底黑鞋。"他穿一身布衣，但无穷相，另有一种朴素的美。"有老师这样评价他。从职业的角度来讲，他成了彻头彻尾的教师。他面对一百余位学生和十余位老师进行演讲，许多面孔仰望着自己，他真有点恍如隔世之感，但又很快进入角色，几年前在联中的学习和回

朱聚生（前排坐者左三）与校舍修理工人合影（摄于1949年3月3日，海盐档案馆供图）

归家乡后担任老师时磨炼出来的教学才能又复活起来，他鼓励学生要珍惜抗战胜利后的时间好好学习，有一天成为国家栋梁之材。他的演讲一结束，台下立即响起一阵热烈的掌声。

校舍是解决了，可朱聚生又碰到了难题，学生的活动场地没有，这可怎么办呢？他看到永宁寺东侧有一块地，询问之下，发现是一处私人用地，设法联系后，经过一番协商，这块地的主人同意捐助。这样一来，这地加上原有的荒地，就可以开辟成一个操场了。场地有了，说干就干，朱聚生带领全校师生，先是拆除了一座破旧的小四将庙，然后将荒地平整整齐。在这个过程中，全体师生每天利用休息时间劳动一个小时，他们有的挖土，有的抬箩筐，有的拾砖块，有的填坑推土，干得不亦乐乎。其间，朱聚生总是带头昂首高歌，学生们跟着他一边哼唱，一边劳动，嘹亮的歌声伴着师生们的汗水在天空中回荡。

操场建设好了，却无钱购买体育运动器械。朱聚生决定借沈荡大庙剧场邀请外地戏班子来演戏，在连续八天的演出时间里，镇上的民众纷纷掏钱买票看戏，这些钱全部被朱聚生用来购买体育运动器械。

操场上，终于安装起供学生运动时用的横梯、滑板、翘翘板、沙坑、单杠和双杠，还设有篮球场和足球场，这一切都给学生带去了欢乐。一下课，就会有许多学生在那里尽情地玩耍，选择合适自己的体育器材锻炼。有好多次朱聚生站在那里，望着同学们如花般绽放的脸，开心地笑了。

皇天不负有心人。经过这一年的努力，昔日的一座破庙转眼变成了一所崭新的学校。然而，学校的大门却仍是一扇庙门，这不免让人感到有点遗憾。朱聚生琢磨着，何不自己设计一扇大门？于是，他雇用泥水工，将破庙拆下来的砖头，在临街砌起一座牌坊，并在牌坊横楣上用白底红字书写上校名"沈荡镇国民中心学校"，这九个大字在阳光的映衬下，显得格外醒目。

学校终于可用了，但还有一件事让他揪心——学校日常所需的教学经费仍无着落。之前，他经常挪用正大同南货店的资金填补，后来学校实在无经费可以支出，他二话没说就关闭了正大同南货店，变卖了全部的资产，用作修缮校舍的经费和开学后教师的工资，可这也是杯水车薪，只能解一时之渴。要想解决学校的实际困难，这终究不是长久之计。

校园的夜晚很宁静，和煦的春风吹出丝丝暖意。朱聚生独自一人坐在学校的办公室里，望着窗外在夜幕中摇动的枝叶，思考着如何才能筹集到经费，使得学校能长久地运作下去。情急之下，他想到了两个办法：一是争取社会上热心创办教育的商界人士的支持；二是利用报纸捕捉一些新闻线索，向镇上的几名大款索取。

他是这么想的，也是这么去做的。此后的几天，他完全不顾自己的面子，一家家地去找商界人士募捐。犹如燕子衔泥般，整天穿梭在小镇的街道和弄堂里，一次次地敲开商家的门，一家家地进行苦口婆心的协商。与此同时，朱聚生还带头慷慨解囊。他的真诚和实际行动打动了许多人，由此得到他的同仁俞志义、朱庚生和很多热心教育事业人士的支持，没几天，他就收到国币三百七十万元。这些都被用作支付老师的工资等。

有一天，记者张谊发现镇上青洪帮头目的儿子张刘观在丽庄大堰头勾搭上了一个外遇，这可是件桃色新闻，于是他写好了稿子，准备揭发其作风问题。这事被朱聚生知道后，就找来张刘观。

张刘观不知朱聚生为什么找他。"朱镇长，你找我有什么事？"

朱聚生见问，就说："你坐吧。"

张刘观满不在乎地坐在朱聚生的书桌旁。

朱聚生说："今天不谈公事，只谈私事。"

"私事，什么私事？"张刘观故作镇定地问。

朱聚生的面容在昏暗的灯光下，只有淡淡的轮廓，但他的眼睛却很明亮。他开门见山地对张刘观说："若要人不知，除非己莫为。你自己做的坏事，还需要我明说吗？"

从这一刻起，张刘观知道自己的事已东窗事发，被人逮住了把柄，再也无法抵赖。没等他辩解，就听见朱聚生说："你出资十石米捐献给学校，否则我们就在报纸上曝光你的事。"

这可把张刘观急坏了，说起来他也是个有妻室的人，迫于压力，也碍于面子，无奈之下只得照办。朱聚生虽然觉得这样做有点过分，但只要能使学校运转下去，其他也顾不上许多了。

除此之外，朱聚生还决定捐出自己的部分薪水。他和妻子两人每月的工资只有三石米，这点微薄的薪水，需要养活一家人。但就算这些工资也经常被他拿来用作学校的日常开销。他的这种无私的行为让在校的许多青年老师，看在眼里，感动于心，受他的影响，也纷纷将他们的工资捐赠给学校，这其中就有俞淑贞老师。还有他的好朋友张谊，在校任教两年，除所发工资分文不取，全部捐赠给学校外，还配合其工作，寻找新闻线索，向社会上的不法之人索取办学经费。

1946年11月，海盐小学教师的经费均已到了捉襟见肘的地步，沈荡中心学校更是严重，而上级主管部门却无视这一切的存在。这让朱聚生非常气愤。他考虑再三后，在11月18日的《生报》上发表了一篇题为《工作三月只拿到一万八千元，小学教师没有受饥冻的义务》的文章，文中说："我们站在民众的立场，也要请问政府当局，你们欲置教育于何地？"在列举了小学老师生活艰苦、教育经费欠费，使老师们饿着肚皮上课的景况后，他认为鉴于政府欠费，在教师吃了上顿没下顿的情况下，教师的利益只有由教师自己来保护，不能靠人家垂怜。当教师，拿工资，这是天经地义的事，呼吁教师们联名签署，或者推派代表，提请政府答复，以解决工资问题，直到满意为止。

朱聚生呼吁教师们联名签署，推派代表去政府请愿，实在是事出有因。10月31日的《生报》上曾刊登了一篇《中心校费可发放》的消息。饥饿的老师们一见，一度都很兴奋，见面时，总是以"不日即可发钱了"这句话相互安慰。然而，几天过去，县府仍没有动静。而实际上，之前教师三个月的工资就已经被冻结，他们所领到的一万八千元国币，只能买五斗米。问题是，这些米还不够全家老小吃三个月。除了买米，其他生活开支比如油盐酱醋、衣物，难道就不需要了？之后，《生报》于3日和6日又发出了小学教师讨要工资的呼声。

朱聚生的呼吁得到了全县教师的响应。由教师们推荐出的九十八名教师代表在武原镇中心小学集会。会上，大家推选朱聚生为主席。经过讨论，提出了四个条件，并要求面见县长，请示当面批复。

11月23日，朱聚生和推派出来的八名教师代表，一同前往县参议院提出面见县长的请求，并上陈了他们提的条件：一是请求从10月份起发薪部分折发实物；二是请求从11月份起，根据省府规定，每月发给稻谷七石和附加米七斗；三是11月必须发给稻谷七石四斗，于12月15日前全部发放。他们的请求很快得到回音。12月2日，县长马凭祖在办公室接见了他们三名代表，但对他们所提出的条件不完全认同。他说："政府眼下也有困难，希望教师们能理解。"

朱聚生一听，立即据理力争说："政府困难，就可以让老师没饭吃吗？"

事后，马县长在他们有节有理的压力下，终于做出让步，答应了他们的条件。当朱聚生和代表们走出县府大门时，很是兴奋。他说："这是教师们团结一致取得的胜利。"而教师们却认为没有朱聚生的带头，这一场关乎全县老师生死存亡、争取合法权利大事的请愿活动，几乎是不可能取得胜利的。

然而，数天过去，县府仍无补发工资的动静，有一所学校一名高姓老师一怒之下，就提出要辞职罢教，以示对县府置教师死活不顾的抗议。

朱聚生得知，为伸张正义，署名未名相继在11月30日和12月13日的《生报》"生路"栏目上，发表了题为《罢教前后》两文，除了将这次罢教风波的过程做了陈述外，还对政府置教师生命于不顾的行为提出严正抗议。文章的发表，引起读者关注，旅沪同乡朱石麒读到后，立即致信给《生报》。编辑部收到信后，以题为《旅沪同乡同情小教，致函本报代为呼吁》发表在《生报》上。

12 月 15 日，县府终于做出履行承诺的决定，发放了教师们的工资。这一场为教师要自尊、求生存、争权益的请愿活动，终于胜利画上了句号。

然而，学校的经费依然匮乏，为筹集资金，朱聚生可谓动足脑子。1948 年 8 月，朱聚生的小女荒红满月，按照当地的习俗，是日上午，朱聚生与母亲为荒红举行隆重的满月仪式：祭祀。曾氏将外婆家送来的猪头（俗称"元宝"，今一般用猪条肉替代）、鞭炮、香烛、衣服、鞋帽、金银首饰及糯米实心圆子、糕点糖果等物供奉在厅堂正中的八仙桌上，将外婆家送来的公鸡和摇篮、坐车、立（车）桶，分别系在桌脚上和桌下。吉时一到，燃香点烛放鞭炮，家人一同礼拜。只有韵玉和荒红待在房中，无须参拜。待仪程结束后，当父亲的自然为荒红摆上了几桌酒席，以示庆贺，答谢亲朋好友。谁知，满月酒一结束，朱聚生就将亲朋好友的贺礼如数捐献给学校。为此，他还在 17 日的《行报》上刊载了一篇答谢启文：

此次小女满月，承蒙各好友宠赐隆仪，感激不浅，业由热心教育人士发起将报收礼金移作沈荡中心校舍之用，俾代各位造福。收到礼金如下：陆浩然、干骠两先生各一百万元，梅景贤先生八十万元，任锦文先生五十万元，共三百三十万元，连前一共收到一亿四千七百三十万元，已全数向沈荡义记新木行购买板木。板木全部用于修理楼板以及增设一百多只课桌、所有老师办公桌，使学校焕然一新，改善了办公和学习条件。

他的这一举动，感动了镇上的许多民众。不少人说："朱校长一心办学，没有半点私心，真是一位好校长。"

第二节　延聘才俊，推动教改

为了推动新文化运动，朱聚生对学校的教育进行了大胆改革。他想到学生要接受良好教育，首先就需要拥有一支在德、智、体、美教育上比较完备的师资队伍。为此，朱聚生做了不少努力，四处网罗人才，聘请了很多思想进步、学识渊博、有教育经验的老师到校任教。比如，开学伊始，就聘请了曾与他一起在联中读书的进步青年俞志义，不仅聘他担任学校教师，而且让他兼任《生报》记者。接着，又聘请了海盐中共地下党组织的成员何锦瑜。1948 年的秋天，朱聚生还利用自己的特殊身份，聘请了原在苏北解放区文教战线上的黄村樵（化名黄祖明）、陈希才（女）、袁忠清（化名吴汉臣）三位同志。他们都是由中共苏北九地委上海组织处陈开白的介绍，来到中心学校的，并且都是中共地下党组织成员。不久，又有黄村樵的姐姐黄宾兰，以及徐雅琴来校加盟。朱聚生不顾个人危险，掩护中共地下党组织成员，这段经历成为这些地下党员难以忘却的记忆。许多年后，据时年八十七岁的李国华回忆："我二十三岁时，被聘在沈荡小学当教师。由于思想活跃、向往进步，

中共地下工作者黄村樵（海盐档案馆供图）

加上口才好、文笔辣、胆子大，在人群中属于那种比较'出挑'的人物。在当时的报纸杂志上，发表了很多言辞激烈的文章，矛头直指当时的国民党政府。"他还清楚地记得发表在1948年11月20日海盐《学报》上的一段话："中山先生认为只要将三民主义广泛宣传，等到多数人理解了它，革命事业便会水到渠成……党国要人一天到晚在搞党和主义的理解，莫过于这批人，但是封建剥削，买办剥削，不肯还政于民，不肯图民族自强的反革命行动，也莫过于他们做得到家。"这些中共地下党员的加盟，极大地影响了朱聚生的思想，使之在学校管理与教学方面采取更加积极进步的举措，致使沈荡国民中心学校有了质的变化。学生在他和老师们的影响下，文化水平有了显著提高，还接受了马列主义思想教育。而这些中共地下党员在协助朱聚生开展教育工作的同时，也得到了他掩护其地下身份的帮助，从而能在白色恐怖笼罩下的敌占区展开党的地下工作。

在朱聚生看来，国民政府统治下的教育体制，是一种专制的、禁锢学生接受革命思想的教育体制。为此，他在报上撰文，说："我国目前的教育往往过于偏重知识的灌输，忽略于学生与指导教师只是传授知识关系，训育工作则由训导主任负其全责，而由此产生出的结果：训导工作是消极的制裁，缺乏积极的指导，学风不流于嚣张，即入颓废！"它们的存在，不仅使学生解放思想、接受正确的人生价值观的教育受阻，还会对处在白色恐怖环境下的地下党开展进步活动不利。如何采取措施，使这种局面得以改善？朱聚生考虑再三，与有关同志商量后，决定先从调整人事方面着手，铲除阻拦教育改革的障碍。

学校的最大阻力来自一个老师。这个老师姓丁，是校训育主任，平日里为人处事很骄横，颇有目中无人的味道。其对待学生只有严厉训斥，没有谆谆诱导，学生见他都怕，因此敬而远之。

一个冬日的傍晚，天上下着鹅毛大雪。朱聚生召集全校教师开工作会议。会议在教师办公室举行，会上，他对近来的工作情况和下一年的工作打算做了通报，并希望老师们对下一年的工作，提出意见和建议。与会者对即将来临的新一年的工作计划展开了讨论。在关于教育内容的问题上，老师们都持赞同的意见。可唯有那个丁姓的训导主任耷拉着脸，坚决表示反对。有老师劝他退后一步，做些调整。岂知，他不仅坚持让老师们接受他的意见，还固执地认为老师们的意见是错的。朱聚生见双方相持不下，谁也不肯做出让步，就委婉说："能否采取一个折中的办法，双方各退一步？"岂料，训导主任还是不肯接受。他的这种蛮横无理的态度，引起何锦瑜老师的反感，激愤之下，何锦瑜对他的言词进行反击，严正驳斥了其观点。一时间，丁训导被驳斥得哑口无言，只得灰溜溜地离开了办公室。

次日清晨，丁某卷起铺盖，踩着厚厚的积雪，不辞而别，离开了学校。他的离职，使全校师生如释重负，真是大快人心。

几天后，朱聚生任命何锦瑜为训育处主任、黄村樵为教务处主任。谈话时，他说："作为训导老师，要公正处理事件，分别指导学生。公正是导师应有的态度，偏颇行事，不仅影响学生本身，也影响学生对导师的信任，间接不利于导师的职务履行。但是指导学生可因学生的品性差异而分别采取适宜的方法，我们所明了的是因人而异的指导方法，而不违背导师应有的公正态度为原则。"何、黄两人听后，都点头赞同，表示在以后的工作中，会将其指导意见通过教学体现出来。

自此，学校以一种崭新的姿态出现民众面前。

这种改革后的变化，从许多地方可以看出来。比如教学中，老师经常会与充满好奇的学生展开对话，就某些问题进行公开讨论。这样做的结果不仅增进了老师与学生彼此间的感情，而且也使得老师自身的人格魅力于潜移默化中影响着学生，从而培养学生积极向上的品性与思想。通常教育部门有严格的规定，在学校里必须悬挂青天白日旗。然而，镇中心学校的上空却看不到这面"国旗"的影子。上级部门规定要在教学中开设关于三民主义的"公民课"，而朱聚生觉得："三民主义是好的，孙文先生的本意也是好的。但这些纲领似乎很难做得到，与实际有些脱离。"所以不愿意上。每次他上"公民课"时，学生们听到的都是介绍中国历史上的民族英雄，抗日战争中被日军杀害于角里堰茶院的沈荡的八位青年英烈的事迹，还有中国共产党所倡导的要建立人民民主专政制度和社会主义制度的构想。他对学生们说："唯有中国共产党才是一个真正为人民谋利益的政党，这个政党的政治主张更接近于广大人民群众的意愿和

朱聚生（单杠上右坐者）（摄于1949年3月3日，海盐档案馆供图）

愿望。"这种宣讲犹如甘露渗入学生心田，使他们的思想朝着人生正确的方向发展。

第三节　注重教育，全面发展

作为一校之长，朱聚生还十分重视素质教学。他认为对学生不仅要教知识，还要重视德、体、美等方面的教育，这样才能使他们全面发展。

建校时，朱聚生就力主破除迷信。为此，他请人把学校大庙里的菩萨全部搬走，以免学生每天面对这些菩萨而受到影响。上课时，他对学生讲："你们回家后要对父母亲讲，这些都是迷信，是骗人的鬼把戏，是唯心主义。"

有一天，他还当着众人的面，请人将平日里在镇上晃荡的几只所谓作为菩萨坐骑的"神羊"宰了。

沈荡耶稣教堂，原名为沈荡镇基督教堂，始建于公元1873年，历史悠久。民国八年（1919），改名为沈荡耶稣教堂。教堂位于港南街，创建人为花茅生。这里的传教士历来传道认真，工作颇为努力，在信教自由的形势下，教友数目与日俱增。朱聚生得知后，很不认同。有一天，他特地跑去教堂，以报社的名义邀请耶稣堂的牧师，协商举办辩论友谊会事宜。牧师欣然答应。他还在《行报》上刊登题为《沈荡将有辩论会》的公告，邀请感兴趣的人士前去参加。几天后，这个辩论友谊会在中心学校举行。牧师等人到校出席。会上，辩论友谊会以正反两方出题展开辩论，正方题"天地间有一位主宰——上帝"，反方题"宗教迷信是人类鸦片，宇宙间是绝对无神的"。正方由传教士郑钦章主辩，反方由朱聚生主辩，正反双方进行了激烈的辩论。朱聚生用辩证唯物主义摆事实、讲道理的方法，对他们宣扬的封建迷信思想进行批驳，使之无言以对。在他看来，尊重宗教信仰自由是宪法所规定的，但同时应向学生揭示耶稣教的实质是唯心主义的。而他所做的这一切，都是为了使学生树立起唯物主义的世界观。

朱校长这种身体力行的实践，赢得社会各界的好评。1948年1月1日的海盐《学报》，对沈荡中心学校刊有这样一篇报道：

沈荡中心小学的教育特点，就是活动多，已没有死读书的风气，反对迷信方面高，中年级的学生也都知道得很详尽，他们不会去崇拜偶像。而且更切实地担负起了转移风气的责任，去开导当地老百姓。这才是活的教育。

这对学校校长朱聚生来说，无疑是一种巨大的鼓励与鞭策。

1948年5月，沈荡国民中心学校的学生在校长朱聚生的亲自带领下，参加了全县举行体育运动暨童子军检阅大会。在这次大会上，参加运动会的运动员奋力拼搏，比赛获得的成绩相当优异，据5月24日《行报》记载：

海盐县三十七年全县童军运动大会于本月二十日至二十四日在武原镇召开。沈荡中心虎视群雄，个人总分双喜临门，本届运动会收获最佳的为沈荡中心学校……成绩彪炳，总分七十一分名列第二，俞县长对该学校表示满意，特赠荣誉锦标一个。

　　这一次的运动会，得到沈荡海滨医院的支持，他们派出医生随行。县警察督导员杨竹泉先生还赠送军号四支、汽水一打、伙食费一百五十万元。

　　初战出师胜利，使朱聚生更加重视体育运动。同年10月30日，由沈荡中心学校发起召开首届小学田径运动会。随即就有八所学校、两百十七位运动员积极报名响应。比赛当日，由这两百十七位运动员分编成二十四个队。比赛项目有四个田径和团体操项目。

　　这是一次体育运动的盛会。

　　深秋的广场上，风强劲地吹着，把插在广场四周的锦旗吹得哗哗作响。上午10时许，来自各校的运动员已整装待发，检阅台上站满了来宾，广场上站满了来观战的小朋友，圈子外也人山人海，给原本有些冷的天气增添了不少暖意。

　　开幕仪式上，朱聚生作为本届运动会的发起人兼主席致词，他在鼓励运动员努力拼搏的同时，寄希望同学们取得好成绩。这次在沈荡中心学校召开的体育盛会，引起新闻媒体的关注，海盐《民报》竟连续三天做了跟踪报道，其中对开幕式是这样报道的：

　　沈荡中心筹划举行了这次三十七年全镇小学秋季运动会，小县里的一个镇中心能举行一次不算小的运动会，那真是难能可贵。……由于沈荡中心小学注意体育锻炼，培养了一批小运动员，既增强了学生素质，又能参加全县体育运动会并获奖，为沈荡人民争了光。

　　看了这篇报道，作为校长的朱聚生自然很高兴，几年的努力终于结成硕果，他望着正在办公室备课的何锦瑜兴奋地说：

"这样的结果正是我们所倡导的，学生除了学习好，思想进步，更要有一个力争上游的健康的体魄。"何锦瑜听罢，连连点头："皇天不负苦心人，没有校长的领导哪能取得这样的成绩。"两人相视而笑。

第四节　训练乐队，出场演奏

在朱聚生的倡导下，沈荡中心学校的文艺活动也开展得有声有色。为了让学生从歌词中得到革命教育，何锦瑜老师将珍藏的进步歌曲教材提供给师生，还建议先组织老师学唱，然后再由老师在学生中间教唱。这一建议，得到朱聚生赞许。这样一来，《你是灯塔》《团结就是力量》等革命歌曲很快在学校传唱开了。与此同时，朱聚生还和老师们一起撰写、编曲校歌和毕业歌，使学生通过演唱，从中得到启迪，受到爱国主义教育，获取向上的力量。这一天，沈荡中心学校的校歌在学校礼堂内响起：

浩浩的贲湖，
好似漪的宋坡。
东临的大海，
声势多么威武。
西边的铁路，
护卫建国任务。
地也灵，人也杰，
前有四将士，

巨大牺牲永不朽。

后有八青年，

遇敌不屈鲜血流。

革命大业功绩必竟成功，

大家努力学习，

我们前途无穷。

铿锵有力的歌词、优美的旋律，振奋人心。当年在镇小读书的老人回忆："朱校长等人编写的这首校歌，激发起我们发奋读书、力争上游的决心，至今记忆犹新。"

如何提高学生的艺术素养，也是朱聚生考虑的问题。他在学校经费极度困难的情况下，仍筹集资金购买了一批军乐队的乐器，并且从高年级学生中挑选人员，组织起一支学校乐队。这支校乐队由二十八位学生组成，分成甲乙两组，各组十男四女，大鼓一人、军号八人、小鼓四人。队员每人一套童子军服。这支乐队由黄村樵老师担任指挥，陈光跃、楼宝林、张素英、陈用行、沈康等传授各种乐器吹奏与打击技术。训练乐队可不是一件容易的事。首先，这些队员一点乐理基础也没有，更不要说吹奏乐曲了。每天放学后，同学们都回家了，队员们却要留下来，吹吹打打练上一个多小时。为了活跃气氛，增强队员的兴趣，教练员就带着队员一起去郊外，宿营时在树林中搭起帐篷。傍晚时分，队员们在教练员的带领下，在夕阳下练习演奏技法，次日，又迎着朝阳一起吹奏乐曲，这一切都使得营员们兴奋不已。这种新颖的教育方式吸引了镇上的居民，纷纷前去参观。

这期间，还发生过一件事，竟使朱聚生蒙受不白之冤。有一个名叫沈邑秋的队员因为身患重病，不幸去世。这使得一些不明真相的人造谣说："朱校长建立军乐队，逼迫学生沈邑秋吹号，导致其吐血身亡。"朱聚生得知，丝毫不理会这种流言蜚语，坚持训练这支乐队。俗话说，功夫不负有心人。没过多久，这支乐队居然可以清晨列队在校门口迎接同学们上课了。为了使乐队得到更多锻炼，镇上逢有大型会议召开时，朱校长也会将他们拉出去做会议前的出场演奏。

新生事物的出现，时常会引起一些争议。6月中旬，有一个记者在海盐《学报》上撰文，讽刺沈荡中心学校军乐队的服装像"馆子里的跑堂"。朱聚生看到后，颇为不悦，立即撰写了《敬告学报编辑先生》一文，在《行报》上发表，文中申明艰苦朴素办乐队是学校的宗旨，并对这家报社的办刊作风与这名记者的诬蔑之词进行了有力驳斥：

贵报之作风，向来很使我们怀疑的，捧也捧得厉害，跌也跌得结棍（方言：厉害）。就拿第十期来说，……有所谓乐队装束沈荡有似"BOY"这一点，敝校认为是很痛心的，因为学生经济力量的薄弱，有一部分无法购置童装，以至于临时抱佛脚，利用原有黑制服裤和白衬衫，添了一顶白帽子和"乐队"两个红字，作为乐队制服。……此次贵报以"BOY"相讥，"BOY"当然是"西思"（馆子里的跑堂）的意思，如此说来，我们的乐队是专替有钱人服务的吗？虽然职业不分贵贱，但贵报以"BOY"，至今有点侮辱，我们希望贵报不要专以国大代表、省参议员为至尊宝，顶好多予国大代表省参议员以外的人以同情，才不失贵报之价值。

尽管如此，军乐队却得到本校师生的高度认同。一次，学校举行毕业生典礼，他们演奏了由学校自编自唱的《毕业歌》：

好欣幸学，小学已毕业，
这是一朵新开的生命花，
这是小鸟学飞离娘怀。
花需结果，鸟需飞天涯，
学海是涉远，人生志是佳。
劳工是神圣，也可保国家，
羽毛未丰甭乱飞，莫屈采了这朵花。

激昂的歌声，与惜别之情融合在一起，使得全体师生热血沸腾、热泪盈眶。时至今日，曾参加过这次毕业典礼的老人仍记忆犹新，说："这一切仿佛就发生在昨天。"

10月10日要到了。学校打算举行一次"提灯会"，以示庆祝。"灯会"也称迎花灯，元宵节前后，海盐县城及主要集镇都会举行。沈荡是海盐县城的第二大镇，灯会历史悠久，颇具特色。正月十五前，镇上商铺、民居门口都会挂上各色各样的彩灯。元宵晚上，各村坊还会组队进行灯彩游街表演。一般有狮灯、马灯、滚灯、蚌灯、荷花灯，扎成戏曲故事中的各种造型等。届时，或抬或持，或舞或演，鼓乐喧天，游走于街道巷弄，观者如潮，万人空巷。朱聚生从小受到当地民俗文化的熏陶，也想组织一次这样的灯会，以弘扬民俗文化。然而，经过了解，制作灯笼需要一笔经费，可许多小朋友因家庭生活困难，拿不出制作一盏纸灯笼的钱，考虑到这种实际情况，朱聚生决定于10月10日举行一次简单的文艺晚会来庆祝。

这天晚上，秋高气爽，微风轻吹，时间还未到，操场上就挤满了人。这些人中有学生，有家长，就连镇上的父老乡亲也赶来了。

舞台由几块门板临时搭建而成。一盏汽油灯和一长串由旗杆吊起的花灯拉在舞台中央，将整个舞台照得通明。

小锣鼓声响起，晚会开始。朱聚生首先上台致开幕词，他的致词简洁扼要、热情风趣，台下爆发出阵阵掌声。演出开始，演员陆续登台：有学生表演的，有教师演唱的，还有师生合唱的。其中有独唱、有两人唱、有舞蹈、有相声，还有乐器合奏。独幕剧《活捉东洋人》，赢得了观众的阵阵掌声，而合唱《大刀进行曲》《只怕不抵抗》等歌曲，引起台下观众的共鸣，形成台上台下的大合唱，激昂的歌声将文艺晚会推向高潮。临近午夜，观众们还是久久不肯离去，沉浸在一片欢乐的海洋中……

朱聚生这样做，是他认为艺术教育和艺术活动的目的不仅在于培养艺术家，而且要以民众为本位，以提高民众趣味为义务。由此，他在乐器使用、艺术造型等方面更为注重其平民性质，使之能在民众中普及。

第五节　学前教育，服务民众

不久，朱聚生还创办起学前教育幼稚班。创办学前班，有朱聚生的考量，他一是希望使入学前的儿童能在学前打下良好的教育基础，为上学读一年级做好准备；二是认为这样可以解放不少家长的劳动力，使他们能抽出更多时间做事情。这样一来，会使家长和孩子双方得益。他的这个想法，果然得到了社会各界的欢迎与支持，学生家长纷纷将孩子送来学校，第一学期的招生就有学前幼童五十余名报名。这让他在欣喜之余，感到欣慰。

　　与此同时，朱聚生还专门开辟了民教阵地，办起了类似革命老区模式的民众夜校。为了办好民校，他先是利用《行报》展开关于"如何办好民教"的专题讨论，以吸引同行和富有见地的教师发表他们的见解，提出各自的真知灼见。这个讨论引起教师的广泛关注，他们纷纷来信并写来文章，其中有一位名叫德胜的作者的文章被选登在《行报》上，文中对当局近年来在民众教育制度上流于形式，而没有展开实质性的工作提出批评，"开始时好似怒涛汹涌，公文、训令到处乱飞，真是热烈非常，又一下子怒潮骤退，还有什么人去顾问呢？"针对这种情况，德胜还就创办民众教育的条件、方法，以及如何实施等问题提出了建议。

　　朱聚生一边通过《行报》宣传民教的重要性，使教育界的人士关注民众教育，一边身体力行地创办民众教育。通常民教工作着重在大都市和市县开展，对于偏僻的乡镇少有人关注。但朱聚生认为，中国是农业生产为主的国家，农民占到一个国家的百分之八十以上，如果不去关注这块僻地上的农民，那就要落后很多年。为此，他在报上撰文呼吁："民教应该深入农村去。"他是这么说的，也是这么做的。为了做好民教工作，他又利用沈荡中心学校这块阵地，创办起夜校。为了争取生源，他连续几天奔走在大街小巷，挨家挨户地做思想工作，动员民众去夜校读书。不仅如此，他还将镇上商店里的店员、学徒等组织起来。起初，这些人并不愿意，但经过他不辞劳苦地奔走和苦口婆心的劝说，有一百余名男女青年店员、学徒也参加了夜校读书班。朱聚生根据每个人的特点，将他们分成三个班级，进行夜间读书学习。为了教好这些学生，朱聚生还调动学校老师一起编印教材，并为这些学生进行义务教学。教师们在课堂上教识字、教算术，还对他们进行革命启蒙教育，比如宣讲什么叫唯物主义，人民才是这个世界的主人等真理，在"强调劳动最光荣，劳动才会创造财富，使世界变得富强"的同时，使他们充分认识到"劳动最光荣"这一朴素的真理。同时，还利用课余时间，教他们唱《你是灯塔》和《团结就是力量》等进步歌曲。

与此同时，朱聚生为了提高妇女们的思想，使她们认识到只有经济上的独立才是真正解放自己的道理，决定开办妇女学习班，使妇女们掌握生活的技能，让她们在经济上保持独立，争取妇女的解放。他与妻子商量后，将自己家里节省下来的钱，购买了两台缝纫机，创办起缝纫进修班。这事说起来容易，做起来也很难。中国几千年的封建传统思想，一直以来是男主外、女主内。有些家庭的丈夫封建思想比较严重，认为挣钱是男人的事，女人抛头露面像什么样子。妇女出来读书、学技能，许多家庭一时还不能接受。还有的妇女认为女人生下来除了生孩子，就是相夫教子，读书、学技能不是她们的事儿。但是，朱聚生也不气馁，耐心地做她们的思想工作，开导她们的丈夫。在他的努力下，招收了女学生三十多名。学习期间，朱聚生请黄宾兰任指导老师。黄老师耐心教，妇女们认真学。她们一边学文化，一边学缝纫，在掌握生活技能的同时，还提高了思想觉悟，积极要求进步。上课时，妇女们自带布料，先是学习车工技术，熟练之后，再学缝制衣服、裤子及鞋子等。在朱聚生看来，教育应该学以致用，用于日常生活。因此，他特别注重实践操作。正是这种富有实践性的教学，使得妇女们受益匪浅。1948年3月8日，沈荡中心学校民教部为妇女进修班举行了三八妇女节庆祝大会，会上，妇女班的学生在台下，除听黄老师讲述三八妇女节的意义外，还穿着各自缝制的新衣服进行了歌咏朗诵和舞蹈表演。其间，她们还向镇公所赠送了由她们缝制的布鞋。

由于开办的夜校、妇女缝纫进修班都是免费的，就连课本、夜读的油灯、文具用品也不收费，这让中心学校的经费更加拮据。这些活动经费，都是由朱聚生向外界筹募和掏自己腰包来筹措。为了支撑学校办下去，朱聚生将自己正大同南货店的资金也全部拿出来，投了进去，导致商店终因入不敷出而关门。尽管如此，就在这一年除旧迎新之际，学校的经费终于到了难以维持的地步。无奈之下，朱聚生决定将其岳母家的田产——十亩粮田出售，以期将所得金额捐赠学校。说起这十亩粮田，还是当时韵玉的母亲作为陪嫁赠予女儿的。

那一天，他和妻子商量："我想把你的嫁妆十亩粮田出售了。"

妻子听后，未免觉得有些突兀，对他俩来说，毕竟这是家中唯一的财产了，问："为什么？"

朱聚生说："学校快没经费了。"

朱聚生（第二排左七）与沈荡中心学校民教部妇女班合影（摄于 1949 年 3 月 3 日，海盐县档案馆供图）

妻子一听，有点不舍，但她了解丈夫，理解他对教育事业的这份心，点头同意了。

为了能尽快出售，以解学校燃眉之急。朱聚生在1949年1月21日的《海盐商报》上刊登出售田地的启示：

我有祖产粮田十亩，坐落在圣安乡三节湾地方，决定卖去，用作沈荡国民中心学校充实设备及办公经费之用，因为现在每月二十元的办公经费，学校实在办不好。十亩粮田想卖二十五斗米，如有热心人士能善价购买，不胜欢迎，请在二月二十日前赐洽。

通讯处：沈荡中心学校

然而，打出的出售告示，并没能像朱聚生预期的那样顺利，田地竟无人接盘，这使他十分沮丧。但是，朱聚生一心为公、热心教育事业的无私精神，却在社会上广为流传，并且感动了许多人。在朱聚生的感召下，有镇民洪德元、陈宪即各向学校捐赠糙米六石，而朱聚生哥哥的儿子朱士元，因父亲病逝接管了朱裕兴老店，眼见叔叔为学校操碎了心，便慷慨捐赠四亩半水田，以支持他继续办学。

在朱聚生的领导下，沈荡镇中心学校师资力量雄厚，学生报名就读踊跃，教师们不仅教学生唱革命歌曲，还对前来夜校听课的青年们进行革命的爱国主义启蒙教育，学校中的革命氛围日渐浓厚，朱聚生在接受中共地下党领导的同时，也承担起了掩护地下党员的工作，为配合中共地下组织进一步做好抗敌斗争，进行了思想与行动上的准备。学校里形成一种良好的风气，营造出一种革命与进步相兼容的氛围，呈现出一片欣欣向荣、生机勃勃的景象，被人们视作"国统区里的小解放区"。

第十章　看到曙光，以笔做枪

第一节　创办《行报》，建"读书会"

1947 年，国共两党的内战早已全面爆发，政治风云波云诡谲，加上物价飞涨、通货膨胀，抗战后社会问题日益严重起来，这一切，将人们胜利的喜悦消除殆尽。自从《生报》被《海盐民报》兼并后，《海盐民报》的同仁对朱聚生故意排斥的行为，使朱聚生看清了国民政府所主张的执政理念是多么不得人心，从而使朱聚生对当局完全失去了信心。但是，朱聚生并没有因此放弃对真理的探索与对理想的追求，仍然不失时机地寻找着可以实现自我价值的理想方法。这期间，中国共产党建设一个由人民当家做主的新中国的政治理念，以及朱聚生自己对马列主义思想的认同，使他积极主动地靠近中共地下工作者，并且参与其中。朱聚生的小女儿朱荒红回忆："祖母曾说，父亲常常白天兢兢业业办学，晚上彻夜不眠写文章，同时还要进行地下党工作。他如果认准了一条路，就会不顾一切地走下去。"

一旦机缘到来，就一定会有收获。

这个机缘可以追溯到 1946 年 11 月，当时在因当局欠发教师工资而引起的全县性教师罢课运动中，朱聚生作为全县教师代表，为争取老师的权益向国民政府请愿。这期间，他认识了前来维持秩序的县警察局督导员杨竹泉。

杨竹泉，化名杨雪峰，江苏江都人。早年就读于太仓师范，在校时得到中共地下党的指引，于1940年底和同班女同学孙志兰一起投奔解放区，就读于华中抗大，后毕业于华中鲁艺文学系。此后，与孙志兰结婚。他的秘密身份是苏

中共地下工作者杨竹泉（海盐档案馆供图）

北党组织派往海盐的中共地下党员，公开身份则是海盐县警察局督导员。这次偶遇成为朱聚生人生道路上的重大转折点。

这时期，杨竹泉与王坚结识，两人合办了一份名叫《新世纪》的刊物，由于经费紧张，杨竹泉只能将妻子微薄的工资挪用作为刊物经费。这份刊物出了两期后，他又打算与朱聚生合作创办《行报》。

这是因为经过一段时间观察后，杨竹泉感到朱聚生思想进步、办事踏实，便主动接近他。交谈之下，杨竹泉得知朱聚生追求真理，同情底层百姓，尤其是他经常在报纸上为民发声，这让杨竹泉颇为欣赏。很快，他俩成了莫逆之交。之后，朱聚生在他的影响下，思想上产生了很大变化，他从杨竹泉那里了解到中国共产党的一系列政治主张，以及抗战胜利后，蒋介石集团为了篡取胜利的成果，悍然发动内战的内况。朱聚生的政治倾向开始发生变化，并对国民党信奉的革命纲领三民主义产生了怀疑，而对中国共产党所信仰的马克思主义产生了浓厚兴

趣，进而积极主动地向杨竹泉靠拢，自觉地接受马克思主义理论，产生实现共产主义理想的政治主张。有意思的是，杨竹泉虽然是中共地下党员，却从未向朱聚生透露过这一身份，而朱聚生似乎清楚其身份，但也从未询问过他这一问题。他们似乎都清楚对方的政治倾向，但又在不轻易去触及对方身份的状态下，彼此充分信任，做着他们认为应该做的事情。

这一天，杨竹泉午饭后专程乘船去沈荡看望朱聚生。上岸后，他就直奔学校。一到办公室，有老师告诉他，朱校长去镇公所了。他又来到镇公所。朱聚生一见他，非常高兴。杨竹泉说："我有事情想跟你聊聊。"

朱聚生听了，感觉他似乎有重要的事要跟自己谈，于是，立即领着他往自己家里走。

在朱聚生家的吃饭间里，他俩相对而坐。两人谈天说地、开怀畅言。朱聚生谈了之前创办刊物的经历，又谈了准备再创办一份报纸的设想。杨竹泉听后，称赞说："之前，我经常在报上读你写的文章，切中时弊、内容广泛，读了很提气。"

朱聚生听了，谦虚地说："你过奖了，我只是实话实说而已。"

杨竹泉趁机说："你想创办报纸的设想非常好，我赞同。我俩可以合作。"就这样，两人一拍即合。

天色已晚，杨竹泉起身告辞，准备乘最末一班硖石至海盐的航船回县城。岂知朱聚生谈兴正浓，热情地挽留他说："何不在我这儿住一夜，干脆聊个痛快。"

杨竹泉一听，说："好啊，那就打扰了。"吃罢晚饭，两人又对创办报纸的主要内容、宗旨与栏目设置，以及报社的人事事宜等做了商讨。

朱聚生提议："经理一职，可否由陈文元担任？"

杨竹泉问："为什么？"

朱聚生回答："陈文元是国民党三青团海盐分团副书记兼海燕通讯社社长和记者联谊会负责人。如果他能出面担任，可以扩大报纸的影响。"

杨竹泉听说，沉思一会儿，点头说："非常妥当。"

经过一段时间的筹备，以及多方筹集资金，两人商定创办的报纸，取名为《行报》，寓意"一是力行，就是能说能做，不讲空话；二是'天行健'，学习自强不息的精神"。社址设在沈荡镇商会，杨竹泉任社长，朱聚生任总编辑，陈文元为经理，马达明为广告部主任。

在《行报》获准创办后，杨竹泉立即从苏州调来张辛如和沈志直任编辑。这两人的身份很特殊，都是中共地下秘密党员。这样一来，《行报》实际上就是由中共地下党组织在国统区领导的一个舆论阵地。此后，杨竹泉又介绍地下党员黄村樵（化名黄祖民）进入沈荡中心学校任教员，开辟了沈荡中共地下组织这个点。

《行报》于1946年11月17日试刊，共八开四版，1947年3月3日正式向全县发行。创刊号上专门介绍了办报的宗旨，概括起来有两点：首先形成学习的氛围，"眼见当前时代进步，每个人的学

《行报》

识，当然是不进则退，不加紧学习，难免逐渐落伍"。其次，"是想替正在学教的青年，树起一个横向联系，脱出个人自私主义和恶习嚣张的旋涡，共同为人民谋福利和为三民主义彻底实行而努力"。

创办的《行报》副刊，仍延用了《生报》副刊的名称。至于为什么延用原名，朱聚生在署名六亦斋的《再遇小言》一文中说："今年四月'生路'复刊时，我曾写过一篇'重逢小语'，还说是'生路'使他不中断的。十月份《生报》与《民报》联合版，'生路'与'海涛'同时停歇。最近有人计划出版《行报》找不到适当的副刊名称，然仍叫'生路'，在期数前加一个'新'字，以资分别。"在第一期上，朱聚生将一直以来自己试图建立一个阅读交谊会的设想，付诸实施。他利用《行报》组织起一个"阅读交谊会"，并在交阅通讯公示里，发布了征求会员的信函，以期得到会员对图书的交换。信函中讲明建立"阅读交谊会"的重要性和必要性，借阅须知等规章制度，还刊登了第一批会员通讯录、公示借阅须知，每名会员都须按规章相互交换借阅，以保证书刊的流通等内容。所制定的交换阅读会暂则中，还制定了宗旨，以"交换阅读，研讨学术，增进友谊及发扬互助精神为宗旨"。自创刊第一期起，每一期的《行报》上都设有交阅通讯栏，公布新会员名单，还不时发表会员的阅读心得，有时刊发图书总目录、告会友书等。由此，朱聚生通过"阅读交谊会"结交了一大批读者，从中发现了不少思想进步之青年，有目的地与之通过借阅书刊、通信进行交流，培养他们接受进步思想，引导他们走上革命的道路。

第二节　以笔做枪，勇于开火

自此，朱聚生在中共地下党的直接领导下，以沈荡中心学校校长和国民政府沈荡镇副镇长的身份作为掩护，从事革命工作。从那时起，这份八开四版的红色小报《行报》，犹如黑暗中的一缕曙光，呈现在海盐人民面前，使民众为之一振。这份报纸，在及时宣传中国共产党民主革命时期政策的同时，还报道了被国民党当局封锁的解放战场上的真实情况；在频频揭露国民党反动派的反动本质和所犯下的种种罪行的同时，还揭露了地方政府中贪官的腐败作风。朱聚生则经常在报上发表进步文章，公开揭露、抨击国民党反动派的黑暗统治，并以"交谊阅读会"的名义，团结各地进步知识青年，开展政治讨论。通过办报和这一系列活动，朱聚生的思想得到进一步提升。他欣赏社会良好的生态环境，更希望通过自己的文章反映人生情味和社会问题，通过观察和思考，他把执政者、警察、黄包车夫、广告公司职工、庸医、邮电局职工等各种人物，皆写入文章中。

"这里没有快乐的劳动者，有的却是许多不满足面包的人，这里没有良好的社会道德风尚之人，有的却是随地吐痰的人，这里没有为公益事业慷慨捐款的人，有的却是为赌一掷千金的人。"

朱聚生把都市、乡镇中的社会生态，加以刻画讽刺。

这一年，海盐县举行地方参议员选举，沈荡的吴班宣和许鹏霄竞争激烈，导致两人摩擦加深。朱聚生得知后，立即在《行报》上撰文，讽刺他们为争权夺利，不惜抹黑对方的行为。他在《大选与民心》一文中写道："拿竞选者本身来讲，事前费下许多精力，给人民一个好印象，结果不是落选，却是落圈，眼望着'上钻者'坐享现成，对今后之观念，不无变更，大家不在下层努力，而只知钻上，这种情形对地方上，不能说没有害处的，参议员会高喊的收拾民心，何不与大选齐驱呢？"这样一来，自然招致双方都对他产生不满。后吴班宣当选，许鹏霄只得到一个候补名额资格。

天有不测风云，人有祸福旦夕。仅过了半年，吴班宣突然离世。可许鹏霄仍不消停，利用与县长俞斌的关系，得到替补正式参议员的资格。朱聚生闻讯，又在报上撰文说："皇天不负有心人，死人填补了选票。"讽刺这种极不正当的买官行为。

朱聚生常说："富贵于我如浮云。"这种处世态度使他一方面淡泊名利、达观洒脱，另一方面又冷静观察世态。他主张勤俭节约，反对铺张浪费和封建迷信。将有限的钱花在公益和为人民服务的事业上，这是朱聚生一直以来所倡导的。朱聚生也因为生活过于节俭而出过洋相，这件逸事至今还在当地流传。

有一天，朱聚生为《行报》印刷上的有关事宜，到镇西市天德堂药店找张谊商量。谁知店里的人告诉他，张谊已在前一天前往嘉兴采购药材去了。想着事情比较急，耽误一分钟，就会耽误报纸的出版。于是朱聚生询问了张谊借住的旅馆名称和地址后，就立即赶往轮船码头，乘上海盐至嘉兴的客轮去找他。

经过两个多小时的行驶，轮船终于到了嘉兴码头。一上岸，朱聚生就坐上一辆黄包车，直接去了张谊借住的东方旅馆。

朱聚生走进旅馆，看见一个中年模样的妇人坐在店堂内，便上前询问："你好，我想打听一下，有位名叫张谊的人在你店里住吗？"

妇人警惕地将他上下打量了一番：只见来人上身穿一件上

青对襟短衫，色泽已泛旧，下着一条黑色中装长裤，脚上穿一双元口黑布鞋，活脱脱一副民工的模样。便干脆地说："这里没有一个叫张谊的人，你找错地方了，快出去吧！"

这下让他纳闷了，赶忙解释道："就是沈荡天德堂药店的张谊。"

"没有，你没听见我对你说的话吗？我们这里没有张谊这个人。"对方似乎更加不耐烦了。

朱聚生急忙又解释道："我和他是同事，有急事要商量，你就告诉我吧。"

"跟你说，没这个人，你快出去吧！"她一边说一边向他不停挥手，毫不客气地将他赶出门。

朱聚生一见，不再跟她理论，说："那我就在外面等他来。"说罢，顾自站在店门口。

半个小时后，张谊来了。张谊一见他就说："怎么不在店

沈荡老街（徐张平摄于 2020 年）

里坐？"

朱聚生听后，也不做解释。等回到沈荡后，才讲起之前发生的事。

张谊听了，笑说："定是老板娘把你当作一个不三不四的人了。"

朱聚生听后，困惑地说："我怎么就成了不三不四的人了？"

张谊这才说："我跟你讲过，外出时要穿戴得体，如今的社会，城里人都是以貌取人，她见你一副民工的样子，不把你轰出去才怪呢！"

朱聚生一听，这才恍然大悟，但仍不以为然地说："原来如此。"

1947 年 12 月 5 日，沈荡警察所巡长虞炳奎以了母亲做寿心愿而酬神为名聚众。他借了王家大院前后三埭房屋，大摆排场，悬挂三十盏汽油灯，花三天时间，通宵达旦，请来骚子奉书赕佛。

所谓赕佛，全称海盐骚子文书，也称海盐骚子歌，是一种流行于海盐的古老的民间祭祀神歌。

这种由海盐骚子歌参与演唱活动的礼俗仪式大致有三大类：赕佛、禳灾、婚礼。

赕佛，也就是还愿。赕佛祭祀的是神佛。骚子歌手是当地的农民，非职业，但有师承。这些人除了会唱，还会剪、画、写、捏。只有当民间有礼俗祀祭时，东家才会出钱请这些骚子歌手举行仪式，并在仪式中演唱骚子歌。

整个赕佛仪式少则一天，多则三天三夜、五天五夜、七天七夜不等。在整个演唱的过程中，四邻八方的人都会争相前来围观，彻夜不散，热闹非凡。

这三天中，镇上的居民及商人，还有邻县的亲朋好友闻讯均前来道贺，仅两天时间，虞炳奎就收到贺礼六百余份。这些从嘉兴、平湖、海宁赶来的二十多个帮派，都坐船而来，一时间停靠在小镇河道里排着队的船就有一百多艘，犹如长龙，蔚为壮观。

正日当天，虞炳奎宣布宴会开始，一下就摆宴席一百二十七桌。酒后摆麻将台二十四桌、牌九十二桌，罗松、铜宝、骰子，应有尽有，赌徒近千人，猜拳的、大声喧哗的，大赌三天三夜，每夜都搞到天亮。其中有一虞姓的人，当晚就输掉三千万，"叫怨不已，后悔莫及"。

朱聚生见此情景，十分气愤。他特地赶去当地酬神派头那里了解情况后，立即撰写了一篇题为《队长母寿 摇铃邀客》的文章，发表在《行报》上，文中写道："派人沿街摇铃，招呼大家赴宴，高喊过时不候。"揭露虞炳奎借母亲做寿了愿酬神的名义，疯狂敛财，造成铺张浪费、赌博成风的恶行。

他又在《年头杂谈》一文中，讲述了寒冬时最盛行的就是赕佛，举行这种祭祀仪式，有些人一投就是千万，毫不吝惜，但这种人，平日地方事业需要他们捐点钱出来时，却是视钱如命、万般推辞。对此，朱聚生感叹道："烧掉吃完的数目实在可观，假如能够移用到救济贫民上面去该有多好啊。"

他一针见血地指出：借了愿酬神的名义疯狂赌博的情况，在海盐、海宁两地盛行，已经到了无以复加的地步。无论走到哪里总能看见或者听到赌博的事情，几乎没有人去禁止他们，关键是警务人员也带头在赌，否则不会发展到这种境地。

此后的《行报》上，朱聚生发表了题目叫《你没有错》的文章，这是他写给一名叫耳东的人的一封信，信中讲述了耳东因为赌博输掉了很多钱，无力偿还，只好外出躲债，并写信给朱聚生，让其代为通知那些债权人，将来一定偿还他们的事。

原本一个好好的青年，因为赌风盛行，而落到如此下场，令朱聚生感慨之余，不免感到遗憾。

对于赌博，朱聚生曾不止一次在报上撰文，指出其危害性，此后又在《谈赌》一文中批评："大则倾家荡产，小则费时失业。"然而，这些老话，爱赌的人谁不知晓？可事实上有多少爱赌的人能跳出这个旋涡呢？

眼看着乡民普遍爱赌，因赌而身败名裂的事屡见不鲜，朱聚生心急如焚，建议"当局不要把禁赌的事做成表面文章"，同时呼吁"知识分子首先要自我觉醒，担负起一点责任来，拯救那些整日沉醉于赌窟的人，让他们把时间和精力用到正路上来"。

这是一个疾赌如仇的朱聚生。

没过几天，朱聚生在办公里读到《大公报》上一则新闻，说有一个人叫了一辆黄包车，放了二亿钞票叫车夫拖，自己却骑着自行车跟在后面。哪知在穿过马路时，一个不小心，黄包车不见了。他急得要命，赶忙去警察局报警。当他回家后，却发现钞票早由车夫送了回来。那个车夫只拿了讲定的车费就走了。失主立刻跑去警察局销案，还说要找到那车夫给他一点赏赐。

这则新闻由此引发了人们不同的想法，有人代那位车夫感到可惜，认为这么多的钞票，原可以作为私用，何必还他，是他自己不好，又不是偷他、抢他的。

朱聚生读后，十分感慨，觉着世风的确有点可怕了，这样一个道德品质和行为举止都好的人（也可以说是应该这样做的人），竟会使人感到唐突，甚至有人还觉得他是个傻子。这样看来，其他人的居心，也就可想而知了。

晚上，窗外呼呼地吹着寒风，天出奇地冷。朱聚生觉得有话要讲。他坐在窗前，就着油灯写下了题为《世风呀！世风》的文章，署名朱天在 1947 年 12 月 24 日的《行报》上发表。文中说："也许是习惯成自然吧！当今碰到一个坏人，倒感无所谓。看到一个好人，定会骂他傻子，不适时代。"并举例说："做官也一样，做了半世穷官，人家准会冷笑他，能力低，或者是没手腕。好像这个时代一定要发财升官才算好本事。"他批评说："习惯真不是一件好东西。就拿私利的观念来说，就连孩子也会看样：一遇见落魄失意的人，会打骂、讽笑、欺侮他，对他所以穷苦的原因，不加以追究。富，也有独富；穷，也有清贫，怎么可以一概而论。"他呼吁："我们要使世风焕然改变，第一要瞧得起穷人，把有钱有势的人丢开；第二要革心，大家来一个身心比赛，看谁是社会的恶棍。"

一天，朱聚生坐在餐桌上一边吃晚饭，一边翻阅着《大美晚报》。忽然，他看到上面有则新闻：上海美商广告公司一名叫梅生的人今日在沪宣称，彼将发起十五亿元法币捐款运动，用以禁止吐痰。作为这项运动的主持人，她宣称此禁止吐痰运动将持续六个月。在此期间，全上海先举行宣传教育运动，然后再请警察当局合作，彻底履行吐痰之条例，违者将处以罚款或监禁等。这则新闻让他联想到学校的情况，其实"禁止吐痰"这件事在学校里几乎天天在讲，可是学生一走上社会，就忘记了学校对他们的教育。提倡新生活，不知喊了多少时间了，却没有多少人能够真正做到。

这在中国成了陋习，倘若有一天国人出国，也随地吐痰，岂不让人很讨厌？想到这儿，朱聚生赶紧扒拉了几口，搁下饭碗，匆匆上楼，就这个问题，撰写了一篇题为《带皮甘蔗》的文章，发表在 1947 年 12 月 17 日的《行报》上，文中写道："中国人民是'不喜欢'自治的，凡一件事都经别人管理后才会好起来。就算这样，自尊心还相当强。可惜都不用到正路上去。"

他打了个比方，"譬如电杆上画了一只乌龟，写着'禁止小便'，但走过去小便的人却觉得无所谓，好像不看见一样。有的人觉得自己狼狈，你不许我这样，我却偏要这样"。因此，他尖锐地指出："难道中国人永久做'门里大天王'和给别人削的'带皮甘蔗'吗？"

这是一个提倡良好风尚、力破歪风陋习的朱聚生。

朱聚生一辈子特立独行，不愿随波逐流，大有儒家智者之风。他抨击不良的社会现象，提倡良好的社会风气。他涉猎的新闻报道面非常广泛，对医疗与民生问题尤为关注。

旧时在乡村，由于我国公共医疗事业匮乏，所以不时出现庸医杀人的现象，这种状况在偏僻的乡村更是屡见不鲜。朱聚生了解到真实情况后，颇为心痛。一方面他担忧医疗事业普及不健全，另一方面他认为一个人得了病是不幸，因病而被庸医治死则更不幸。为此，他专门撰写了《看病和吃药——人不能将生命作儿戏》一文，以壬子的笔名发表在1947年12月24日的《行报》上，文中他劝告人们，生了病要去医院找医生诊治，不能随便请个庸医看，或者自作主张到药店去购药和打针，如果延误了时间，加重了病情，再去医院为时已晚，等到病入膏肓，后悔也就来不及了。在他看来："看病处方不是玩意儿，医生也不是任何人可以做的，我们希望患病的人们注意，要及时治疗。此外，更是希望那些无能的庸医，不要拿人家的生命当儿戏。"

有一天，朱聚生偶然在某报上获悉邮电要涨价的消息，内心很是不平。对于涨价这种事，他认为每个老百姓都有同感："凡属有利于民生的事情，都是一搁再搁，而对民生有害的，却很顺利地实现。"由此，他写了一篇题为《邮电加价说起》的文章，发表在1947年12月17日的《行报》上。文中对邮电部门为了加价，找到一个"自给自足，减轻国库负担"的说法，进行了批驳，"没有经过立法顺序"，擅自加价"是一件违法的事情，政府要人民守法，应该做出一个榜样，相反地州官放起火来了"。在他看来，"从政府的信誉着眼，多少有点儿损失"。为此，他希望政府"一举一动都要按照立法顺序而行，才是办法，在没有经过立法院通过，我们寄封平信要两千元，这简直是梦，还谈什么法"。

的确，朱聚生对国民政府的执政能力很悲观，令他感到困惑的是，蒋介石集团为什么在外敌侵犯中国时会在背后对中国共产党捅刀，这种表面积极抗日、背底里捅刀的伎俩，使朱聚生对前途感到迷茫。他认为这个年头谈建设也好，谈教育也好，都是走不通的。主要原因是中国虽经革命，但中国人未经革心，再加上外祸内患，什么事情做得通？所以要使国家强盛首先要停止内战，再彻底地改造人心，大家走一条路，才有希望。为此，在新一年到来之际，他专门撰写了一篇题为《岁首新希望》的文章，署名六亦斋发表在 1948 年元旦的《行报》上："内战如能停止，首先应当安定公务人员生活，生活安定以后才能真正地希望他们廉政，现在的官吏大部分因为生活问题而忘却了廉，又因不廉而影响能。"对于人民生活方面："只要国共两党干戈能化玉帛，自然会把主要精力转移到生产上来，建设和教育当然能顺利地发展起来。赶上欧美强国也不是一件难事。"

同时，他还强调"倘若内战未停，人心未'革'，在这种年头青年的责任更大"。他呼吁大家要站在本职岗位上，各人做好自己的工作，对周围的人应该起到一个核心带头作用，来感化他们。之所以寄岁首新希望，是"因为年轻人很能影响国家和社会的，假使我们跑在前面，时代就会进步，倘若跟在别人后面的话，时代就会退化。……只有年轻人才会左右一切，转动时代"。他还专门在《给正明》一诗中，再次抒发心声：

> 十年来，
> 战乱的十年，
> 你是那么地长大，
> 我是那么的苍老，
> 童年跟着时间走了！
>
> 过去的事，
> 回味它做什么？
> 未来的，
> 该打算一下，
> 这年头怎样过法？
>
> 我们有着嘴巴，
> 该替大家说话，
> 我们有着一双脚，
> 该和别人当差，
> 还有一双手，
> 把工作做完它。
>
> 做不完，
> 有人接力，
> 做还是要做，
> 这是我们的义务。

1948 年 1 月 3 日，由海盐县新闻界朱聚生、俞志义、何伟岩等人发起成立海盐县编辑、记者联谊会，共十余人参加，其宗旨是"融洽感情，研究学术，增进福利"。

这一时期，国民政府不作为和其要员贪污腐败成风，导致国统区的经济生产严重下滑、物价飞涨、人民生活十分困苦。当局为了发展经济，促进民生福利，公布了若干有关的经济举措，比如，紧急措施方案、经济动员纲要、经济改革方案、新外汇贸易政策等。然而，这些庞大的计划，看似展示着励精图治的精神，但事实上，对于普通民众来说毫无用处，民众对其并不感兴趣。就像是画饼充饥，好看，却不管用。朱聚生身为副镇长，每天与老百姓打交道，更是有切身的体会。在他看来："凡解决任何问题，必须要对症下药，从根本上下功夫。如果'头痛医头，脚痛医脚'，只知治标的话，虽能收效一时，终归不是办法。"相反的，假若药石乱投，乱了头脚，结果是头痛医了脚，脚痛医了头，则会越弄越糟。他看多了政府这些换汤不换药的做法后，感到有点啼笑皆非。于是，朱聚生撰写了《请拿出有效的办法来》一文，以笔名壬子发表在1948年1月19日的《行报》上，文中他大声疾呼："在这局面之下，一切枝枝节节的办法，是应付不了问题的。火已烧到了眉毛了！我们希望当局赶快拿出有效的办法来。"

在朱聚生心里，凡是涉及老百姓生活的事，哪怕是一点一滴，都是大事。就拿放炮仗来说。放炮仗原是中国的传统习俗。每逢重大节日或婚丧之事，家家户户都喜欢买上若干炮仗，放一放，以示庆贺。农历初一子夜至清晨，男主人在开正门之前，也会先在院中燃放炮仗，取开门响亮，早发早升之意，俗称"开门炮仗"，意思是祈求开门大吉、高升发财。

这一年的元旦刚过，黄昏时分，镇上一片寂静。突然，"呼！呼！"两声巨响，镇上的人为之一惊，纷纷跑到街头，相互打听，究竟出了什么事。后经治安当局派人调查，原来这是一户农家在放炮仗。这种名称叫"一响"的炮仗，声音之响亮，还真少听见。朱聚生了解后，即撰写了题为《放爆仗》（即炮仗）一文，发表在1月24日《行报》上，文中写道："放炮仗，在进步的国家里，是早被取消了的。然而，在我们中国还是到处风行。尤其在乡下人家，每逢敬神待佛、婚丧大事，必然要大放特放。这种无谓的消耗，统计起来实在不少。"他提醒人们，值此冬防，治安第一，此类炮仗对治安影响很大，所以，他建议有关当局予以取缔，而广大市民也应该注意。他的这种进步思想，放至今日看来仍不过时。

有一天，朱聚生从王家小桥经过，看到桥东首有一排商铺店面，倾斜得相当厉害。镇上许多商铺，由于年久失修，加上抗日战争时期被日军破坏，破损严重。而这时正逢台风季节就要到来，如果不及时进行修缮，就有可能发生不测，殃及民众。还有镇上的图书馆，自从被移作机关办公室后，至今没有恢复，导致穷苦的民众有了空余时间却找不到看书的地方。这些问题的存在，让朱聚生看在眼里，急在心里。他立即撰写了《几点建议》，刊登在1948年2月4日的《行报》上，"当局应立即举行铺屋大检查。对于那些不牢固的墙壁、招牌、屋檐等"进行维修，以保证安全。同时，对恢复图书馆、公共图书馆在乡镇的重要性，做了说明，强调"它不但能够调节一个人的生活，更重要的，是养成读书的习惯，增加知识、普及社会教育，还有减少不正当的娱乐，以养成良好的社会风气"。

这一天，朱聚生在武原镇中心小学办事时，遇到一名校长。这名校长告诉他，其为了领取一笔为数不多的钱，在县政府里转了半天。先是从教育科到会计室，经过秘书室再到财务科，问了会计室，又回到财务科，然后再到省银行领钱，光印章就盖了三十余次，这种冗繁的政治程序实在让人不敢恭维。他听后，便由繁政联想到科员政治。一个行政机关，整天忙碌的，大部分是科员和事务员、书记之类的人，而比之上一级别的科长则忙于应酬、盖章、打官话，如此一来，做科员的人总希望能高升，官越大工作就越轻松。几天后，朱聚生专门撰写了题为《从繁政说起》的文章，指出："这一种普遍现象，如果任其发展下去，导致政治越来越繁，而老百姓除了知明不敢言，言而没有人接受。"建议革除这种繁政制度，还一个简洁清明的行政制度给百姓。

朱聚生眼看物价如野草一般疯长，内心忧心忡忡。夜晚，他躺在床上，回想十余年前，买一石上好的米只需八元钱，一套大路货的学生服装，也不过十余元，其他东西的物价，由此可以想象。那时候，做一个低级公务员，每月薪俸至少可以拿到三十元，以当时的物价和生活水准，这些薪水足够养活一个五口之家。

可如今，情况却完全相反，公务员的劳动力成了最不值钱的东西。这种情况讲出来都没有人相信，但实际情况就是这样。公务员的子女有吃不饱饭的，教职员工的子女有上不起学的，农民们收下来的谷子还不够偿还借债的，以至失业的苦况更是可想而知。另外，他听说由于公用事业的领导又提出加价一事，这样一来物价继续疯长，岂不使未来的生活指数更加吓人！那天晚上，他越想心情越沉重，便从床上跳起来，披上衣服，不顾寒气袭人，怀着激愤的心情伏案写下《如何得了》一文。文中讲道："有钱有势的大人们和投机取巧的奸商们，他们又可利用职权、把握机会、囤积居奇、操纵牟利了，但是，那班靠硬薪水过日子的低级公务员，真是如何得了？"这篇文章署名壬子发表在1948年1月9日《行报》上。

这一段时间，朱聚生看到社会上做贼、做土匪、做妓女、做乞丐的人日益增多。他就想，这些人到底是为了什么？产生这种问题的根源究竟来自哪里？难道他们离开娘胎的时候，就想做这种事吗？这个社会实在是太令人窒息了。目睹这一切，他心潮难平。孟子说："人之初，性本善。"近朱赤，近墨黑。可见人之所以做坏事，完全是受了环境的影响，良心和本性不见得靠得住。一个牧师，被人关在房间里，饿得发急的时候，也会挖墙偷饭吃，这就是一个例子。俗话说，饿死不如犯法。人为了生存，为了活命，就会不择手段、偷抢索诈。但造成这种情况的，朱聚生认为是贫富不均。为此，他撰写了《罪恶之源何在》一文，署名孔方红发表在 1948 年 3 月 27 日的《行报》上，文中写道："如果大家有工做，有饭吃，社会上就不会有坏人与废人！所有罪恶起源于贫富不均，有钱人不必看不起穷人，人家受了剥削当然是穷了。穷人当然更该起来反抗仗依势的家伙。"要推翻这种不合理的社会制度，以保障人人建立在平等基础上的理想，成为朱聚生在报纸上撰文的主流思想。

这一系列描写民间社会诸相的作品，在《行报》上陆续刊登后，引起了底层普通百姓的共鸣，有读者来信说："朱先生的那些文章，我看后，深有感触，悲愤难抑、泪如雨下。"

还有许多中国存在的问题，老百姓知道，当官的也知道，可在大家都知道的情况下，就是没有人去医治。这是为什么呢？朱聚生经过一番思考后认为：医病首先要说出它的病源，说病源需要有点胆量，而且听的人也须坦白承认，否则就无人敢说，只会跟着附和了。但如果仅是附和的话，这条命也就没有了。对此，他专门撰写了一篇题为《实话，直说》的文章，以笔名六亦斋发表在 1948 年 4 月 19 日的《行报》上，文中说："目前中国，毛病大而且多，民也知道，官也知道，可是大家不想医，不知是何道理……"问题症结在"普遍的一种不好现象，是政治太繁了，太重视人事关系，造成了一个贪污的环境，叫做官的人不贪污就做不下去（除了一部分倔强的好官）！那么，这种制度，就该改革一下。"但让他感到遗憾的是，非但没有人肯改革，而且没有人敢谈改革！他认为作为孙中山先生的拥护者，应该继承他的遗训，讲话要讲实话，并且要直爽地讲。

1948 年春天，中共苏北九地委上海工作组的陈开白率领一批进步青年准备去苏北解放区。陈开白是负责杭州、硖石、苏州一带的联络员。这天，其中有一位名叫许锵的青年向陈开白介绍了朱聚生的情况，并且转达了朱聚生要求投奔解放区的愿望。陈开白听了，觉得朱聚生的情况很值得重视，因此，当他完成输送任务后，就特地转道沈荡，找到朱聚生。

朱聚生面对陈开白的到来，心情十分激动，坦率地讲了他对中国共产党的认识，与对共产主义理想的信仰，并恳请陈开白帮助他实现去解放区工作的愿望。陈开白带着他的这份请求回上海后，立即向上海地下党组织做了汇报。组织上了解了朱聚生的政治倾向，以及在当地的地位、群众关系，等等，认为朱聚生这个人是值得考察的对象。于是，让陈开白与朱聚生继续保持联系。此后，陈开白再次来到沈荡，根据组织指示，动员朱聚生留在当地，利用自己身份的有利条件展开革命活动，团结一切可以团结的力量，与国民党反动势力开展斗争。之后，陈开白数次来到沈荡，从各方面进一步考察朱聚生。经过半年时间的考察，上海工作组正式与朱聚生建立了组织关系。这一切都使得朱聚生更加明确自己奋斗的目标，撰写的文章也更加切中时弊。

同年 4 月，国民党政府准备在南京城举行第一次"行宪国民大会"，为了塑造一个安定、团结、众望所归的局面，当局施出了各种政策与手段。大会开幕在即，数万难民滞留南京，这在当局看来，"殊属有碍观瞻"。于是，为安抚民心，下令在开会之前由过境难民处委会负责将这些人"疏遣至蚌埠"，但在蚌会发生抢粮事件，业由当局商就对策，"到蚌难民每人发给还乡费十万元、米三升，老弱者可经收容，但人数仅限于二千人"。朱聚生从报上获悉这一情况后，忿然不平，立即撰写了《有碍观瞻》一文，发表在1948年4月10日的《行报》上。文中讽刺："如此看来，国大代表到京后的印象，一定很好，真所谓歌舞升平、国泰民安了。今日南京，大概都是车来车往的大官，没有步行的穷人，（因为难民都被赶走了）难民真该感谢国大，为了他你们才离开南京，才能在蚌埠拿到十万元和三升米呢！"他为难民担忧，说是十万元，但仅能买三升米，充其量也只能喝一个星期的粥，吃完后，难民们又该怎样呢？

这次"行宪国民大会"，是首次进行总统直选。为操纵民意，当局上演了一场"还政于民"的骗局，企图为他们的独裁统治涂上一层"民主"色彩。会上还邀请外国观察团的使节和美国驻华大使司徒雷登出席。

为了揭露这一骗局，朱聚生又在5月13日的《行报》上，以笔名六亦斋撰文《民主从何谈起》，文中指出：早在三十年前的五四运动，就已经有人喊出科学与民主的口号，落后的中国，受了世界的影响，科学得能渐渐进步。可是，民主呢？还只是纸上谈兵，如镜中之花。由此，他举例说，如今，就"在城市和乡村，还有'老爷''太太'的潜伏，少爷、少奶奶更易多见。这班人，男的当然是绅士，他们操纵民意、剥削穷农，会合则成势力，偶然也谈谈民权"，"他们是主张扩张绅权，而替代民权"，实行假民主、真独裁的伎俩。同期上还刊登了他署名孔方红所作题为《混合车》的小诗：

我立上混合车

看见无数张

熟悉的面孔

大家都一样

饥饿和贫穷

代表着一大半民众

西湖号骄傲地驶过

坐着些狐狸、老虎

有什么光荣

你们的享受

还不是剥削的结果

以表达对假民主、真独裁的不满。

朱聚生直率而辛辣的文笔引起社会的广泛关注，读者纷纷写信给报社，有表扬的，也有建议在版式上做改进的。还有的认为《行报》虽出版不久，但深受海盐人喜爱，在为其文章叫好的同时，也有人担心"没有党报色彩的报纸是很吃亏的"，害怕因此被当局查封，却仍又"希望贵报继续改进，成为一张为老百姓讲话的报纸"。还有读者特地汇给报社十万元，以无名氏之姓名入股，支持《行报》的发展。

同年6月，海盐县第七次参议会召开。这时候整个国家物价飞涨，局势一片混乱，已经到了非常严重的地步。海盐的形势是农民普遍穷困，商业普遍惨淡，沿海风声鹤唳，比之过去的海盐有过之而不及。这种情况的发生，使朱聚生忧心忡忡。而造成这种情况的，在他看来，是因为这些代表"名利既已到手，态度颇有多变"。不是当了代表真正想为民众说话，而是仅说说空话，以质询难倒政府为能事；有的自命超然不声不响，明哲保身，以圆滑手段博取政府欢心为"资本"。虽然有若干参议员，能摒除个人利害、真心为人民说话，但大势所趋，多有知难而退的人。综观全县半百余人民代表，能抓住重心，促使政府惠及民众的人非常少，实在是海盐十七万民众之不幸。加上当局以"勘乱"为首要任务，弃民生而不顾，导致人民连最起码的生活保障都没法达到，又怎么能参与"勘乱"呢？于是，朱聚生撰写了《献给参议会诸公》一文，在1948年6月27日《行报》上发表，文中写道："有一种错误必须指出，参议诸公中有推卸责任之观念。"究竟怎么会造成这种情况呢？他认为上有省参议会和国大，下有镇民代表和保民大会，县参议会适居其中，可以承上转下、据下陈上。但是国大职权仅在选元首与修改宪法，省参议各县仅有一个人。凭这一人采纳民意，又怎么能深入乡村角落？而保民大会在人民文化水平普遍低下的现状之下，除了选举乡长，争论一些捐税分担之百分比以外，其他问题根本没办法进行探讨。而镇民代表也是如此。对于这种现象，他强调宪法规定："县为地方自治之单位，县参议会是一县的最高民意机构。其具有独立性，若能善自应用，谁说不能迅速跻一县于富强康乐之途？县县能如是做，中华民国前途当然能无上光明。"

为此，他希望参议员们能摸着自己的良心做事，因为真理只有一条，那就是为人民做事。因为人民的负担太重，他们只有义务没有权利，他们不能受义务教育，不能摆脱剥削，无法申诉自己的意见，无法安定生活……而这一切唯有参议诸公来替他们解决——因为议员是民众推选出来的。

对这种只求自己获利做官而不为民做主的参议员，朱聚生毫不留情地撕下他们虚伪的面目，以舆论监督他们的所作所为，让老百姓看穿他们的真实本相。面对太多的不公、残酷、黑暗，他再一次站出来指责造成这一切灾难的执政者。并直言，这就是他"为什么不写光明，而揭露黑暗方面的丑态"的原因。接着，他又相继撰写并发表了《竞选、当选》《谈中立》等政论，揭露这些只要名利不作为的代表，指责他们"近似骗子，没有骗到手时，花言巧语，但一经选出，就饮水忘源把老百姓丢在一边了"。朱聚生在这种一心为民的公正心的驱使下，用他那支如刀之笔叱咤人间，写下了多篇揭露政府弊端的文章，对不作为、官僚主义作风严重、妓娼和赌博盛行等现象，予以严厉抨击。他不畏强暴、伸张正义的个性在当时国统区的记者中少之又少，民众在感受到他的坦诚与文笔犀利的同时，无不为之拍手称快。

第三节　为了学生，无暇他顾

1948 年 6 月 12 日，盛韵玉在嘉兴第二医院生下了次女，由于工作十分繁忙，朱聚生无暇顾及妻子的生产，但他又十分牵挂她的分娩。当他得知孩子已经顺利生产时，心中十分喜悦。夜晚，他坐在办公室里就着油灯给妻子写信："韵玉：昨由棣萼（盛韵玉的内侄）带来喜讯，知你安全分娩，又得一女，我非常快乐，假定取名为'荒红'，因为这年代太荒了。名字是代表出生时候的时代的，这名字很有意思，请你同意，如何……"韵玉躺在病榻上，读着丈夫的来信，默默地流下了眼泪。她理解丈夫的心情，也了解这个荒芜的时代，又喜又忧，难于言表。

荒红的诞生，使韵玉在备感喜悦的同时，也深感身上的担子更重了。

几天后，朱聚生专程赶往嘉兴，接回了韵玉母女俩。说起来，这第二个孩子，从聚生内心来说期待是个男孩。这倒不是他嫌弃女孩，而是大多做父母的头胎是女孩，第二胎总想生个男孩。反之，头胎是男孩的，第二胎就想生个女孩。据朱荒红回忆说："祖母后来告诉我，父亲平时忙，也顾不上我，等到有一天，我对父亲笑时，他也笑了。就在刚喜欢上我时，父亲却被逮捕了。"

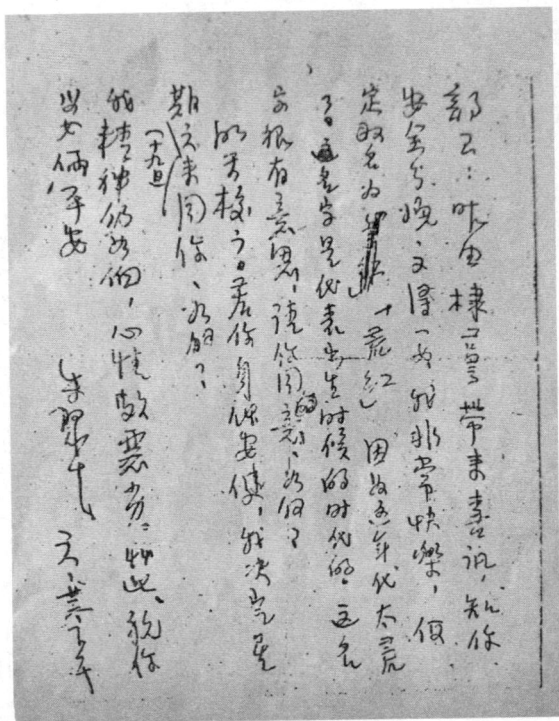

朱聚生致妻子韵玉亲笔信（海盐档案馆提供）

　　朱聚生每天忙于各种事务，很少照顾荒红，但他却为一名因无钱读书而失学的素不相识的学生争取读书的机会。

　　有一天，沈荡镇公所干事、《行报》记者俞志义在报社对朱聚生讲起一件事，说几天前，他去邮政所寄信，看见对面新开了一家藤器店，出于好奇走了过去。走近后一看，颇觉新鲜，想打听一下藤椅的价格。这时，从屋内走出一个男孩，见问，就很客气地说："先生，五斗米一只。"

　　"五斗米？"俞志义一听，心想有点贵，便朝这个看上去略带近视、身上系着围兜的孩子看了一眼，转身走了。

　　事后，他在与海滨医院的章院长聊天之中，得知那家藤器店的孩子不是所谓学徒，而是小开（即公子）。去年的秋天，他还在嘉善县立简师春三班读书，后因无钱继续求学，才半途辍学，现在只能待在家里做藤工。知道这事，他觉得有点不可思议，想不到这个其貌不扬，说话有点害羞的孩子，竟然是名中学生。章院长还告诉他，这孩子虽然辍学在家，但内心对求学的兴趣一点也没降低，反倒一直想假如有机会就去完成中等教育的梦想。

　　听到这里，朱聚生问："你知不知道这藤器店的老板是谁，家庭状况如何？"

　　"这家藤器店的老板叫洪国珍，六十岁了。是温州人，生有儿女九人。二十年前，就在沈荡王家小桥旁边开藤器店。想要读书的叫光明，是他的孩子，今年十三岁。抗战爆发时，这家人一度无生意可做，只好迁居乡下，做佃农。因为家境贫穷，光明十一岁时就替人家放牛，这一放就是三年，每次看到别人家的孩子背着书包去读书，想起自己之前也曾读过书，心里就羡慕不已，顿感失学之苦。于是，他找来几本书，自己学习，并不断向人讨教，经过一段时间的自学，终于能读懂，粗通文理。此时，他的父亲用之前开藤器店结赚下来的钱，买了头耕牛，用以劳作，也帮人家生产。这原本是件利好事，可谁能想到没多久，这头耕牛却被强盗抢走了。被夺去了这赖以生存的生产工具，他们一家陷入了困境。这一年，他们家田没种成，也没能为人家耕田赚点钱，更没了积蓄。无奈之下，一家人只能靠外出乞讨来度日。光明有两个妹妹在乞讨路上被活活饿死。走投无路之下，有一个十五岁姐姐，以一石米的价格卖给了人家做童养媳。还有一个九岁的妹妹，以三十元钱被卖掉。他的父亲王国珍挑着担子跑码头，靠修些藤器，赚点小钱，来养活剩下的家人。

"光明很懂事，尽管每天在生死线上挣扎，但他跟着父亲学修藤器，讨生计，不嫌苦，也不嫌累。积下一点零用钱后，他对父亲说，他要去完成自己的学业。父亲听后，很支持。得到允许后，他在一所小学读三年级。后来那所学校的校长，看他成绩好，也有志气，就让他跳到了四年级。由于他进取心强，学习又认真，只用半年的时间就取得了初小毕业证书。而在这一年求学的时间里，其中的半年，还是半工半读学成的。通常他是上午去学校读书，下午就跟着父亲做生意。自从在沈荡镇开了藤器店后，他就再无机会读书了。因为全家人都靠他们父子俩挣钱养活。但是，他只要一有空闲，就会捧本书在店里自学。"

朱聚生听到这里，很是感叹："真是穷人的孩子早当家，后来呢？"

志义望了他一眼，说："抗战胜利后，嘉善简师复校，光明也去投考，竟然被录取了。三个学期的学费，全由父亲供给，到了第四个学期，他父亲已负担不起了。后来由基督教会的陈牧师给予资助，才得以交付第四学期的费用，不至于中断其学业。究其原因，当初，他家的耕牛被抢后，整个家庭陷于恐慌之中，父亲受到极大刺激后，改信了基督教，至今已经四年了。"

"光明现在怎样？"聚生关切地询问。

志义听说："光明虽然已经解决第四期读书费用问题，但第五期费用仍无来处，现趁暑假在父亲店里帮忙，已经赚下三十万元。但第五期的学费需五十万元，他已向校方请求先缴数额的一半，算是暂时渡过难关。如到秋季，仍无办法搞到钱，只能自请休学，返家做工。目前光明的内心非常痛苦，但仍没打消复读的念头。"

洪光明坎坷的读书经历，经志义介绍后，让朱聚生内心感慨万分，他的眼眶红了，望着志义说："你认为，怎样才可以帮到他？"

志义一听，站起身，用恳切的语气说："光明只差一个学期就可以毕业了，我想，我们是否可以利用《行报》这一阵地为这孩子发起一次募捐活动，以帮助他实现完成学业的梦想。"

朱聚生听后，即刻点头道："你的这个想法很好，我请你以报社的名义起草一份征求助学启事，向全社会开展一次募捐活动。"并叮嘱他，将刚才所说的事写成一篇题为《救救真理的儿子》的文章，在《行报》上刊登。

"好！"志义一听，来了劲，立马伏案写起来。

1948年6月27日，一篇《本报发起助学——征求反应》的启事，在《行报》上刊登。文中说："年轻人都有一颗向上的心，洪光明君家道颠沛、失学做工，该是最不幸的了，我们不能眼睁睁看着一个好人就这样无声无息地倒下去，为了完成他的志愿，本报决定代他募捐一点助学金，造就一个人才，将来对社会国家至少有点贡献。助人为快乐之本，基于这个原则，我们要求各地青年凭你们的能力，不拘多少，捐助一点钱给他，聚沙成塔，对他一定大有帮助。"同时刊出的就是由俞志义撰写的《救救真理的儿子——为一个失学的穷小子呼吁》一文。

文章一经刊出，立即引起社会各界的广泛关注，许多热心人士纷纷慷慨解囊，给报社寄来助学金，帮助这位一心求学而读不起书的贫困学生。热心人士马达明、朱庚生、周文隆不仅捐钱，还写了《助人就是助己，响应助学运动》一信寄给报社，这封信被刊发在 7 月 11 日的《行报》上。

洪光明的事情得以圆满解决，这让朱聚生非常高兴。12 日，朱聚生还自己掏腰包在百货商店里选购了衣服、毛绒裤、书包和其他学习用品给光明送去。

光明接过礼物，内心十分感激，连声说："谢谢！谢谢！"

朱聚生则说："不用谢，你要好好学习，将来做一个对社会有用的人。"

8 月 29 日《行报》第一版，刊登了一条题为《助学运动受益第一人，洪光明君复学》的消息：

为洪光明君贫穷失学，本报发起助学运动，承蒙社会各界大力支持，目前收到诸位捐款六百七十万元。供君求学心切，经济一筹莫展，本报所收捐购存之实物已全数由其家属具条领去，现已前往嘉善简师复学。在此，本报代为洪光明全家向各捐赠者致谢。并希望社会各界如有诚意捐献，本报仍可代收保管，也可帮助其他的穷苦失学儿童达成求学的愿望。

因光明引发的捐助活动，由此继续展开，《行报》这种乐于助人、乐施助学的行动，得到全社会广泛称赞。

第四节　痛悼战友，以诗明志

这段时间，报社发生了一件令朱聚生伤心的事。他的同仁赵正明死了。赵正明，海宁人，到报社当编辑才三个月，他年轻有为，人高马大，长着一张方脸，卷发，两眼炯炯有神，不苟言笑，"时常低着头，不抽烟卷，不喝老酒，唯一的嗜好，就是看书"。在同事眼里："他假如与你说得投机，准会和你谈上大半天。每一次谈话后，感到他比我有见地，书看得多，机敏决断。"他思想进步，富有朝气，具有创造力。在《行报》上，赵正明曾发表过一篇题为《漫谈生活》的文章，文中谈道："记得托尔斯泰说过：'我们人类来到世界，是为了发现烦恼。'说这话的是一个俄国的人道主义的文学家，他带着宗教家的慈悲口吻，这样慨叹人生的，这话里充满了真实的哀伤的情感，和同人类的爱的蕴藏。但这话是含有毒素的，因为他只看到，或是说他只宣布了这世界不幸的一面。我的意思恰恰相反，我以为人类生活在不幸的今天，是为了幸福的明天才生活的，也就是说：'人类是为了今天生活上的缺陷在明天补足而生活。'"就是这样一位充满阳光的青年，因为社会上发生的诸多不公正的问题而对现状颇为不满，加上每天忙于写稿、排版，缺少睡眠，思虑问题太多，无数种问题交织于心头，情绪显得颇为压抑。一个狂风大雨的夜晚，他独自在街上行走，凑巧遇到警察，警察见他深更半夜在街上徘徊，顿时对他产生了怀疑，多加盘问。他先是拒绝回答，后答时总是文不对题，这样一来，激怒了警察，认为他"思想激进，出言不慎"。他们把他当成了反政府的人，抓进警察局，对他进行了连续七天七夜的严刑拷打，他被打得奄奄一息，在精神与肉体受到强烈刺激和打击后，真的疯了。伪警察局怕承担打死人的责任，就只好通知他的家属来领走。

出狱后的赵正明即回硖石老家养病。家人请了医生给他医治，服药、针灸，均已无效。朱聚生得知，立即偕报社领导一起前往探视，在赵正明的病榻前急呼："'血枫'来看你来了。"赵正明听到后，颤抖着从被子里伸出一只手，握着朱聚生的手。朱聚生见到他手已"瘦如柴杆，不忍目睹"。二十天后，赵正明终因伤势过重，于5月20日溘然离世。

赵正明因遭伪警局毒打致死的消息传来，正在报社审稿的朱聚生难抑悲痛。

他立即赶去硖石参加赵正明的葬礼，在痛悼这位同仁与战友的同时，向他的家属表示慰问。赵正明的死，使朱聚生越加看清了国民党政府的残暴和现实的残酷。他为失去这样一位同仁和战友而悲痛，也对国民党政府的残暴而愤怒不已。他夜不能寐，脑海里浮现的总是与正明共事时的情景：他们在一起商讨作者来稿、交流读书心得，正明在伏案编辑文章，等等，这一切的一切，使他回味，也让他心碎，悲痛与悲愤交织在一起，天将破晓时，他写下了一首题为《为正明而写》的诗作：

死，有什么稀罕
战场上
家庭里
都是死的所在

所幸的

你不是为家庭而死
可惜的
你却不死在战场上

战场上死的
果然有英雄
但也有奴隶
你从生到死
没有做过奴隶
虽也不是英雄
但，至少
在生的日子里
你也负了生的责任

死了
就这样死了
留下的
有你喜爱的书
有你写的稿子
更有许多活力
留给了朋友
这些东西
将像你活着时一样
书有人在看
文章有人在读
活力呢
更有许多在使用

人是死了
你的活力没有死呀

1948 年 5 月 21 日的《行报》上，还特辟"正明纪念刊"专栏，刊发了同仁的多篇纪念诗作，并选发了正明的一篇遗作《二者不能得兼》：

革命者见到初恋的姑娘，而在梦里痛哭流涕，这，显然是极大的矛盾！

醒了吧——小布尔乔亚，没落的，将你那"爱"，遥远的，遥远的，散布于广大的人群。

而朱聚生悼念赵正明的诗作，则以笔名孔方红发表在同期的《行报》上，这不仅是朱聚生对赵正明为正义而舍身的刚正不阿性格的赞美，也是对他追求正义力量的弘扬；是他对这位面对死亡仍坚持真理的战友的崇高敬意，也是他追求真理与坚持信仰而愿意随时献身的誓言。

第五节 聚合青年，《行报》停刊

1948 年 6 月 17 日，朱聚生以海盐县国民沈荡中心学校校长和召集人的身份，向全县各乡镇国民小学发出通知，邀请他们参加第一次国民学校校长联谊会。朱聚生召集举行这次会议的原因，在通知中说得很明确："为谋本县小教同仁之联络，上月全县运动会时，曾由城区各校长发起聚餐，……席间，对当前本县小教界遇至诸多困难问题，大家略有讨论，为谋求全县小学教育之改进及同仁社利事业之开展，一致主张成立长久机构之必要，经讨论结果，决定筹备'海盐县国民学校校长联谊会'。"作为第一次会议的召集人，朱聚生将会议地点放在武原镇大栅桥南边武原镇第三中心学校的礼堂。

6月27日上午，朱聚生乘船前往县城。大栅桥，也称天宁寺桥，位于武原镇西市。它的悠久历史，可以追溯到元至正五年（1345）。这座桥很古朴，石阶很陡，朱聚生每次走在这座桥上时，不知怎么，总会想起家乡的沈荡大桥。这一天，他站在桥上，想起往日沈荡一带民众六月十八赶庙会时的情景。海盐的天宁寺六月十八观音庙会由来已久，可说盛况。六月十八、十九两日，昼夜香火不断。从四面八方而来的善男信女，身背香袋、提着香篮、口念佛经。观音庙会声势之大、人数之多，在杭嘉湖庙会中实为罕见。这些善男信女双手合十，坐在寺内寺外"陪观音"，挤得天宁寺水泄不通。而沈荡的民众到了这两天，更是结队成帮，租了船前往。由于信徒多，历史悠久，后来竟形成了一种风俗，也形成了一种文化，以至有民谣流传下来，其中有《烧香闹五更》：

一更一点白洋洋，海盐去烧香，大家都乘上，善男信女一大长，停船停在木横浜，打伙食清笋豆腐羹。（伊呀呀得喂）吃饱去进香。

他又想起昔日和同学离家外出求学经过天宁寺时眺望被日军炸弹损毁的镇海塔时的情景。岁月流逝，一晃几年过去，镇海塔虽损，但仍然屹立、傲视苍穹，朱聚生禁不住感慨不已。学校周围种有许多树，礼堂设在校内，比沈荡中心学校看上去

1937 年、1938 年两次遭日本侵略者炮击后的海盐县城内的镇海塔（海盐档案馆供图）

要大些。

下午 4 时，会议准时举行。出席这次会议的有全县各校校长五十一人。会议由主席朱聚生主持，会上讨论通过了修正本会章程草案，并选举出本会干事十二名，朱聚生名列其中。还拟就请主管机关按月补助教师大米、减轻教师的得税、发放女教师生育代课金、增加民校教员以便有利开展扫盲工作等问题形成决议，上报县政府及有关部门。出席这次会议的还有县督学汪凤翔、吕庆佩。这次会议对组织与团结教师队伍、维护教师权益、发展地方教育事业等起到了积极的推动作用，并在日后的日子里渐渐地显现出来。

距七七卢沟桥事变发生已经十一年了。这一天，天气很炎热，朱聚生吃罢晚饭，跟妻子打了个招呼，就上楼写稿。有个问题，他思考良久。1937 年 7 月 7 日，日本军国主义发动了侵略战争，当时被喻为"东亚病夫"的中国人民为了生存，空前团结、浴血奋战，终于将日本侵略者赶了出去。抗日战争结束已有三年了，原以为一切都会变得好起来。可谁知，这三年来，内战不止，人民的生活比抗战时期更为艰难，人民处于水深火热之中，无法自拔。朱聚生想，虽然民主是实行了，可是人民要求停止内战的呼声却仍起不到效果，因而抗战虽胜，建国还没有开始。抗战初期所喊的"以抗战为手段，以建国为目的"的口号也始终不能达到。这使他觉得沉痛纪念"七七"，要求停止内战，是非常必要的。为此，他写下了《七七说起》一文，文中谈道："虽然勘乱是既定国策，任何人不能反对，但欲平定内乱，政法实重于军事无疑，军事胜利而政治混乱，还是无补于实际的。"他指出："眼前最大的威胁，莫如经济之面临危机，徒喊增产、妄赖外援，终非长久之计……政府能选择途径，解决危在旦夕之经济问题，则社会赖以安静，民心始得归附，内战或能不勘而平，此为上策！否则自既日趋衰弱，坐视强邻日强，卢沟桥第二，谁能保证不再重现呢？"写时暑热难耐，他干脆脱下背心，赤膊伏案写起来。这篇文章后来发表在7月11日的《行报》上。

这时期，朱聚生时常给远在芜湖的好友富守人寄去《行报》。富守人每次读到后，总觉着这份报纸虽只是一张十六开的小报，却"生气勃勃，锋芒毕露"。朱聚生在信中告诉他："限于经费，每期只印一百张，有时还要延期发行。"于是，富守人每到报纸发行的日子，总是心里期待着好友能给他寄过来，在他的心里，看见这份报纸就如同见到朱聚生一样亲切。

官与绅，在中国均被民众视为一种人，称作"士大夫"。这些人都读过书，并且都拥有土地，在家是"土后门"，上任便是官吏。一般情况下新官上任必须拜会地方士绅，士绅便得破费，设宴招待欢迎，而这种行为，叫作"接风"，讲穿了，就是官绅勾结，勾结的目的，均是鱼肉小民。

在朱聚生看来，一直以来，小民都是被踢在一旁的。既不能近绅，也不能见官，偶尔要办事情，必须先送红包、实物，才有资格近身说上几句话，受礼的人衡量礼轻礼重，再给你出一点力，这便是"亲民与爱民"。这种现象在中国相当普遍，并且已经变成礼俗了。这个问题，也困扰着长期生活在基层的他。为此，朱聚生撰写《官与绅》一文，发表在1948年7月3日的《行报》上。文中对官绅与民的关系做了一番剖析，严厉批评了这种官官相护、官绅相勾结来掠夺民众财富的坏风。认为这种坏风"搜刮小民汗血脂膏，已先后供养给官绅们了，（小民）只剩得皮包骨头，待等抽筋剥皮"。朱聚生以小民的身份，告慰同一阶级的民众，总有一天我们会赶走这些只知贪污的官吏，只有为自己说话的代表，才是我们所信赖的。

其间，朱聚生利用《行报》组织的"阅读交谊会"，通过通信、集会的形式，组织的进步青年会员已经遍及海盐、杭州、上海、海宁等地，他在阅读进步书刊的同时，了解和掌握这些青年的思想动态与政治倾向，引导他们提高政治思想觉悟，走上革命道路。而这样做的目的，就是等待条件成熟之后，动员他们去苏北解放区参加革命。

这一天，朱聚生在报社拆阅读者来信。突然，他读到海宁黄湾小学老师步清明的一封来信，信中说，他从《行报》上看到他们成立了一个"阅读交谊会"，苦于自己藏书不多，渴望阅读更多图书，提出要加入"阅读交谊会"，还要求订阅《行报》。朱聚生立即去信给他，收到信后的步清明非常高兴。这以后，步清明在与朱聚生几次通信的过程中，不仅借到了各种书刊，还加深了互相的认识。在通信过程中，朱聚生不仅帮其借到其所需要的图书，还在信中热情洋溢地与他交谈各种问题，并且向他推荐一些进步书籍。正是通过朱聚生的介绍，步清明陆陆续续读到了邹韬奋的《经历》《块肉余生记》，赵树理的《李有才板话》，鲁迅的《集外集》，巴金的《家》《春》《秋》，茅盾的《子夜》，郭沫若的《棠棣之花》，曹禺的《日出》《北京人》

等书。他迅速打开眼界，思想上有了进步，并从一个进步青年，逐渐向革命靠拢。

1948年暑假，步清明因痔疮发作，在杭州浙江医院开刀，手术后因为伤口不大，可以靠在床上看书学习。于是他又写信给朱聚生，请他再寄些书过来。没几天，步清明就陆续收到朱聚生给他寄来的书，其中有高尔基的《母亲》，还有鲁迅的一些著作，在长达一个多月的住院期间，朱聚生不仅多次给他寄书，还委托自己在杭州的朋友到医院去探望他。这让步清明很是感动。

天气酷热，知了在树上不停地叫。这一天，步清明病房中突然来了一个人，这人"皮肤黝黑，长得有点像农民"。步正在纳闷，来人却自我介绍，他叫朱聚生。

"原来你就是朱聚生老师。"步清明惊讶之余，激动万分，说，"虽说你我多次通信，神交已久，但我没想到，你竟会亲自来看望我。"一时间，步清明不知说什么才好。看到朱聚生满头大汗的样子，步清明赶紧下床，为他倒了杯开水，又倒了一盆水让他擦把脸。接着请他坐下，随手泡了一杯茶，放在他面前，又递上一把扇子。两人一见如故，丝毫不感到拘束。

朱聚生先是微笑着询问了他家庭的一些情况，接着又向他介绍了目前国内的政治形势。他深入浅出的讲解，以及有感染力的语言，使步清明深有启发。临走，朱聚生给他留下了几本书，这才在"后会有期"的告别声中，离开病房。这一次的接触，朱聚生给步清明留下了深刻印象，步清明"觉得他粗犷豪爽、热情奔放，有充沛的精力，深感在我周围接触到的友人中很少见到这样的人"。后来步清明作为政治思想进步青年，考入军政大学读书。许多年后，当步清明回忆这段经历时，始终认为"这都表明朱聚生当时为宣传革命形势、壮大革命队伍，所做的甘冒风险、不屈不挠的地下活动",而他就是朱聚生寻求的不成熟的发展对象之一。

《行报》旗帜鲜明的进步思想,与朱聚生等人在报上经常发表揭露当局腐败与批评各种弊病的犀利政论,引起了新闻监察人员的注意。他们认为这份报纸有过激言论,有反上之疑,对报纸进行查询。

8月17日,《行报》刊登一则《本报紧急启事》:

近有不肖之徒,在外散文流言,谓本报为某方面机关报,蓄意中伤,至感愤慨,本报一秉初衷、坚持到底,让事实证明外,尚请读者明观察。

《行报》遭查询,使朱聚生与同仁们感到事态的严峻。这时朱聚生旧病复发(肠炎),身体颇为虚弱,为避不测,他听从杨竹泉的劝告,去往沈荡北郊的一个友人家里暂避。不料,到达后的当晚,他便发起高烧,连续昏睡了两天,到第三日才起床。这两天中,他服的是泄热、利尿、消炎之类的中药,这种药服用时量多且又苦又难喝。每次服用后,总是想呕吐,搞得他心神不定,极为难受。他躺在床上,回想去年发病时的景况,自感是因为病根未除,"所以只要口腹稍有不慎,旧病就会立即复发"。然而,就在这种病况下,朱聚生还是笔耕不辍,写下了《改良不如改革》和《病中杂忆》等多篇文章。前者署名孔方红发表在《行报》8月29日第二版上,文中对墨守成规的腐朽思想及一切阻碍中国发展的东西进行了批判,认为"要使中国快速发展就要变缓慢地改良,变成快速彻底地改革,而这个工作的唯一要求,是知识分子觉醒,否定陈旧游移的改良主义,坚定力行地引导中国人民走向改革新生的道路"。他旗帜鲜明地指出，要使人民走向新生之路，就要放弃改良主义，变改良为改革。

这段时间，由于报纸被查询，加上连续多天的大雨引发灾害，朱聚生看在眼里，急在心里，即刻撰写了《为灾民请命》一文，署名孔方红在1948年9月5日《行报》上发表，节录如下：

　　……此次大雨成灾，田禾受损惨重者仅二三成收获。告荒之声四起，农叟弱妪时至乡镇公所啼啼哭哭。其状之惨，为年来所罕见。政府因军量轧急，对减赋之要求恐未能圆满答复。日闻当局有"受灾百分之八十以上者，方能豁免田赋"之规定。则农民遭灾虽是属实，但因未能达标准，减免田赋之望或绝，百姓徒呼负负乎！

他认为："农民自插种至收获，所下之本钿，除人力不计外，需占收获量五分之二。幸而十足收成者，缴清租赋所剩亦不足以糊口。"这么讲，绝不是空穴来风，高利贷的盛行就是一个最好的例证。为免除农村破产，使社会安定，他建议当局应"放宽减免田赋之标准为重"，为灾民呼吁，请求当地政府给灾民予照顾。

朱聚生想民众之想，急民众之急，尤其将广大处于弱势群体的农民的疾苦始终放在首位，并且贯穿始终。

他做过一件逸事，至今还在沈荡民间流传。有一天中午，有个名叫周冬全的农民，手里牵着一头牛经过中市街道后，走到朱聚生所开的正大同南货店门口。不知是什么原因，牛突然挣脱穿在鼻孔内的缰绳，狂奔乱撞，周冬全使出浑身解数，试图阻止，无奈被牛撞伤倒地，右腿鲜血直流。转眼间，这头牛转身闯入正大同南货店内，一时间掀翻货物，撞倒柜台，弄坏了不少货物。店内的人一看，均被吓得大呼小叫，四处逃散。几分钟后，牛窜入街道。街道两旁的店家看见，如临大敌，纷纷关店，大有避敌之势。周冬全一见，赶忙从地上爬起，顾不得疼痛，紧追上去。不料，那头牛竟窜入河中，一会儿，又从河里爬上街道，朝西方向奔去。后来，经过镇上几名群众的协助，终于合力将这头牛抓住，用绳子系在阳春弄底一棵大树上，这才使镇上的人稍稍安心。

这时的周冬全被牛搞得又急又累，瘫倒在街道上，万昌隆纸烛店的老板看到后，就邀请他先在店内稍做休息。

朱聚生闻讯，从学校匆匆赶来。询问之下，才知周冬全是练浦人，祖籍绍兴。这头牛，属他私人拥有。前几天出借给了塘东胡家桥一名亲戚耕耘，今天赶去牵回，打算自己使用，经过镇上集市时，因为天气炎热，牛一看见河中的水，就立即下河去洗浴，不料，它不听主人使唤，窜上岸后乱撞，才造此祸。

朱聚生听后，非但没有追究牛损坏他家货物一事，还安慰周冬全说："还好，没有伤及人，你不必担忧。"并马上吩咐也闻讯赶来的副镇长李铭义带周冬全去医治伤口。接着，朱聚生便跑去阳春弄底察看那头牛的情况，见它的鼻孔流血不止，唯恐它再肇事，就派警士持械监视。

直至午后，周冬全才谢过朱聚生，牵着牛缓缓地走过集市回家去了。

这件事，令朱聚生印象深刻。让他忧虑的是，这几天，仍然每天可以看见有人牵着牛在街道上招摇过市，也没人管理。他担心这样下去，会再闹出事情来，而到时又没人负责。后来，他在报上撰文，强调这种事要专门有人负责管理。

这一天，他去镇上几条弄堂勘察，只见弄内"小便淋漓，瓦砾解脚，臭气扑鼻"。这使他禁不住喊出声来："真是天晓得！"这一番景象，使他难以平静。还有盐硖班轮船驶过沈荡市河时，速度过快，通常镇上人都在河埠洗碗、洗衣服，这时一个大浪打来，往往被打湿鞋袜。卷走物品是小事，万一有老年人在洗衣物，来不及返身上岸，就很有可能造成落入河中之危险。这事让他联想起自己的生母就是因为发生此类事情，才失去生命的。这种切肤之痛，让他不敢轻视。因此，他为盐硖班的轮船司机经过沈荡市河时，不肯减速行驶，感到遗憾。当晚，他便以六亦斋之名给《生报》撰文，除对镇上的治安与卫生工作等提出意见外，还建议"清道夫子"如果有空，劳驾他们察看后，以资改善，也是民众之幸也。并举例说，前些天，有一只载米的小船刚摇出市河，迎面就来了一只快速向前行驶的轮船，小船差一点倾覆。为此，朱聚生建议水上交通也应该遵循交通规则与道德，使大家都能平安到达。

再有，之前，沈荡来了个戏班表演越剧。这里的人大都喜欢看越剧，这也无可非议。但戏班中的一名女戏子，长得颇有几分姿色，擅长以粉色照片与人交际。有两三个沈荡的年轻人，被她搞得神魂颠倒，等戏班子一走，只好望照而叹。在他看来，这本是镜中望月的事情，不免是"自作自受"，提醒青年人要树立起一个正确的人生观。

朱聚生不仅在报上管"闲事"，而且在生活中也是如此。一个冬日的夜晚，大约8时，天寒地冻，天上又下着雨。沈荡保警队一名士兵周荣华，从西街执警后途经王家小桥，由于小桥无栏杆，加上天空一片漆黑，根本看不清路面，一不留神，掉落河中。"扑通"一下的落水声惊动了正迎面走来的朱聚生，他一看，立即高声大喊："快救人啊，有人落水啦！"街道旁店家一名妇女听到喊声，即刻提着一盏灯出来，只见朱聚生从旁找到一根竹竿，狂奔至河边，递给正在河中扑腾着的周荣华。

周荣华由于慌乱，抓了几次都没抓住竹竿。朱聚生见状，多次将竹竿伸到他面前，周荣华好不容易抓住竹竿，朱聚生在岸上使出浑身力气，将他拖出水面，将他救上了岸。此时的周荣华全身湿透，不停地打着哆嗦。朱聚生赶紧叮嘱他快跑回家换衣。次日，这事在镇上传开后，人们都说："朱聚生救人一命，周荣华这次真是不幸之中大幸啊！"

1949 年元旦，蒋介石在报上发表了声明，文中提出要与中国共产党进行和平谈判。朱聚生看透了其假和谈、真分裂的面目，就与何锦瑜、黄村樵合写了《三十八年到来临》的民谣，配上秧歌调，在学生中教唱：

> 三十八年到来临，
> 政府倒也发善心。
> 想和共党谈和平，
> 希望共党来答应。
> 保和平，听得进，
> 老百姓，顶高兴。
> 和平到来捐钱轻，
> 和平到来勿抽丁。
> 和平到来要革新，
> 政府老板是百姓。
> 真和平，就欢迎。
> 假和平，不答应。
> 真假和平要分清，
> 贪官污吏滚出门，
> 老账新账算算清。
> 算出来，还百姓，

他不肯，同他评，

永久和平顶要紧。

教唱后，他还组织学生踩着节奏扭起了秧歌。这种民谣通俗易记，没多久，便在民众中流传开来，使学生和民众在演唱的同时，看清了国民党假和谈、真反共的面目。

1948 年 9 月 30 日，海盐县长俞斌调离海盐，去往丽水任职。对于他在海盐任职时的情况，朱聚生在《行报》的第一版上发表了题为《送俞县长——兼论三年来县政之得失》的评论文章。文中说道："俞县长执管本县三年，一般来说，虽然没有什么惊人的建树，但也还不算太失职。以一个戎马之间的军人，而能有今天的政治修养与政治风度，已经算是难能可贵的了。可是因为如此而使他强调了'军事应刚，政治尚柔'的作风，临时之际，却不得不遭遇到相当的麻烦了。"在他看来，俞县长执政时期，一方面是利用了地方绅士，说明绅权的强大，但同时也说明地方官向绅权低头的事实。或许俞县长因为看清了这个道理，才有了他成功的地方，但也正是他以此作为施政的原则，而导致他最终的失败。因此，朱聚生认为，行政的得失本不能以眼前的成败为权衡尺度，一时的成功常常会造成永久的失败，而一时的失败却也常常成为永久的成功。唯有为大多数人谋取幸福的，才是老百姓欢迎的官吏。

朱聚生旗帜鲜明的革命思想和大胆犀利的文风，加深了当局对《行报》的看法。他们最终对《行报》采取了勒令停刊的行政措施。富守人后来回忆说："聚生笔锋锐利，时常犯势，看法脱俗，公正有力，持论正确，持续不止，使对立者无法招架。"由此触怒了当局，导致报纸被禁。1948 年 11 月 22 日的《海盐商报》刊载了一则新闻：

据悉,本县出刊的《行报》虽经申请,因资金不足未予批准,勒令停刊, 该报于即日起遵令停刊。

《行报》被迫停刊后,感到危险来临的杨竹泉立即将沈志直疏散回苏州。12月2日,朱聚生接到沈志直来信,信中说:"在苏州染疾,现已转院无锡。"朱聚生一看,知道沈志直已被捕,这是两人事先约定的暗语。事后,他才了解到,沈志直因为在苏州找一名印刷工人,引起国民党特务的怀疑而被逮捕。

这时,杨竹泉和张辛如等人也受到国民党当局的监视。为了避免党组织遭到破坏,杨竹泉决定立即离开沈荡。次日,张辛如在朱聚生的帮助下,拿着朱聚生凑集的路费,换上朱聚生的长衫,化装成商人的模样秘密离开沈荡,乘船去往上海,然后转道去往苏北解放区。然而,在上海时,张辛如的钱包被人窃走,身无分文,只得流落街头,成了一名流浪者,好几天没吃一点食物,饥饿时只能靠喝水维持生命。二十三天后的一个傍晚,杨竹泉从沈荡乘船到海盐县城,步行三十多里路前往澉浦葫芦湾家中。他见到妻子就告诉她:"现在情况紧急,《行报》被查封,有一名姓沈的编辑已被逮捕,我需要马上离开海盐,前往苏北。"

次日清晨,杨竹泉与魏连珂一起离开海盐前往解放区,而朱聚生却留了下来,继续在当地开展斗争。

第十一章　秘密入党，地下工作

第一节　创办《乡报》，迎接解放

随着解放战争形势的迅猛发展，蒋介石领导的国民党政权已处于全面崩溃之中。然而，国民党反动派不甘心失败的命运，继续在国统区镇压民主运动和共产党人，制造白色恐怖，企图苟延残喘、伺机反扑。海盐也笼罩在乌云之下，国民党反动派到处搜捕共产党人，镇压反抗民众。在黎明前最黑暗的时刻，当地的地下党组织与国民党反动势力展开了英勇机智的斗争，为海盐解放拉开了壮观的一幕。

在这个白色恐怖最严酷的时候，身处沈荡敌占区的朱聚生并没有为同仁的被捕、离开和严酷的现实所吓倒，《行报》被迫停刊，也没有使他屈服，他反而觉得自己应该继续做点什么。"在祖母口中，父亲既孝顺又执拗。"朱荒红说，"祖母不是父亲的亲生母亲，但父亲依然尽心尽力奉养，父亲在家经常会唱上几段讽刺当局的《茶馆小调》，用来表达对当时政治环境的不满。祖母说，父亲交友广泛，家里客人很多，为此还准备了好几张单人床。后来才知道，父亲把家当作中转站，长期负责为解放区输送进步青年。"

1949年元旦，朱聚生与镇长许国权商量起创办报纸一事，打算重新开辟舆论阵地，为迎接解放做准备。他俩经过合议后，决定创办一份名叫《乡报》的报纸。《乡报》于1949年2月16日创刊，八开四版，日刊。发行人许国权，主编朱聚生、虞云浩，社址设在沈荡镇。

《乡报》的创办，使得朱聚生又忙碌起来，他重新拿起笔做刀枪，揭露社会上的种种不公，抨击吃人的社会与被人吃的人的痛苦，以唤醒民众对这种现象的警惕与关注。

1949年2月19日的《乡报》第二、三期上，刊登了朱聚生的一篇《病中杂忆》。这篇文章写于上年的8月25日，当时朱聚生在沈荡北郊一个好友家中避嫌与养病。在那里的日子，

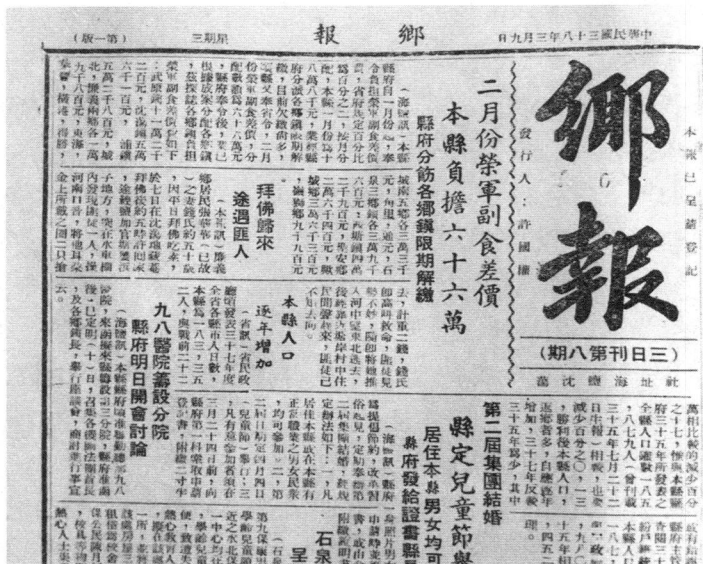

《乡报》

他阅读了好几本书，这些书都是他之前购得的，"最初买了中国历史教程和一册社会简明史教程，另外几本有名的杂志。以后自觉天性未泯，渐渐勤奋起来，每跑一趟书店，总归掏空了袋底，……为了常在书店走动，便和维也纳（书店）的琪君认识了，因此也沾到不少便宜"。然而，使他想不到的是，1948年夏初时竟有人写信揭发书店老板琪君，说琪君销售被当局视为"赤书"的书籍。当时告诉朱聚生的人是被他称为青君的人，那时朱聚生在生病，病情很严重，在家整整躺了五十天。而这个素不相识的名叫青君的人，却时常以探视为借口去朱聚生家中，并告诉了他这件事。青君还说，当时他目睹了有人向上面写信揭发琪君。后来这些进步书籍被当局没收，还勒令琪君写了悔过书，申明以后不再贩卖。青君说话时的目光，令朱聚生觉得怪怪的，心想：他总不至于无缘无故在给我戴帽子吧？病中的他，也曾做过几个噩梦，梦中青君灵活的怪眼睛、巧妙的鬼说话，使他心惊，过度的关怀使他铭记，永志不忘。"从人生的经历中，我明白了，凡受素不相识者过分的关怀时，必得注意他含有毒素的糖衣丸，如果赶快警觉，为时尚早，否则越关怀，越打得重！越甜反越毒，凡过来人必能道出此中原理。"避居乡下的日子，朱聚生撰写了多篇文章，随着《乡报》的发行，陆续发表在报纸上。

比如发表在 2 月 28 日《乡报》上的《狂人日记（之一）》就是朱聚生在这个时间里所撰。从 2 月 28 日至 4 月 23 日，他先后撰写的题为《狂人日记》的杂文，以八个篇目的系列相继推出，例如：在《狂人日记（之一）》中这样写道：

谁知道社会之所以成为现社会吗？吃饭呀！救人呀！人言沸，莫衷一是，但是历史的事实告诉我们，挨饿的不是为首的人，救人的却先要去杀人，这是多么的滑稽，多么可笑！

现社会才成为现社会，谁知道呀！

满眼都是不顺眼的事，到处都是不平的现象，我再也不敢说了，我再也不敢想了！

人家说：你左也不是，右也不是，究竟什么才是？在这人人不知其所以然的社会里，你能办到，"出入相友，疾病相扶"的新社会吗？这里我惭愧自己的渺小！

《狂人日记（之二）》中，朱聚生承认自己的幻想特别多，意志也特别坚强。他知道为了国家和民族，在这种严峻的时刻，应该压抑情感，用理智去共渡难关，不应该为一己利益，而放弃大众的幸福。但问题是："生活的饥渴，克服不了灵性的感觉，饿着肚子唱高调，但火烧到了眉毛你能让它烧吗？身上冷了你能不发抖吗？"因此，他认为"这全是梦话"！

他无情地揭露那些贪官"为了自己的政治生命，穷兵黩武、自相残杀，置人民于水深火热之中，造成人类的屠杀惨史"。

在《狂人日记（之四）》中，朱聚生这样写道：

在这世风日下的现社会里，要想人们安分守己地去努力，是万不可能的事——因为现实的诱惑力太厉害了。然而，我不能为那些毁灭人性的工作去追求成效。因此，我被人们认为是泥菩萨了，但，我是我，决不因人家的鄙视而改变我的意志。

在《狂人日记（之五）》中，朱聚生针对锦绣河山变了色，善良的人心变了质，满目疮痍，到处尽是不平的声音，愤怒地发问："这究竟是谁的罪恶？这究竟是谁的过失？"觉得自己再也不能沉默了，再也不能麻木了，他要发出自己最强烈的心声。

　　谁知，这五篇《狂人日记》连载发表后，引起一个朋友的误解，说《狂人日记》是一代文豪鲁迅的名作，怎么可以把它搬来当作崭新的题材呢？朱聚生听说，就在此后的一篇《狂人日记》中这样写道："其实，我不是个风头主义者，我也没有读过鲁迅的《狂人日记》，更无从知道他的内容。但我觉得过去有过去的时代背景，现在是现在的社会现实，根本不能同日而语。虽然题目雷同，似乎'东施效颦'，但掉一句文，便是'风马牛各不相干'。"并说明，他写《狂人日记》，并不是想出名，"只是希望这狂妄的声音，能够发生点冲破黑暗，扫除生活障碍的作用，还有利用失业的空间，学习写作，使个人的意志，不因环境的变迁而消沉如此而已"。

　　尽管如此，他并不因为友人的误解而放弃《狂人日记》的创作，紧接着又写了三篇，形成一个系列，在读者中引起巨大反响。有读者说："朱先生的《狂人日记》，切中时弊，抨击了现实社会不合理的制度，说出了一般人不敢说的话，真是为百姓开言路、为民众讨公道。"

　　面对太多的残酷、丑恶、黑暗、悲惨，朱聚生再一次站出来进行揭露与批判，他公开说道："我为什么不写光明方面的美景，而要揭露黑暗与丑陋，这是我作为一个记者应尽的职责。"他就是要用那支犀利之笔叱咤人间，使人间因为他不断揭露丑恶而有所改变，变得美好起来。

　　这时，时局已经到了最关键的时候。为了迎接解放，宣传党的政策，安定民心，中共海盐地下党组织根据毛泽东提出的"约法八章"的指示精神，以海北人民解放委员会的名义，于1949年4月30日在最后一期《乡报》上印发了《告全县同胞书》。而这份《告全县同胞书》结束了国民党反动派长期以来的专制统治，一个由人民当家做主的新中国宣告即将诞生：

自从人民解放军发挥了雷霆万钧的威力，全面突破了国民
党反动政府为最后的赌本的所谓"长江天险"，摧毁了反动政
府仅有的残余军力，解放了包括反动政府的老巢南京在内的江
南各大城市后，反动政府的垂死挣扎，已面临"呜呼哀哉"的
最后命运，现在各线解放大军正在高速度推进，江南残余的蒋
军，不久即将全部肃清，全面的解放亦克日可待了。我海北同
胞，久受反动政府血腥统治，即日之内也可完全获得解放。为
此特公告如下：

一、人民解放军纪律严明，不取民间一针一线，希各安心，
不要自扰。

二、人民解放军基于中国共产党的城市管理政策，除官僚
资本外，保护私有的工商企业财产，望各业员工照常工作，各
行商店照常营业。

三、国民党所属地方政府一切负责人和工作人员，应各守
原来职位，完善保全各项军械文件档案及物质，静候接收，不
得损坏藏匿。

四、保护学校及其他文化机关，学校教职员及其他文化工
作人员，应照常工作。

五、无论在人民解放军进城以前和进城以后，城内一切市
民及各界人士均须有共同负责，维持全城秩序，凡保护有功者
奖，阴谋破坏者罚。

海北人民解放委员会
一九四九年四月三十日

《乡报》总共出刊二十五期，至 5 月 4 日停刊。5 月 7 日

海盐解放。这份报纸不仅为海盐近代新闻事业画上了一个漂亮的句号，更为朱聚生一生从事的新闻事业生涯画上了一个圆满的句号。但此时这份报纸的主编朱聚生却被国民党当局视作不同政见的敌对分子关押在监狱里。

第二节　秘密入党，成为党员

事情要从 1949 年春节前夕说起，当时中共苏北九地委上海工作组指派中共党员袁忠德同志到沈荡中心学校，朱聚生闻讯，根据上级指示，将他安排在学校任职。作为联络员，袁忠德可直接与上海地下党组织进行单线联系。

不久，陈开白头戴礼帽、身着长衫，装扮成文化人的模样来到沈荡，专程与朱聚生碰头。见面后，陈开白对如何开展当前的地下工作对朱聚生做了交代。这时，国民党政权已被中国共产党领导的解放军包围，处于即将崩溃的边缘。但越是接近崩溃，国民党对共产党的镇压就越加严厉，全国处于白色恐怖之中，国民党对中共地下组织进行大肆破坏，企图做最后的挣扎。然而，面对这一切，朱聚生无所畏惧，再次委托陈开白向上级党组织转达坚决要求加入中国共产党的愿望，还提出希望能去苏北解放区参加革命工作的愿望。这事经上海党组织研究，认为经过这一年时间对朱聚生的考察，其基本符合中共党员的条件。为此，上级党委专门派出中共苏北九地委上海工作组负责人之一的陈一忠亲赴沈荡，以期当面考察朱聚生后，解决他的入党问题。

1949 年 2 月 22 日，陈一忠在陈开白陪同下，从上海坐火

中共地下工作者陈一忠（朱荒红供图）

车到嘉兴，转乘轮船到沈荡。为了不引起旁人注意，陈开白穿了一套国民党旧军服，打扮成军官模样，陈一忠则穿了一件灰色长衫，打扮成文人模样。他们一到沈荡，就立即赶去朱聚生阳春弄的家。

经陈开白介绍，朱聚生得知陈一忠的身份，很是兴奋。他知道，在这种恶劣的环境下，陈一忠来到他家，肯定是有重要事情。

为避人耳目，在这段时间里，陈一忠他们决定，吃住都在朱聚生家中，不去学校，也不在外露面。

这一天，盛韵玉下班回家，看见陈开白和一位陌生人，便与陈开白热情地打了招呼。对陈开白，她很熟悉，她在家里看见过他许多次。而另一位，她从没看见过，因此，她只是对他笑笑，算是打招呼。对她来说，家中这种情况早已成了常态。时常有陌生人来吃住，过一夜或两夜就走了。时间一长，她觉得不便问，也不好说什么，但心里却像明镜似的。

她对婆婆说："姆妈，你上街去买些酒菜回来，孩子我来带。"

婆婆一听，挎只篮子上街去了。

就餐时，朱聚生取来黄酒，请他俩喝，说："这酒味香，又好喝，还可以活血补血，据说是用上等的糯米酿成的。"

一个小时过去，母亲将菜端上了桌：青菜烧油豆腐、白切鸡、炒鸡蛋、五香盐津豆。看得出，她是动了一番心思的。

餐毕，盛韵玉知道他们有正经事要谈，便叮嘱婆婆将孩子领到楼上房间去，而她也到楼上自己房间里批作业去了。夜深人静，韵玉批好作业、备好课，就去婆婆房里领孩子回到房间，照顾两个孩子睡下后，自己也就安睡了。

陈开白去了隔壁的屋子，厨房里只剩下朱聚生与陈一忠两人。他们就着一盏油灯，开始促膝倾谈。对陈一忠的询问，朱一一做了回答。随后，朱聚生向党组织郑重提出两个要求：一是带着妻子和孩子一起离开沈荡，去往苏北解放区参加革命工作；二是坚决要求加入中国共产党。

瞬间，陈一忠被他的热诚与迫切的要求感动，立即代表组织对他做了一番勉励，说："你只要好好学习、提高觉悟、端正思想，全心全意为党为革命事业做贡献，入党问题最终会解决的。"

朱聚生听罢，心里十分激动。不管怎么样，终于找到了中共地下党组织。这是他梦寐以求的事，可以有机会向党表达他一直以来的心愿了。

望着朱聚生由于激动与迫切心情而泛红的脸庞，陈一忠顿觉时机已经成熟。于是，他说："我郑重地告知你，从现在起，你就是一名中共预备党员，预备期为一年，到时请示'老板'（指上级领导后）给予批准。"并叮嘱朱聚生："你要记住这个特殊的日子。"的确，在当时严峻的环境下既无入党仪式，也无入党书面申请手续，只要求他严格遵守党的纪律，处处维护党的利益，如果遇到危险，就是宁可牺牲自己也决不叛党，不能使党的利益受到损害。

朱聚生听后，神情严肃地说："我，朱聚生，接受党的各项要求，经受党的考验，宁愿牺牲自己也永不叛党。"昏暗的油灯下，他的两眼透着坚毅的目光。

接着，陈一忠代表党组织转达了组织上经慎重考虑做出的决定，说："你仍以镇长身份留在沈荡，为党做地下工作，秘密掩护党员，这比去根据地更加有利党在国统区开展工作。"同时又向他下达三项任务：一是继续留在当地，利用自己的身份，坚持斗争，迎接解放军渡江；二是继续团结和组织进步青年，为全国解放后准备骨干力量；三是继续做好党的宣传工作，进一步发动群众，为迎接解放做好舆论工作。

朱聚生听后，既高兴又感到责任重大。这时国共两党的斗争已经到了你死我活的地步，尽管朱聚生有公开合法的身份做掩护，但在这白色恐怖笼罩下从事党的地下工作，每时每刻都会有生命危险。然而，对于党的决定，朱聚生明知自己身处险境，但仍置自身安危于不顾，放弃了去解放区工作的愿望，继续潜伏了下来。并且很豁达地说："天快亮了，我就留在沈荡继续战斗，迎接黎明的到来吧！"

这时，楼上的韵玉在房间里早已安然入睡了。她根本不知道，此刻她的丈夫已经是一名光荣的中国共产党党员了。她更不知晓他已为自己的理想和信仰，做出奉献一切甚至生命的承诺。她搂着孩子在黑暗中安静地睡了。她的丈夫却在油灯下心潮澎湃、激动不已。

与其说，这是一次生与死的抉择，还不如说，在做出这一抉择后，朱聚生已经从一名信仰三民主义的民主主义者转变成了信仰马列主义的共产主义者。这一信仰的转变，使他终于找到了自己毕生为之奋斗的目标，进而成为这一信仰的忠实实践者，并为之奋斗不息、死而后已。

第三节　名为镇长，为党工作

　　1949年2月15日，沈荡镇举行二届一次镇民代表大会，出席代表十七人，这次选举的原因是原来的镇长许国权主动辞去镇长一职，而其辞职的缘由是局势极为紧张，他不愿再当下去，生怕日后惹上什么麻烦，性命不保。朱聚生得知后，觉得对他来说，无疑是个好消息，倘若能获得这一职务，对掩护和从事地下工作，是个极好的机会。这样一来，他可以掌握镇上实权，运用地方上的各种资源，更好地开展地下工作。

　　在选举中，朱聚生果然不负众望，以压倒性票数一举击败对手，当选为一镇之长。顾达人、陈嘉福任副镇长。

　　经县政府批准，3月5日，朱聚生正式接任沈荡镇镇长一职。次日，《乡报》第二版以《沈荡镇长朱聚生正式接铃视事》为题，报道了这一消息。对于他参与竞选一事，也有人感到很困惑。许国权的爱人俞淑贞就问他："连国权也不愿意干，你为什么要当？"朱聚生听后，笑笑说："你是不知道，但我考虑认为，作为革命者要达到他所要做的目标，干吗不能采取各种手段？"

　　至于朱聚生为什么要参加镇长的竞选，后来他对以教师身份做掩护的地下工作者黄村樵做过这样的解释："竞选镇长，并不是我真正的目的。利用镇长的身份，对革命工作多起到一些方便作用，才是我的目的。"朱聚生接任镇长后，这个职位果然为他开展地下工作提供了极大的便利。

　　朱聚生从大局出发，意识到闹革命仅凭嘴皮子不行，还要有实际行动，仅有行动还不行，还要建立一支属于自己的武装力量。因此，他任职后做的第一件事就是想方设法控制沈荡镇的自卫队和警察所，将这两个部门的武装力量都掌握在自己的手中。这时的他考虑问题比之前更为周密、细致了。

这时的沈荡还属于国统区，中国共产党的军队还在长江以北与国民党军队进行激烈交战。如果能控制镇上的武装力量，需要时能为自己所用，就更好了。朱聚生是这么想的，也是这么干的。为此，他一上任就暗中组织地下武装力量。

首先，他考虑利用报社"交谊阅读会"的成员和报社记者组成一支骨干力量，同时打算策反镇上警察所的部分警员，以及自卫队的全部成员，将他们争取过来。并做好了最坏的打算，如遇不可控的形势出现，就拉上他们，投奔地方上的"三五支队"上山打游击。

说到创建武装力量之事，其实可以追溯到1948年8月。当时的朱聚生与杨竹泉想趁抗战胜利三周年之际，举办一次校庆文艺演出活动。他们商量借排练剧本需要的名义，向警察所借用枪支，以做道具之用。等到演出结束后，再去缴警察局的枪支弹药，举行武装起义。

这个计划，由杨竹泉向上级领导汇报后，未能获得通过。后来杨竹泉对朱聚生说："我的上级领导不同意在国统区搞暴动，就算一时行，但少则三天，多则五天就有覆灭的危险。"

朱聚生听了，一方面感到有点失望，但仔细一想又觉得杨竹泉与其组织领导考虑问题很周到。

杨竹泉还说："上级指示，要求秘密打入国民党新兵组织，争取从敌人内部瓦解军心，让这支队伍为我们所用。"

根据杨竹泉这一指示，朱聚生便暗中派人破坏国民党的新兵征召计划。有一次，俞忠义以记者身份前去了解国民党虐待新兵的有关情况，写成专稿刊登在《行报》上，这一文章一经发表，就立即引起广大读者的注意，民众因此采用各种方法，抵制服兵役。

为了拥有一支战时拉得出、打得响的武装力量，朱聚生可谓费了不少心思。不久，朱聚生注意到镇上警察所一名卢姓所长是个外地人，携家眷在镇上居住，他有一女儿在沈荡中心学校读书。这一天开学报名，卢所长亲自带女儿到中心学校报到，办理入学手续，朱聚生热情地接待了他。开学之后，朱聚生又专程去警察所拜访了他。一来一去，两人的感情由浅至深，渐渐建立起一种友谊。

交往多后，彼此有了了解。朱聚生就与他谈当前国内的政治形势，还讲应该如何做人的道理，等等。他的这种诚恳态度和充满人情味的思想工作，犹如和风细雨般渗入卢所长的心田。没过多久，卢所长从思想上接受了进步主张，站到了人民一边，主动协助朱聚生做他所交代的事情。

朱聚生还有意将镇上的进步青年顾林书安插进警察所工作，作为打入内部的地下情报员，让他打听内情，为迎接解放做准备。

另外，镇上有支自卫队，成员大都是镇上和郊区农村的小伙子。朱聚生了解到，这里面有很多是他学生的兄长或亲友。这些人中有部分与朱聚生同龄，又熟悉，很容易谈，有许多共同语言。于是，朱聚生经常去他们那里，了解他们的思想，关心他们的生活。由于他平易近人，也没有架子，这些年轻人就把他当成知心朋友，都乐意将他们的真实想法说给他听。

有一次，朱聚生还以镇公所的名义，亲自前往自卫队。去时，他叫人送去一头肥猪和一坛黄酒，以示慰劳。经过一番努力，朱聚生在人事上做了一番调整，将这支自卫队的骨干全都换上了他信赖的人，成为一支可靠的地下武装力量。

掌握了武装力量的朱聚生，并不因此感到满足，相反，他根据上级指示，又在培养和发展青年干部队伍上做起了工作。

自 3 月 13 日起，沈荡镇有计划、有步骤地进行保长换届工作。朱聚生认为，这是推荐正副保长的一个极好机会，更是让自己信得过的青年担任这一职务的最佳时机。为此，他在全镇十四个保长进行换届选举时，亲自前往，并担任第三、四、五、八、十、十二、十四共七保的监选工作。经过严格的选举，这项工作一直持续到 3 月 17 日结束。

当晚，朱聚生主持召开了新当选的正副保长工作会议。会上，他祝贺这次新当选的二十八名正副保长，鼓励他们积极工作，维护一方平安，为当地百姓服务，为百姓谋利益。与此同时，他还向与会者宣讲了目前全国的形势，希望大家看清形势，顾全大局，积极做好迎接解放的准备。

这期间，朱聚生还不忘给镇上办实事：修路。其实这件事他一直放在心上，事情的原委是这样的：镇西市庙湾至梅史堰地段的街道，1940 年被日军战火焚烧以后，几乎成了一片焦土。路上坑坑洼洼的，遇到天上下大雨，道路泥泞，容易摔跤。朱聚生每次走过，总觉很揪心，想着什么时候有机会能将这路面修一修，方便镇上的百姓。所以，他当选后的次日，就立即实施修筑此路的计划。

他请了修筑路面的负责人，同往庙湾至梅史堰地段的街道踏勘，来人估算一下后，说："这条路面地段如修缮每一丈五尺的石板，需糙米二斗七升，另加工资八升，共需修缮九十余块石板。"这样算下来，也不是一个小数目。

可朱聚生听后，毫不犹豫地说："就这么定了。"为促成这件事，他还想了个办法，由镇公所出面向各家商店筹募修路经费，并委派副镇长顾达人负责筹集资金和施工等各种事宜，在确定当日就拍板开工。

朱镇长要修这条路了，镇上商店的老板知道后都很高兴，他们有钱的出钱、有力的出力，很快就筹集到糙米三十石。

没多久，这条原本坑坑洼洼的路，经修复后变得平坦了，行人走过，都赞不绝口。许多年过去，曾经见证过修复这条路的老人，回忆起当年的情景，仍念叨着朱聚生的这一善举。

加入中共地下党组织后的朱聚生，为革命工作不仅想得更多，而且做得更多。他按照党的要求，全力以赴地开展着发动群众、团结进步青年、迎接解放军等工作。

有一次，杭州的"求知会"被特务盯上，一行人由记者郑瑞初带领，辗转来到沈荡找朱聚生寻求帮助。朱聚生热情地接待了他们，并安顿在他家里过了一夜。次日，他就将这批人转移到上海，由上海的中共地下党组织将他们输送去苏北解放区。临走时，朱聚生给了他们一些盘缠，还委托他们带去一把手枪和若干两黄金。后来，组织上收下了他托带的手枪，但认为朱聚生的活动经费也够紧张的，将黄金退还给了他。这也让朱聚生备感温暖。他听说解放区的解放军缺衣少裤，有的连鞋袜也没有，想着自己虽然不能上前线，但可以组织群众开展一些活动。于是，他组织妇女班赶制了一百五十二双布鞋，送到苏北解放区，赠予解放军，支持他们在前线的抗敌斗争。

第十二章　黎明之时，英勇就义

第一节　采购武器，甘于冒险

自《行报》于 1948 年 11 月 22 日被国民党当局强制勒令停刊后，杨竹泉与魏连珂辗转到了苏北解放区。"解放区的天是明朗的天，解放区的人民好喜欢，民主政府爱人民呀，共产党的恩情说不完……"这首歌唱出了解放区的新生活与国统区黑暗生活的区别，也唱出了人民对中国共产党领导下新生活的向往与憧憬。解放区的生活与学习，使他们感受到了新鲜的空气、进步的思想与光明的未来。

1949 年春节前夕，杨竹泉接到上级命令，根据指示，委派魏连珂再次潜伏至沈荡，要魏连珂找到朱聚生，与他接上头。其实杨竹泉的党组织关系与朱聚生不同，他不属于中共苏北九地委领导，只是出于对朱聚生长期共事时的观察与信任，杨竹泉才决定将这一次党的工作交付给他。说到底，杨竹泉也不知道朱聚生是中共地下党员。严酷的地下斗争形势，使得这些中共党员不允许向任何人透露一丝消息，保守秘密是中共地下党组织党员核心原则之一。

魏连珂是福建人，曾在海盐警察局当过警官。杨竹泉在沈荡与朱聚生一起创办《行报》时与他结识，经过一段时间的考察后，便发展他为中共地下党组织的成员。

魏连珂到达沈荡后，已是黄昏。他熟悉这里的环境，便迅速前往朱聚生家。朱聚生一见，喜出望外，两人紧紧拥抱在一起，激动得不知说什么才好。朱聚生吩咐母亲，再添上两个菜。两人一番寒暄后，吃罢晚饭，就一起出门，沿着西市方向走去。

天空一片漆黑，唯有停靠在岸边的船上闪烁着点点亮光，寒冷的天像要将空气凝固了。他们站在梅史堰桥上，朱聚生本能地将头往衣领子里缩了缩说：“你应该是无事不登三宝殿吧。”

魏连珂神情严肃地说：“是的，杨社长叫我来找你。”

朱聚生一听，赶忙问道：“什么事情需要我办，你快说吧。”

魏连珂这才告知：“杨社长吩咐你做三件事情。第一，组

梅史堰桥（张东良摄于 2020 年）

织进步青年到苏北解放区去；第二，购买武器弹药，并发动组织地下武装力量；第三，设法搞几本国统区的记者证。"

朱聚生听罢，当即表示："知道了，我会尽力而为的。"并让魏连珂向杨竹泉转达他的意思，也转达他对杨竹泉的问候。

当晚，魏连珂留宿朱聚生家中。次日吃罢早饭，魏连珂就乘船赶往溆浦，这是魏连珂应杨竹泉委托前去看望其一家老小。杨竹泉的爱人孙志兰住在溆浦葫芦湾，到达她家时，已近黄昏。看见杨家一切安然无恙，魏连珂心里也就放心了。一夜过后，孙志兰见魏连珂要走，就赶去学校预支了一点工资，给魏连珂作为盘缠。魏连珂谢过后，就马不停蹄地赶去苏北。

杨竹泉委托办的事，朱聚生自然不敢懈怠。等魏连珂一走，他就立即回校找何锦瑜。他俩见面后，朱聚生让何锦瑜通过"海盐师训班同学会"这层关系，准备把王浩等一批进步青年教师转送去苏北解放区，参加革命工作。

海盐师训班同学会是由吴孝若、王灏等一批思想要求进步的学生，于1946年夏发起成立的。成立初，成员全是师训班刚毕业的同学。当时，海盐正处于国民政府的严密控制下，进步书刊被查禁，文化生活十分贫乏。海盐师训班同学会成立之后，这些青年冒着被国民党当局查捕的危险，秘密购买进步书刊，组织学习，开展对中国社会性质的认识，以及中国革命应走什么道路等问题的讨论，使大家认清了国民党政权的反动实质，产生了改造社会的强烈愿望。他们决心投身于国统区掀起的波澜壮阔的人民民主运动中，为建立一个由人民做主的新中国而努力奋斗。这些进步活动，在海盐青年和知识分子中引起了很大的反响，以至连李国华等一些并非毕业于师训班的进步青年，后来也陆续参加了海盐师训班同学会的活动，致使同学会成员从原有的十余人增加到四十多人，逐渐成为一个关心政治、团结青年的进步团体。于是，何锦瑜根据朱聚生的指示，立即前去海盐联系师训班同学会。

紧接着，朱聚生又联系了黄村樵，请他委托其姐夫购买枪支弹药，因为在此之前，朱聚生就已了解到他的姐夫是一名国民党军官，因为缺钱花，在贩卖枪支。这些从战场上退下来的国民党军官，在这种兵荒马乱、兵败如山倒的情况下，靠倒卖军火过日子，早已成了家常便饭。

次日，他又专程来到陈文元的住处，请他务必设法搞到几张记者证。

陈文元听后说：“这很难，但我尽力而为吧。”

使朱聚生感到遗憾的是，之前他联系组织的一批海盐爱国进步青年，曾经渡过长江去往解放区，但后来的一批却由于国民党军队对长江一带封锁严密，摆出了与中国共产党领导的军队决一死战的态势，偷渡计划最终未能成功。尽管如此，后来这批青年中有许多人加入了当地的中共地下党组织，在迎接海盐解放的过程中做出了重大贡献。

1949 年 2 月下旬，在苏北的杨竹泉和魏连珂应泰州一分区公安局长长江联络站的派遣，潜入苏南、上海等地开展策反工作。

临行前，杨竹泉在刁家铺写信给朱聚生，信中他要朱聚生以最快的速度为其搞几张记者证。

朱聚生接到信后，立即按照来信时的地址给他回了信，同时还附寄了几张记者证。

杨竹泉收到信和记者证后，随即与魏连珂一起从苏北过长江，再到苏南。他俩都穿一袭灰色长衫，打扮成商人的模样，但没有携带一点行李。这种与他们身份毫不相符的装束，在他们进入长江口岸时，就被特务发现，从而引起了特务的怀疑，开始跟踪。

到了上海，杨竹泉才发现身后已经有了尾巴。这一发现，让他们大吃一惊。情况紧急，为了避免对党的地下组织造成不必要的破坏，杨竹泉决定放弃前往他来上海时常住的自来水公司。这家公司主管经营者赵文祥是他妻子孙志兰的姑父，这里早已成了他秘密工作的联络点。为了保护这个秘密联络点，他俩决定前往中南饭店。这时的孙志兰已从海盐赶到上海，住在姑父处，两人因此擦肩而过没能见上一面。

2月23日，他们一进入饭店的房间，就立即掏出身上的所有证件与信件准备烧毁，以备不测。

这时，特务突然冲进房间，没有经过任何盘问，就将他俩逮捕了。杨竹泉见此情景，严厉地问道："你们凭什么逮捕我们？"

其中有一特务说："这还用问吗？你们认不认识他？"

魏连珂顺着他的手势方向瞅了一眼，这才发现，原来这帮跟踪他们的特务中，有一名曾经是他在杭州高等警官学校就读时的同班同学，时任国民党淞沪警备司令部上尉。原来是他认出了魏连珂，致使魏连珂和杨竹泉同时被国民党逮捕。特务把他俩押上一辆警车，并立即押送至国民党警备司令部。国民党特务对他们两人进行了无数次审讯和严刑拷打，但他们始终宁死不屈，没有出卖地下党组织。特务无计可施，就将他们转送至威海卫路上的警备司令部关押起来。这里的看守所关押的大部分是中共党员，以及民革、民盟等党派进步人士。

由于杨竹泉的被捕，朱聚生受到了牵连。特务在杨竹泉身上搜出了朱聚生给的复信，作为证据，特务直接就把朱聚生列入共产党嫌疑犯。当日，上海警备司令部对朱聚生的身份产生怀疑，开始对他的家庭住址进行调查、核实。

然而，此时的朱聚生对杨竹泉他们被捕的事情毫不知情，仍忙着落实杨竹泉委托他购买枪支的任务。

3月18日这一天，沈荡镇中心学校的教师黄宾兰正在宿舍接待两个人，一个是原国民党部队的军需处处长（新中国成立后担任上海文史馆馆员），另一个是她丈夫（原国民党的少校副官）。他俩应黄宾兰受朱聚生委托特地从上海赶来沈荡。原因是他们缺钱花，接到黄宾兰的信后，考虑出售枪支，以补贴家用。

他们到了沈荡中心学校后，朱聚生与黄村樵在校长办公室与他俩进行了面议。经过一番讨价还价后，双方以六十枚银圆，协议成交。

朱聚生立即赶往家中。一进门，他就向妻子说明情况，并让她如数取来六十枚银圆。朱聚生拿上银圆直奔学校，双方一手交钱一手交货。傍晚，朱聚生招待他们就餐，由黄宾兰、何锦瑜和黄村樵作陪。席间，大家很少说话，匆匆吃过饭，就各自离开了。

他们走后，在东楼宿舍，朱聚生和黄村樵拿出这两支手枪，递给何锦瑜看，一支是勃郎宁，一支是叫不出名称的驳壳手枪。接着，朱聚生拿着手枪，直奔家中，将枪藏起来。晚9时许，他又匆匆赶回学校将两个军官在学校安顿好住宿，这一切似乎都很顺利。

第二节　牵连被捕，临危护枪

事情来得太突然。3月18日夜晚10时许，街上已少有行人，人们大都已进入梦乡。"砰！砰！砰！"一阵急促的敲门声将盛韵玉从睡梦中惊醒。没等她反应过来，就听见楼下一帮警察已破门而入。她马上意识到：要出事情了！

她战战兢兢地从床上爬起，穿上一件旧旗袍下楼，对这帮穷凶极恶的人说："你们找谁？"

其中一个说："找朱聚生，他在不在家？"

韵玉回答："他不在家。"

"在哪儿？"

"学校。"

显然，她的答复不能使他们相信，警察小头目凶狠地说："给我搜。"

一名士兵立即端着枪冲进房间，一阵翻箱倒柜后，拿着一叠《行报》出来。

特务头目说："你丈夫是共产党的官，你就是官太太了。"

不由分说，就想冲进朱聚生母亲的房间里搜查。

韵玉一听，急了，说："这房间是伯父的，你们不能进去。"

警察们一听，信以为真，也就走了。

韵玉见他们走了，紧绷的心才稍稍放松：藏在母亲房间里的信件终于脱险。

警察扑了个空后，就转身赶去大庙场。他们将学校团团包围。有几个特务来到中心学校校门前，疯狂地敲着学校的大门。敲了一阵，没人应答。于是，便留下把守人，几个人绕到东侧操场的东门，又是一阵狂轰乱砸。

学校里静悄悄的，所有的师生都已入睡，唯有朱校长的办公室里还亮着油灯。他还在忙着白天没忙完的事情，思考着镇上日后的发展，规划着学校的教育大纲，考虑着如何做好党交给他的各项任务……

睡在后门寝室里的陈老师被敲醒了。他一边起床，一边叫醒睡在同室的另一位陆姓老师。两人一起走到东门，朝门外的人问道："你们是什么人？深更半夜想干什么？"

警察说："我们是警察所的。"

"你是谁呀？"陈老师问。

"是我，老沈，有要紧的事，你快开门。"

陈老师一听是熟人，就立即把门打开了。

警察一见，蜂拥而入，冲着陈老师就问："你们的校长在哪里？"

陈老师一看，情况不对，没等他反应过来，特务们就朝亮着灯光的办公室冲过去。

他们一进办公室，就气势汹汹地问："校长在哪里？！"

朱聚生镇定地说："什么事？我就是校长。"

警察头目听说，立即从口袋里掏出一张纸，在他面前一扬说："朱聚生，你认识杨竹泉与魏连珂吗？"

朱聚生听后，神情坦然地回答："认识。"还没等他再说什么，一副沉甸甸的手铐就把他的双手铐住了。

警察头目说："你要立即交出枪支。"

朱聚生听罢，没吭声。坐在椅子上，冷静地看着眼前发生的一切。

此时的盛韵玉见一帮特务吵吵嚷嚷地去了学校，知道大事不妙，等他们一走，转身就对处于恐慌中的婆婆说："姆妈，你照看好孩子。我去学校看看。"随手拿起毛衣穿上，迅速跑去了学校。

韵玉一到学校，看见院子里站满了人。住校的教师和学生都被赶到办公室和走廊上。丈夫双手被铐着，坐在椅子上。特务们正威逼着他，要他交出武器。一见这种情景，她一把抱住站在那里的黄宾兰老师，忍不住哭起来。

　　警察小头目显得很不耐烦，再三威逼着朱聚生，要他交出枪支。

　　朱聚生佯装糊涂地说："什么枪？"

　　在特务的再三追问下，朱聚生才佯装想起什么似的说："想起来了，在我新任镇长时，镇公所里确有几条枪，我现在就写个纸条你们可以去取。"

　　警察给他打开手铐。

　　朱聚生拿起笔，伏案写了一张证明，让他们到镇公所去取。

　　警察们拿到证明后，重新用手铐将他铐上，不再问他了。

　　就在这时，朱聚生看见之前卖枪给他的两个军官也进了办公室。原来黄村樵见朱聚生被捕，情急之下，就跑去这两个军官那里，想让他们去跟警察说情，以便放了他。岂知，由于他们彼此之间生疏，沟通有些困难，黄村樵只好叫他俩过来。朱聚生一见他俩，就立即想起刚买的两支枪。趁着这两个当兵的与警察头目交涉之际，他低着头，嘴里却轻声地自言自语："白箱子，柴堆里。白箱子，柴堆里。"说罢，转身朝站在身旁的黄村樵看了看。

　　黄村樵一听，马上意识到，这是朱校长在向他暗示：刚买的两支枪藏在白箱子里，白箱子藏在柴堆里，需要立即转移。

　　事不宜迟，黄村樵转身退至扶梯口，假装尿急，向站岗的警察打了个招呼，经同意后，立马朝食堂后面的黑暗处跑去，但没跑多远，就被守在外面的哨兵拦住，没有办法，他只好等特务们全部撤离后，才迅速抄小路跑到朱聚生家。让他失望的是，这时的盛老师也在学校，朱聚生的母亲和孩子正在睡觉，无法进入他家。无奈之下，黄村樵只好返回学校，此时已是午夜时分了。黄村樵仰望天空，头顶上悬着一大片乌云，仿佛预示着一场暴风雨即将来临。

这时，县参议员许鹏霄获悉上海警备司令部要逮捕朱聚生的消息，就叫上镇自卫队和三青团的弟兄干维宏、陈时俊、虞云浩等人赶了过来。

干维宏一听朱镇长要被警察带走，立即情绪激动地说："我们立马去救他。"

许鹏霄说："怎么救？他们人多，我们干不过他们的。"

干维宏说："先干掉警察再说。"

许鹏霄一听，立即黑着脸说："你们想造反不成？"

众人一听，只好敢怒不敢言地望了望许鹏霄。

他们心急火燎地跑到中心学校，适逢警察要带走朱聚生。

天空一片漆黑，一阵寒风吹来，将朱聚生吹得打了个激灵。老师们都站在广场上，每个人的心情都很悲怆。

"要走了。"

朱聚生转过身对正在哭泣的韵玉说："你要注意自己的身体，不要太挂念我，以后要照顾好母亲和孩子。"又转身对干维宏等人说："拜托你们了，请照顾好我的家属。"

干维宏红着眼，从口袋里掏出点钱，众人一看，也都默默地照着他的样子从各自口袋里掏出钱来，凑在一起，递给了他。

朱聚生先是推让了一下，但看这些平日里的兄弟都很有诚意，也就收下了。说了声："谢谢你们！"

警察们把他带到大庙场桥堍河埠，船已经停靠在河边了。

韵玉和师生们眼看着朱聚生被带走，却无力帮助他。盛韵玉心如刀绞，跟着去了河埠边，望着载着丈夫的船渐渐远去，放声大哭，被压抑着的委屈、焦虑、恐惧瞬间爆发出来……

次日清晨，黄村樵赶到朱聚生家中，遵照朱校长昨晚对他的暗示，找到盛韵玉。在她的帮助下，黄终于在他家天井一角摆放着的一堆柴禾里，找到了这两支新购的手枪。

紧接着，韵玉又领着他去了朱聚生母亲的房间。果然，在她卧室中找到一只白箱子。打开一看，收藏有朱聚生和各地同志们的来往信件，这些信件属于党的机密，一旦落入敌人的手中，后果自然不堪设想。

黄村樵果断地烧毁了朱聚生所藏的信件。此后，这两支手枪也由他秘密带往上海，交给了中共地下党组织。

在被捕的最后时刻，朱聚生用他机智灵活的应变能力，果断地保住了党的机密，使党的利益没有受到丝毫损失，同时也保住了其他中共地下党员同志的生命。

第三节　营救无果，狱中受刑

警察带着朱聚生连夜赶往海盐县城。这一夜，他们将他安置在东方旅馆。然而，他们怕朱聚生逃走，整夜没给他打开手铐。朱聚生平躺在床上，两眼望着天花板出神。他一会儿想着枪支的事，不知黄村樵是否理解自己当时对他的暗示，一会儿又想着怎么会惊动上海警备司令部，究竟是哪个环节出了问题，才使他暴露的，还有妻子、孩子与母亲，他这一走，她们又如何面对以后的生活。整个夜晚，他翻来覆去睡不着，直到天亮。

清晨，警察又把他押解着带上船。下了船，一到上海，朱聚生方知他将被押往提篮桥国民党设的监狱。提篮桥监狱位于上海市虹口区，1901 年就专门建起来关押政治犯，后经改、扩建，共一千九百三十五平方米，十幢四至六层的监楼，近四千间囚室。提篮桥监狱自启用以来，先后经上海公共租界工部局、日本人、汪伪政府和国民政府的管理。监狱最初称"上海公共租界工部局警务处监狱"，1942 年 1 月，改名为"上海共同租界工闻局华德路刑务所"。1943 年 8 月，由汪伪政府接管，改称"司法行政部直辖上海监狱"。抗战胜利后，由国民政府接管，仍称"司法行政部直辖上海监狱"。民间俗称"华德路监狱""提篮桥监狱"。

朱聚生被押着走进提篮桥监狱，他打量了一下监狱四周，围墙约有五米高。此后，他还了解到内部除普通监室外，另建有"橡皮监"（防暴监房）、"风波亭"（禁闭室）、"室内刑场"（绞刑房）和室外刑场等特种设施。

朱聚生被押着进了室内刑场。他环视一下屋内的陈设，墙上挂满了他见所未见、闻所未闻的用刑工具，有铁链、皮鞭、脚镣，还有水缸、烧红的炭盆等。审讯开始时，警察小头目先是假惺惺地用好言好语劝说："朱聚生，你只要说出中共地下党组织和他们的联络点，我们可以立即放了你，还可以让你升官发财。"

朱聚生听了，用鄙视的目光扫了他一眼。

小头目觉得这一招不灵，就气势汹汹说："如果你不说，就别怪我们对你不客气。你知道吗，进这里的人，如果不招，很少有人能从这里走出去。"

朱聚生语气坚定地说："进来时，我就没打算从这里走出去。"

小头目见软的不行，就来硬的，他命令手下立刻对朱聚生动刑。他们先是用铁链将他绑在老虎凳上，然后，在他腿下填砖，随着逼供一步步进行，砖就一块块增高。这种特制的刑具，使受刑人的双腿和膝关节无法承受压力，被折磨得痛不欲生。这种酷刑通常被他们用来对付关押的爱国民众和革命者。

剧烈的疼痛，使朱聚生额头上豆大的汗珠直往下淌。

"你说不说，不说的话，就用鞭子抽。"警察小头目叫喊着。

他强忍着疼痛，就是不吭一声。

他们又拿来了鞭子，朝他身上劈头盖脸地猛抽。随着每一次鞭子的落下，朱聚生的脸就痛得抽搐一下，汗珠直往下滴。但他紧咬着牙，硬是不让自己发出声音来，直被打得昏死过去。接着，警察又用冷水泼他，将他泼醒后，又继续拷问。直到他们觉得自己打累了，才将他拖到牢房里，一扔了事。

话分两头，就在朱聚生被逮捕的次日，在黄村樵老师的组织发动下，学校师生一百多号人在沈荡镇举行了游行，他们一边走，一边高喊"放朱校长回来，我们要读书！""杨竹泉不要冤枉好人！"等口号。游行队伍走到镇公所门口后就停止了，师生们强烈要求镇公所将他们的请求向县政府反映，争取将朱校长放回来。

他们怀疑是杨竹泉出卖了朱聚生，这是有缘故的。之前有一次，杨竹泉在朱聚生家喝酒，他一边喝一边冲着朱聚生开玩笑地说："假如有一天我被敌人逮捕，第一个供出的就是你。"说这话时，朱聚生的母亲凑巧在旁，当时只是一句玩笑话，但事情当真发生了，他母亲就不得不联想到其儿子的被捕应该是与杨竹泉有关联的。

3月21日《乡报》头版刊登了《沈荡镇镇长朱聚生因政治嫌疑被捕》的消息。这一消息随后被上海新闻报在各地通讯栏中转载，标题为《沈荡小学校长朱聚生被捕解沪》，内容为："本县沈荡小学校长朱聚生，因重大案件，昨日由上海警备司令部专派干警前来逮捕，并于当天解沪。"这消息也被远在安徽的富守人看到，他万分焦虑，好几天吃不下饭，睡不着觉，百思不得其解，怎么也想不通为什么朱聚生会被上海警备司令部逮捕。在他看来，朱聚生只是一个镇的镇长和学校的校长，况且他的这些职务都是为国民政府服务的。难道朱聚生是中共方面的人？似乎也不像。他们交好多年，朱聚生可从来未对他提起过这种事，对此他一无所知。从此，他为这位好友担心，整日里忧心忡忡。而朱聚生的被捕，更激起当地民众的不安和忧愤，各方开始积极组织营救。

4月7日，国民党沈荡区党部书记殷静秋、镇人民代表大会主席陈时俊、镇商会理事长许霄鹏、镇农会理事长兼副镇长顾达人、县妇联沈荡常务理事俞淑贞等以镇及社团的名义，电告海盐县参议院，要求参议院向有关方面转达他们的诉求，释放朱聚生，电文如下：

> ……查朱镇长聚生，先时加入三民主义青年团，从事团务活动，颇具热忱。抗战后期，在敌后他办青年日报，宣扬三民主义……其后担任沈荡镇国民中心学校校长，从事教育事业，二年来颇具成绩，3月间复以众望所归，当选沈荡镇镇长，现朱镇长被押沪上，沈荡镇各社团恳请参议院转告并请释放。

这期间，盛韵玉由沈荡镇政府总干事虞云浩陪同前往上海，设法营救朱聚生。

他们一到上海，就先找到海盐人徐肇本，沈荡人干果坚，原前线日报记者、时在上海联合征信所《经济快讯》任职的陈鹤群。徐肇本和干果坚均是中共地下党员，盛韵玉一见他们，就说："希望得到你们的帮助，尽快将我丈夫营救出来。"虞云浩则说："我也代表镇政府请求你们协助做好营救朱镇长的工作。"他们三人经过商量，认为干果坚已有暴露身份的嫌疑，不适宜再抛头露面，营救工作由徐肇本和陈鹤群出面。他俩商量后，一致认为，先去找时任海盐县旅沪同乡会主席朱凤蔚较为合适。

朱凤蔚，浙江海盐人。民国元年（1911）由邵力子、叶楚伧介绍加入国民党，曾任孙中山先生大本营咨议、广州卫戍司令部秘书、广州《民国日报》主笔、宛平县县长、天津《民国日报》总编辑、上海市财政科科长、上海市政府首席参事等职。因此，他的交际面非常广泛。徐肇本还介绍，听说他与现任上海警备区司令还是挚友。虽然这只是道听途说，也没人证明，但倘若真有这一层关系，那么对营救朱聚生来说无疑是很有利的。况且，徐肇本与朱凤蔚是同乡，而最主要的原因，朱凤蔚的长孙朱竞华经徐肇本介绍，于1948年10月秘密加入了中共上海地下党组织。由于这层关系，徐肇本觉得由他去尝试做这件事比较合适。俗话说，不看僧面看佛面，相对来说把握性较大些。

经过一番周折，徐肇本陪同盛韵玉、虞云浩一同前往朱凤蔚的家中拜访了他。

见面时，朱凤蔚很热情，也很客气。听罢盛韵玉的请求后，他当场表示愿意尽力，设法营救朱聚生。此后，朱凤蔚与上海警备司令部的友人进行了联系，对方开出两百银圆作为保释金，保释朱聚生出狱。慎重起见，这件事还具体落实给了监狱里一名看守员。陈鹤群的家住在霍山路，离提篮桥监狱比较近。这样一来，由这名看守员届时将消息再通知陈鹤群，速度就比较快了。

事情能得到这样的回应，盛韵玉和虞云浩内心稍微宽慰些。可这两百银圆也不是个小数目，加上时间紧、事情急，他们几个人聚在一起商量该如何筹集这两百银圆。最后商定，由徐肇本和陈鹤群负责在上海设法筹集一百银圆，而盛韵玉与虞云浩回沈荡筹集一百银圆，待所需银圆筹齐后，立即去将朱聚生保释出狱。

次日，盛韵玉经朱凤蔚的帮忙，疏通多方关系后，去往提篮桥监狱探望朱聚生。

在监狱的一隅，一小茅屋里，她见到了多日不见、日思夜想的丈夫。去时，她准备了几件衣服，带了点钱。在监狱看守的监视下，隔着窗，两人相视而语。

盛韵玉告诉丈夫："我们正在设法营救你。并已通过朱凤蔚找上海警备司令部熟悉的人争取保释你。"还将筹集两百银圆保释金的事也说了。

岂知，朱聚生听后却说："这个人（朱凤蔚）靠不住的，我是个政治犯，不能保释，你们也不要再费心思了。"还安慰她："我很好，在这里，我每天还吹口琴，你千万别担心。"随后压底声音说："我们正在设法越狱，如不成功，你自己要保重身体，要赡养好母亲，把两个孩子带大，教育好孩子。你身上的担子很重啊。"

听着丈夫的话，望着他脖颈、脸上的道道伤痕，韵玉忍不住流下眼泪。朱聚生见她很难受，就安慰说："不要难过，天快要亮了。"

妻子听说，心领神会地对着他点了点头。

这时站在一旁监视的看守早已不耐烦，不停地在催促："你们快点，时间已经到了。"

朱聚生忙问："你身上有万金油吗？"

韵玉听后说："我找找看。"一边说一边朝口袋里摸了摸，"还真有。"她掏出来，隔着窗户递了进去。

朱聚生接过它，笑笑说："我需要它。"

或许他俩谁也没有想到，这是夫妻俩最后一次见面，从此以后，将阴阳两隔，这一别竟然成了永别。诚如那句入党时的誓言，朱聚生被捕后丝毫没有透露党的秘密，甚至连妻子都不知道他的真实身份——中共党员。然而，正是这盒看似毫不起眼的万金油，却伴随朱聚生走过日后严刑拷打的日子，成为他涂抹伤口和心灵的抚慰剂，也成为他被敌人枪杀后留在遗体上证明其身份的旁证物之一。

当日下午，盛韵玉与虞云浩就乘船返回沈荡。次日，盛韵玉收到了已调至海宁许村执教的步清明的来信。显然，他还不知道朱聚生已经被捕的消息，于是她怀着沉重的心情给他复信，说："我丈夫已经被国民党抓走了，全家人为此惶惶不安。"信尾具名：朱盛韵玉。

步清明接到回信后，震惊之余，立即又给她复信予以安抚。

形势赶不上变化快。未等盛韵玉凑齐银圆去上海，陈鹤群就已接到朱凤蔚传来消息。原来朱凤蔚向上海警备司令部稽查处副处长陶一珊说情，请求保释朱聚生，但陶一珊却对他说："朱聚生已承认他是中国共产党党员，所以不能保释了。"

朱凤蔚一听，不敢相信，亲自驱车前往警备司令部查看。在供词上，他目睹了朱聚生承认其是中共党员的证词。如此一来，铁证如山，警察司令部认为朱聚生就是一名中共分子，不予保释。

当晚，陈鹤群又接到上海警备司令部看守人员来通报的消息：朱聚生因承认自己是中共党员，所以在承认的当晚就被转移，至于转移去了哪里，谁也不清楚。

后经朱凤蔚再去打听，才了解到，朱聚生已被转至中统局，他的事已改由中统局负责。

所谓中统局，是由陈果夫、陈立夫所控制的全国性特务组织。"中统"是国民党党务部门控制的特务机构，与"军统"并称国民党两大特务组织。"中统"的作战对象除了中共，还包括汪伪等蒋介石的敌对政治力量。1949年2月改名为内政部调查局，习惯上仍称为CC系或中统，隶属于国民政府行政院内政部，事实上仍属国民党中央掌控。

被移押至这里的监狱，朱聚生的"犯罪"性质完全变了。从原先的一名非法窝藏枪支的嫌疑犯，变成了具有坚定信仰并且试图推翻蒋介石独裁集团的中共政治要犯。这种性质的转变，使朱聚生的命运到了不可逆转的地步，也使千方百计试图营救他的人，到了无计可施的地步，从而导致营救工作无法再进行下去。

这样一来，作为一名重要的政治犯，朱聚生在中统局监狱里的日子就越加艰难了。他被隔三岔五地押去审讯，在审讯室里，被特务一次次灌辣椒水，每一次都被辣得喘不过气，以至咳出鲜血来。接着，特务又用烧红的烙铁烙他的前胸和背部，身上的皮肉被烙得滋滋地冒着烟，散发出一股皮肉的焦味。好多次，他被这种灭绝人性的刑罚弄得死去活来，每一次都在生死线上挣扎，但当敌人要他的口供时，朱聚生总是以冷冷的口气说："我不知道！"有时被逼得烦了，他就坚定地说："就是知道，我也不会告诉你们。"

朱聚生始终没有说出党的一丝机密，敌人也无法从他口中得到所需要的上海中共地下党组织的任何秘密。他用自己的实际行动，实践了入党时的誓言，就是牺牲自己也决不叛党。这种大无畏的革命精神，使得审讯他的敌人也无计可施。朱聚生认准了这条路，就要走下去，哪怕是粉身碎骨也无怨无悔。

第四节　视死如归，只为信仰

1949年5月7日，国民党军统特务头子毛森根据蒋介石"坚不吐实，处以极刑"的命令，将朱聚生押转至位于威海卫路的监狱。这一天，同时被押至这座监狱的还有中共上海地下党秘密情报站著名中共党员李白、秦鸿钧、周宝训等人。这些人，

关于纪念朱聚生牺牲的报道

朱聚生并不认识，但彼此心里都清楚，他们同属于一个政党，也拥有同一种信仰。朱聚生还见到了杨竹泉和魏连珂，他们相互对视了一下，谁也没说话。天快黑时，他们这些人一起被押上囚车。在囚车上，他们心里都清楚，对彼此而言，即将到来的是什么。

车子飞快地向前行驶。下车之后，朱聚生才知道，这是到了上海浦东警备司令部第五大队驻地，想必这次是由第五大队行刑。

要赴刑场了。面对即将到来的死亡，朱聚生毫不畏惧。晚饭之前，他和杨竹泉等人一起出钱，让看守帮忙买了些酒菜。他们痛饮一番后，唱起了《国际歌》。临行前，杨竹泉将自己领带上的一枚夹子赠予了方副官，以作留念。朱聚生这才知道，方副官是杨竹泉在监狱里结交的狱友周黎阳的一个亲戚。

周黎阳，时任国民党国防部少将一职，他是大革命时期入党的中共地下党员，在周恩来的直接领导下从事中共地下工作，长期潜伏在国民党军队里，这次因涉及妹夫驾机起义一事，被国民党政府作为中共嫌疑犯而逮捕，关押在威海卫路司令部监狱。关押期间，他与杨竹泉同在一个牢房，彼此交谈后，结下深厚友谊。监狱中同时关押着许多进步青年，他们每天激昂地唱着进步歌曲，高喊着革命口号。杨竹泉入狱后，看到这种情况，就叮嘱周黎阳说："叫这些青年不要唱歌、喊口号，要注意保全自己。"在他看来，此时暴露身份是对革命和党的一种损失。在狱中，周黎阳通过狱中的亲戚方副官，将消息传递了出去，并且联系到了杨竹泉自来水公司的姐夫，又和孙志兰通上了信，他们因此设法带了些钱进来。后来，周黎阳经保释出狱，与孙志兰谈到朱聚生时说："朱聚生逮捕后，由魏连珂的同学把消息传给魏连珂，魏连珂放风时告诉了杨竹泉，杨竹泉听后，只说：'这就对了。'表示因为他的失误，牵连到了朱聚生，因此知道朱迟早也会被抓进来。但魏连珂又钦佩地告诉杨竹泉：'朱聚生在狱中从容自如，每天吹着口琴，蔑视一切。'"

周黎阳临出狱时，杨竹泉考虑到他的处境，嘱咐说："现在上海全城戒严，你出去后没居留证，很危险，如果到了迫不得已的时候，就去找我妻子，让我姐夫赵文祥想办法解决。"释放时，周黎阳带了一批难友的信件出来，他见到华东局的军事联络员肖大成（后任华东局情报部部长），肖大成询问他居住在哪里，周黎阳说了住地后，肖大成说："你居住的地方很危险，需要马上搬家。"周黎阳听后，立即去找孙志兰。孙志兰与姐夫讲了以后，赵文祥让他住在孙志兰家躲避，直至上海解放。（新中国成立后，周黎阳在南京农业大学任教授。）

晚 8 时左右，一辆囚车载着一行人呼啸着向上海浦东一个叫戚家庙的地方驶去。这里一片荒野，天空黑漆漆的，死一般沉寂。

随着车门"哐当"一声打开，从车上押解下来李白、朱聚生、秦鸿钧、张困斋、周宝训、吕飞巡、王秉乾、焦柏荣、严庚初、郑显芝、郑伟、魏连珂和杨竹泉十三人。他们每个人都被五花大绑，戴着沉重的脚镣，脚步每往前挪一步，脚镣就在地面摩擦出有节奏的"哐当"声，他们从容不迫地走向刑场。

他们在一个小土坡前停住了脚步。这是生命的最后时刻，朱聚生环顾一下四周，周围黑漆漆的，唯有远处似乎有一线光亮。此时的他，仿佛看到"百万雄师"正前赴后继横渡长江时的身影，仿佛听见远处传来解放军进入海盐时吹响的军号声，仿佛听到解放上海时的隆隆炮声……黎明前是最黑暗的，但黑暗笼罩下的中国正冲破黑暗走向光明。"我们宁死不屈，为理想与信仰而战，当死亡来临时，将排着队去迎接它。"这是为信仰和理想牺牺个人生命的中国共产党人的精神境界。在这黎明即将冲破黑暗之际，在这生命的最后时刻，朱聚生和他的同伴们振臂高呼："中国共产党万岁！""打倒蒋介石！""起来，饥寒交迫的奴隶，起来，全世界受苦的人，满腔的热血已经沸腾，我们要做新世界的主人"……口号声夹杂着《国际歌》此起彼伏。他们临危不惧、大义凛然、视死如归的英雄气概，使行刑的士兵吓破了胆，举枪的手颤抖不已。在场监刑的特务一看，赶紧撤下行刑的士兵，然后端起冲锋枪朝他们扫去。

"哒哒哒……"枪声划破了寂静的夜空。十二名英雄凛然倒下，鲜血染红了他们脚下的土地，他们用自己的生命实践了入党时的誓言："为共产主义事业奋斗终身！"朱聚生则以年轻的生命实践了他入党时永不叛党的誓言，被杀害时，他年仅二十五周岁。他的生命如流星般划过黑夜，但他为之奋斗的共产主义事业却是永恒的。

魏连珂并没有死，原来他是作为陪斩的，随后他又被押回了牢房。原因是魏连珂在警官学校的三名同学向上级打了报告，说他是独子，要求保释他，所以那天没有与朱聚生等人一起被杀害。这件事他本人并不知道。魏连珂在狱中的表现很好，他跟同住一起的难友说："还是死了的好，活下来反而被人说是怕死。"5月14日，看守所所长将魏连珂提出了牢房，对他说："你被保释了。"魏连珂出牢房后，却被押送至看守所对面182号的地下室内，

朱聚生（海盐档案馆供图）

特务在这里将他用绳子绞死了。

就在朱聚生英勇就义的当天，也就是 1949 年 5 月 7 日，中国人民解放军第七兵团二十三军六十七师解放海盐。次日清晨，当地的老百姓开门一看，发现解放军整整齐齐地睡在街道上——解放军进驻了海盐。

"打过长江去，解放全中国。" 5 月 27 日，在朱聚生英勇牺牲的第二十天，中国人民解放军突破蒋介石布置的"固如金汤"的长江防线，以势如破竹的姿态攻克了上海。

天亮了，可朱聚生却终究没有看到他为之盼望的这一天。

第五节　小万金油，辨认遗体

上海解放后，周黎阳和孙志兰等人得知杨竹泉他们已被杀害，便到处寻找他们的遗体。经过多方查找，他们终于在虹桥浅葬场内找到了李白等十位烈士的遗体，却没能找到朱聚生和杨竹泉的遗体。据周黎阳回忆说："第一次，我与孙志兰上浦东找，未能找到。"后来，孙志兰与赵文祥的儿子也曾一起去找，经多方打听与寻找，终于在 6 月 25 日，在上海民政局和当地群众的帮助下找到了朱聚生与杨竹泉两人的遗体。那天，孙志兰在周黎阳的陪同下，去认领了杨竹泉和朱聚生的遗体。此时，两位英雄的面貌已模糊不清，遗体上多处中弹，根本无法辨认。孙志兰好不容易从杨竹泉穿着的衣服上辨认出来：这是去年 12 月 27 日，丈夫离开澉浦时，她亲手给他编织的一件新毛衣。正是这件新毛衣，她才得以辨认出杨竹泉。看着丈夫面目全非的模样，孙志兰忍不住抱着他的遗体放声痛哭。

朱聚生牺牲的消息传来，正值傍晚时分，盛韵玉闻此噩耗，如雷轰顶。她一屁股坐在丈夫平日里常坐的那把椅子上，一把将两个孩子搂进怀里。此刻，她心如刀绞、悲痛万分。片刻，才放声痛哭。她哭丈夫这么年轻就这样被敌人杀害，他为之奋斗并即将建立起的一个由人民当家做主，民主、平等、自由的新中国，他却再也看不到了；她哭丈夫再也不能与她共同培养两个孩子，看着她们长大成人，成为国家的有用之材；她哭他再也不能与她执子之手，站在夕阳下看云卷云舒……

"天亮了，生，我和孩子等你回来，等你回来……"盛韵玉喃喃自语，回想之前丈夫在监狱里对她说的那句"天快亮了"的话，谁知道，这竟是他们夫妻最后的诀别。回答她的是长长久久的沉默……

她的眼前无数次浮现出丈夫的音容笑貌，他们青梅竹马、相识相遇、海誓山盟、结为伉俪，以及最后一次在监狱中他的殷殷嘱托……这一幕幕犹如发生在昨天，一切都历历在目。在她的眼中，丈夫是一个特别的人，他为人民做事永远充满着热情，对一切邪恶势力深恶痛绝，对真理的追求始终保持着永恒的执着。他虽然不是正式的中国共产党党员，但他的所作所为却可以与共产党员相媲美。敌人以中共嫌疑犯的名义逮捕了他，但他却从未在她面前吐露过他是一名中共党员。这个身份，还是她正在筹备保释金营救他出狱时，从别人的嘴里得知的。作为妻子，她与丈夫生活了这么多年，了解他的行事方式，也了解他的为人，更了解他对真理的不懈的追求，却偏偏不知道他其实就是一名中共地下党员。他在她面前坦诚而又光明磊落，如果能早知道他这一身份，她也不会感到意外，她知道丈夫的理想与信念，如果是，他也是出于组织工作的需要严守秘密才对她有所隐瞒的。作为妻子，她理解他，他所从事的事业也正是他们情感的寄托。他们夫妻俩对真理的向往与追求是一致的。她为自己能够拥有这样一位丈夫而感到自豪和骄傲。可遗憾的是，作为妻子的她，就是到死，她也没有听到丈夫亲口告诉她他是一名中共党员。

后来盛韵玉在黄村樵的陪同下，前去认领丈夫的遗体。她从一具血肉模糊，满是弹孔，早已无法辨认的遗体的衣服口袋里找到了那盒万金油，并从他所穿衣服和脚上的一双高帮棉鞋上，知晓这就是她亲爱的丈夫——朱聚生。瞬息，她昏了过去。此后，朱聚生的遗体被安葬于江湾五角场烈士公墓，后迁移至漕溪北路上海烈士陵园，1992年上海市委将漕溪北路上海烈士陵园并入龙华革命烈士陵园，烈士们迁入龙华革命烈士陵园。

岁月流逝，家里的一切都没有变，但朱聚生却永远回不来了。失去了丈夫的韵玉是悲痛的，她变得有些木讷，且魂不守舍。

这一天，韵玉收到步清明的来信，询问朱老师的近况，盛立即怀着悲痛的心情给他复信："朱聚生被抓后送去上海，经

上海龙华烈士陵园十二烈士纪念碑（朱荒红供图）

设法营救，索要二百大洋，等到筹集送去时，已被汤恩伯处决。"步收到信，得知朱聚生的噩耗，深感痛心。此时的他，已经是华东军政大学的一名学生，想着之前朱聚生特地赶到杭州浙江医院探望他时的情景，心情久久无法平静。此后，他多次去信安慰朱聚生老师的遗孀，诉说他对朱老师的怀念之情。

　　韵玉深知将这一份悲痛化成力量，才是她的当务之急。此后，她便默默地担负起抚养一家人的重任。两个年幼的女儿，一个三岁，一个不到一周岁，还有年迈的婆婆。一家四口，其他不说，仅凭她一个人教书养活四张嘴，就已经够她受的了。上有老，下有小，孤儿寡母，含辛茹苦，成了她生活的代名词。然而，坚强的韵玉没有因此被压垮，她一边工作抚养女儿，一边抚慰痛失儿子的婆婆。在众人面前，她依然从容、淡定，从未向他人诉说生活的艰难，默默独自承担着所有的一切。在她看来，唯有赡养好婆婆，把女儿们抚养成人，才对得起九泉之下的丈夫，也不枉他们夫妻一场。

第十三章　精神永存，光照四方

第一节　忍辱负重，积极工作

1949 年 5 月 7 日，是朱聚生被杀害的日子，也是嘉兴海盐解放的日子。

鲜艳的红旗插满了海盐城乡各个角落，人们奔走相告，相互祝贺这来之不易的胜利。盛韵玉满含热泪和沈荡中心学校的师生们一起集会，共同庆祝这人民胜利的时刻。会场上，师生们欢呼雀跃。在这神圣的时刻，韵玉仿佛看到朱聚生就在人群中，他高举着一面红旗和师生们一起欢庆这个伟大的日子。他微笑着向她奔来，她呼唤着他的名字向他奔去，但倾刻他又消失了。是啊，他是看不到了，但他为民族解放事业而奋斗终身的誓言，却激励着后人奋发向上，为建立一个平等、自由、民主、富强的社会主义的新中国而努力，这是他的愿望，也是活着的人们的愿望。

中华人民共和国成立后，盛韵玉继续留在沈荡中心学校任教。她负责教授一至二年级的语文课，同时担任班主任。谁都知道，这年段的稚童是最难教的。盛老师既是老师，又像是慈母，手把手地对这些初进校门的幼童进行启蒙。这些幼童经过她的启蒙教育后，又输送给高年级老师教育和培养，从学校走向社会，成为国家的有用之材。曾在她班级里就读的学生杨飞回忆："在我的印象里，盛老师是个工作非常认真并且对学生非常好的人。许多具体的事情我已经忘记，我能记得的是老师的音容笑貌，是老师领着我们朗读'五星红旗，高高升起'的情景。还有我调皮捣蛋惹老师气得胃痛的事……"

盛老师丰富的教学经验、高尚的人品与从师品德，为学校的师生所钦佩和赞扬。1956 年，她被评为教育工会优秀积极分子、先进工作者，光荣地出席了浙江省代表会议。1959 年，她又出席了在南京举行的华东地方教育观摩会议。从南京归来，盛韵玉兴奋地对女儿们说："南京很大、很好，以后有机会再去北京看看就好了。"在她的心中，和千万中国的普通百姓想的一样，北京是多么的神圣，令人向往。同年 9 月，她被调入海盐向阳小学任教。1962 年，又被调回沈荡中心学校任教。

这段时间，国家正值困难时期。盛韵玉一家的生活全靠她的工资维持，这种清苦的生活，使得她只能将一分钱掰成两半花，只有这样才能安排好家里的开支。平日里，她舍不得在自己身上花一分钱，节省下来的钱，首先保证婆婆和两个孩子的生活，以及教育经费。当时，她每月的工资是三十点五元，这点微薄的工资显然难以维系整个家庭的生活开销。然而，就算在这种艰苦的情况下，盛韵玉也从没向组织上开过口、伸过手，总是千方百计靠自己解决生活中的缺口问题。

让盛韵玉感到无奈的是战红的事。大女儿战红于 1965 年参加高考，成绩优异，按说可以保送南京一所军政大学，成为一名大学生。这是战红的梦想，做母亲的自然知道她的想法，也很支持她去实现这一梦想。但是，令她们想不到的是，因为朱聚生中共地下党员的身份还未被确认，加上其国民党三青团骨干的身份为众人所熟知，所以早在"四清运动"中就已被定为"反革命分子"了。这个罪名加于朱聚生的身上，导致战红的政审没通过而未被录取。尽管战红高考成绩优异，但终因这个原因就连普通的大学也不予录取，使她失去了上大学的机会。

战红得知，情绪几乎崩溃。她怎么也想不到，自己的理想与前途竟然会因父亲而夭折。做母亲的尽管内心也很痛苦，但仍强按着心中的悲苦劝导女儿说："做人要知足，你能读到高中已经很不错。如果不是共产党，我们孤儿寡母的恐怕连生活也过不下去，不要说读书了。"就这样，朱战红听了母亲的劝，去沈荡中心学校当了一名代课老师。

战红能养活自己了，这无疑给原本生活艰苦的家庭分挑了一部分担子。时值 1965 年底，根据当时家庭收入情况，她们家庭可以享受乙等助学金。盛韵玉在给荒红的信中说："你姐已有工作，能独立生活了，近日我也加了工资，生活比之前宽余了，你不需要再享受学校的助学金了，应该把它让给比你更困难的同学。"荒红读着信，很是触动，也理解母亲的一番苦心。她马上向班委会提出免掉其助学金，给比她更困难的同学。在她的心目中，母亲是个坚强且富有正直感的人，困难就是再大，也决不会轻易向人伸手。对此，她很是钦佩，也以母亲为为人处事的榜样。

第二节　妻子蒙冤，迫害致死

1966 年 5 月 16 日，中央印发《中国共产党中央委员会通知》，史称"五一六通知"。这次会议是"文化大革命"正式发动的标志，而"五一六通知"成为发动"文化大革命"的纲领性文件。随着"文化大革命"的深入，盛韵玉很快陷入灭顶之灾！

由于朱聚生加入的是上海九地委中共地下党组织，又是秘密入的党，因此，直到他被杀害，也没有一个中共地下党组织能证明他的身份，这就使得新中国成立后的很长一段时间里，没有人能确定他是中共地下党员。相反，朱聚生生前作为掩护的国民党三青团团员和沈荡镇镇长的公开身份，却众人皆知，导致这个家庭背上了沉重的包袱，一家人因此历尽坎坷、受尽磨难。

1968 年 6 月 4 日，沈荡镇中心学校的造反派，打着"清理阶级队伍"的旗号，以"假烈属、真伪属"的罪名关押了盛韵玉。6 月 9 日清晨，经历过无数艰难困苦的盛韵玉，经历丈夫被国民党反动派枪杀仍然坚强活下来，并成为一名优秀的人民教师、孩子们的良母的人，面对荒唐无理审查的批斗、无休止的谩骂，无声无息地死了。当看守人员发现时，盛韵玉的身躯已经僵硬。这些人看了一眼后，没有经过尸检，就认为盛韵玉是自杀的。这位蒙受不白之冤的朱聚生烈士的妻子，就死在学校教室的冰冷的泥地上。这一年，盛韵玉还不到四十五岁。在盛韵玉被迫害致死以后，朱战红和朱荒红姐妹俩就生活在父母亲蒙受不白之冤后的阴影下，也因此受到牵连。战红后来去了农中班教书，但又因母亲遭迫害，被剥夺了在农中当老师的权利，以后便失业在家。

1968 年，朱荒红从杭州化工学校毕业后，被分配至浙江遂昌县造纸厂工作。远离家乡、远离母亲后的她，在工作岗位上兢兢业业十余年，从一名普通工人成长为技术骨干，在此期间，多次荣获先进工作者称号。1973 年，她与同厂的工人方桂林结婚。婚后生有一女，名叫方陟春，现在上海徐汇区街道办事处工作，并有了一个聪明英俊的小外孙。

"妈妈是1968年6月8日被迫害致死的，我于同年7月份工作，挑起了抚养祖母的责任，当时姐姐和姐夫都没有了工作，祖母和姐姐她们一起生活，我每月寄十五元钱回家，大家艰难度日。"荒红面对笔者，如是说。时任沈荡酒厂党委书记的李儒瑰在给时任海盐县委赵书记并诸常委的信中讲道："当时盛韵玉代课老师的长女朱战红夫妇均被赶出了学校，生活无着，连去海盐买船票的几毛钱都没有，只好步行。有一次，我在轮船里，望着他俩在岸上走，船里有人发出同情的议论，心里真说不出啥滋味。"可见战红他们一家人的生活已经到了山穷水尽的地步，从沈荡到海盐有二十七里路，如果有钱，谁愿意靠两脚走。而母亲因父亲在"文化大革命"期间被迫害致死的悲剧，更成了姐妹俩心中永远的痛。

"恨！怎么能不恨呢！恨父亲连累了妈妈，也连累了我和姐姐。"朱荒红见问，这样说，"祖母是在1975年去世的，我和姐姐一起办的后事，母亲和祖母两人都没立碑。"这也难怪，朱聚生被捕时，荒红尚在襁褓之中，还没有来得及感受这份父爱。在这场政治运动中，她因为父亲当时尚未明确身份而受尽歧视和屈辱。丧母之痛，更使她对父亲充满怨恨。而生活艰苦，连安葬祖母的钱都没有，怎么有钱立碑呢！

父亲作为烈士却受到如此待遇，让朱战红姐妹俩有点接受不了。她俩决定调查个水落石出。于是，从1972年起，她俩就走上了一条艰难的上访之路。姐妹俩觉得不管结果如何，都要有个说法。加之母亲因受父亲牵连而被迫害致死的这份痛，让她们在难以接受的同时，也决定要为父亲讨个说法。然而，要让海盐方面确认朱聚生是烈士相当困难，原因在于朱聚生中共地下党员身份的组织关系在上海方面，加上他又是秘密入的党，上海民政局虽然承认他是革命烈士，却无法证实他就是中共党员。而朱聚生的公开身份是路人皆知的国民党三青团团员和沈荡镇镇长。这两个身份，导致当地坚决不予承认其中共党员身份，甚至有人在接待姐妹俩上访时，说："朱聚生的案子你们想翻案，不可能！"更有甚者还将她们赶出办公室。面对笔者，朱荒红说："这期间流过多少泪、受过多少白眼，已经记不清了。"这事让她伤心不已，甚至让笔者不要再写这事了，说这会让她想起过往的这些经历，勾起对那段艰难岁月的痛苦回忆。

乌云怎能罩住太阳的光芒？ 1976 年 10 月，中共中央政治局终于粉碎了祸国殃民的"四人帮"，中国共产党勇敢地面对"文化大革命"的错误，实现了历史性转折。1978 年 12 月，中共十一届三中全会召开，实现了党的工作中心转移，转到以经济建设为中心的轨道上，让中国这艘巨轮驶上正常的发展道路。

位于永庆西路 128 号的沈荡镇中心小学（张东良摄于 2020 年）

沈荡中心小学聚生楼（朱叶亭摄于 2021 年 4 月）

1977 年 12 月，中央组织部部长胡耀邦同志根据实事求是的政策，上任后开始大力推动平反冤假错案，对所有冤假错案进行拨乱反正。

这样一来，盛韵玉这个典型的案子得到平反。1979 年 1 月 24 日上午，海盐县教育局和沈荡镇中心小学在中心学校礼堂为盛韵玉举行隆重的追悼大会，礼堂中央悬挂着一条横幅，上面写着"为盛韵玉同志平反昭雪"，将强加在她身上的一切诬蔑不实之词全部推翻。前来参加追悼会的有盛韵玉的同事、朋友，也有她的学生。时任校长步庆华在悼词中做这样的评价："盛韵玉老师自参加教育工作以来，几十年如一日。新中国成立前，她支持丈夫朱聚生创办沈荡镇国民中心学校，配合朱聚生同志积极开展党的地下工作，从不计较个人的得失。新中国成立后，她仍致力于教育事业，衷心拥护中国共产党的领导，拥护社会主义制度，忠诚于党的教育工作，对待工作她兢兢业业、埋头苦干，她钻研业务、精益求精，由于她的努力，为小学低年级识字教育创造和积累了不少好的经验，在全县小学界享有一定的声誉，为全面贯彻党的教育方针，为培养祖国的下一代做出了贡献，是全体教师学习的榜样……"战红和荒红听着校领导对母亲的评价，面对如山的花圈、静默的人群，真是感慨万分！这是一份迟来的平反，也是对她们慈祥母亲的最好写照。尽管来得有些迟，但毕竟还是来了。盛韵玉的学生杨飞、陈利民、李明等人还撰写了《悼盛老师》一文，以表达深切的怀念之情。会后，他们抬着花圈去往盛老师的坟上，"坟在医院后面，早已平为菜地，上面长着青青的豆苗"。燃起的片片纸钱，犹如飞蝶在空中漫舞，寄托着学生们对盛韵玉的怀念与感恩之情，让九泉之下的她得以安息。此后，杨飞又撰写了题为《等到山花烂漫时——记朱聚生烈士的遗孀盛韵玉老师》的文章，在 1999 年 6 月 18 日的《嘉兴日报》上刊登，深切缅怀

朱战红与朱荒红捧母亲盛韵玉像在追悼会场外与亲戚一起合影（摄于 1979 年 1 月 24 日，朱荒红供图）

沈荡酿造有限公司（徐张平摄于 2020 年）
这位朱聚生烈士的遗孀、学生的好老师。

1980 年，朱荒红从遂昌调回至沈荡酒厂（现海盐沈荡酿造有限公司）工作，直至 2000 年退休。大女儿朱战红的丈夫名叫周天度，在沈荡制面店工作直至退休。朱战红的大女儿朱陟苨，在海盐一所小学任教，儿子周步巍在中学当教师，可谓继承了外公外婆的衣钵，如果朱聚生和盛韵玉地下有知，也可含笑九泉了。

第三节　牺牲三十三年，身份确认

鉴于朱聚生是秘密加入中共地下组织的，他的上级为中共苏北九地委上海工作组，但他的公开身份却是国民政府沈荡镇镇长、镇中心学校校长和三青团骨干等，这就在客观上造成他身份鉴别的难度，也就是说，在当地没有一个人知晓他中共地下党员的身份。

1950 年 1 月，时任上海市长的陈毅同志曾签署了朱聚生的革命烈士证。上海市人民政府在批准朱聚生为革命烈士的同时，还致函海盐县人民政府，要求确认其中共党员的身份。但由于朱聚生是秘密入的党，加上地下党员的特殊性，入党时又没有留下任何书面文件，领导他的地下党组织又是中共苏北九地委，与海盐地下党组织没有任何联系，因此在很长一段时间，朱聚生中共党员和烈士身份都未被确认。他是否参加过中共地下党组织，他的组织关系究竟在哪里，这些问题一直没法搞清楚，也就导致朱聚生的党籍和烈士待遇问题长期没能得到落实。因此，在"文化大革命"期间，他还蒙受不白之冤，他的妻子女儿也因此受到牵连。党的十一届三中全会以后，解决摆在人

朱战红与朱荒红姐妹合影（摄于 2012 年，朱荒红供图）

们面前的一系列历史遗留问题被正式提上议事日程。但要搞清楚这个问题，却不是简单说说而已。

　　几年过去了，关于朱聚生是革命烈士的问题，还未能得到海盐方面的认可。朱荒红姐妹俩顶着各种压力又多次到上海市民政局了解父亲朱聚生的真实身份。上海民政局相当负责，自始至终都认定朱聚生是革命烈士，甚至还专门派了两位同志来海盐内务局，向他们说明朱聚生是革命烈士。尽管如此，当地仍坚决不予承认。无奈之下，姐妹俩继续上访。所谓功夫不负有心人，就在 1983 年夏天，她们终于接到民政部于 6 月 15 日颁发的"朱聚生革命烈士证明书"。姐妹俩接到这份证明她们父亲身份的革命烈士证明书时，感慨万分，抱头痛哭。这是一份来之不易的、迟到的朱聚生革命烈士证明书，它是用先烈的鲜血染成的，也是姐妹俩用泪水浇灌而成的，更是烈士妻子用生命的代价换来的。而此时离姐妹俩第一次上访已过去十一个年头了。十一年，足以使一个人从胎儿成长为一个少年，而离朱聚生英勇就义已经三十三年。三十三年，对仅活了二十五岁

朱聚生烈士证明书（2015 年 4 月 1 日）（朱荒红供图）

的朱聚生来说，比他活着时的岁月还要长，但对他的女儿们来讲，父亲朱聚生却刚刚诞生。

重生的朱聚生烈士终于得到海盐县委党史办公室的重视。

1986 年，原中共地下党员吴孝若、陆辛耕两位同志根据海盐县委党史办公室领导的指示，对朱聚生的党籍等问题展开调查与核实。几经周折，他们找到了当年在沈荡中心学校任职的原中共地下党员何锦瑜、黄村樵，他们先后讲述了与朱聚生共事及朱聚生被捕时的情况，以及朱遇害后，与盛韵玉同去上海普善山庄寻找他遗体之事，但关于他入党一事，谁也不清楚。不过，黄村樵向他们提供了一个重要线索，那就是原中共苏北九地委上海组负责人之一、现在江苏省纪检委工作的陈一忠同志的信息。

由此，海盐县委党史办公室发去外调信函。不久，便收到了陈一忠的来信。信中，他不仅证实了自己是当年发展朱聚生入党的见证人，而且陈述了朱聚生入党时的誓言："必要时宁可牺牲个人的生命，也永不叛党。"并附以悼念朱聚生同志赋诗两首，其中一首这样写道：

求真理，奔南北，为解放，蹈汤赴火扑刀尖，烈士溅血洒东海边！

转瞬间，卅六年，入党谈心往事依旧在眼前，烈士誓言犹如钢铁坚！

此后，县党史办工作人员周勤与吴孝若又专程走访了陈一忠。据朱荒红介绍，当他俩见到陈一忠的时候，陈一忠心情激动地说："你们怎么到现在才来呀！"通过他得知，当时陈一忠就朱聚生入党之事曾向他在上海的上级倪一平汇报过，后来倪一平调去苏北担任根据地县工委主任一职。由于陈一忠到沈荡前，组织上已决定他撤回苏北，因此，他在沈荡发展朱聚生入党回上海后，立即去了苏北。

随后他们与倪一平取得了联系。起初倪一平因为时间久远、战时事情纷杂，说已记不清了。为此，陈一忠在几个月时间里，先后写了四封信给他。倪一平说，最后一封信陈一忠写了整整十页纸，这才使他想起当时陈一忠向他汇报朱聚生入党以及批准朱聚生入党时的情况。由此，他认真地写了一份证明，才证实了当年由陈一忠发展朱聚生入党的事情。海盐县委党史

朱聚生烈士牺牲三十九周年纪念会。前排：陈一忠夫妇（右四、右五）、陈开白（右一）、黄村樵夫妇（右二、右三）　后排：张谊（左一）、周陟巍（左二）、朱陟苳（左三）、朱战红（左四）、周天渡（左五）、方桂林（右三）、朱荒红（右二）、方陟春（右一）（摄于1988年，朱荒红供图）

办在取得这份证明和朱聚生的烈士证明书后才郑重地向海盐县委送呈了《关于恢复朱聚生中共党员身份的报告》。

朱聚生被敌人抓走时，大女儿朱战红还不满三岁，小女儿朱荒红才不到一周岁，她们对父亲只是一个概念，没有具体印象。只能从母亲和奶奶只言片语的模糊描述中描绘父亲形象，加上当地没有人知道她们的父亲是中共地下党员，于是"伪职人员家属""假烈属"成了她们揪心的精神负担。在很长一段时间里，她们甚至害怕有人提起她们的父亲。特别是母亲因此而被迫害惨死，更成了这对姐妹心中永远的痛。

如今，她们都已六七十岁了，面对笔者的采访，朱荒红提起父亲就眼眶泛红，时时哽咽，说："对父亲的认识有个复杂的过程，因父亲的不明身份，我们一家为此吃尽了苦头。"直到后来父亲的烈士身份被确认，困扰她多年的心结才慢慢解开。后来朱荒红知道他是中共党员，又通过父亲办报时写在报上的文章和老同志的回忆，父亲的形象才慢慢地在她的心目中丰满、高大起来。"事到如今，我理解了我的父亲，从父亲的所作所为、所言所行中，我终于明白，父亲确实伟大，是个好父亲。但母亲因为他而被迫害致死，一直是我心头的一个结，我时常在梦里寻找母亲，我找了她整整三十年。"说到这儿，荒红忍不住失声痛哭，泣不成声。

2019 年离朱聚生英勇就义已经过去七十个年头了。

第四节　魂归故里，永垂不朽

他走了，英勇地走了。但对爱他的人来说，他还活着，人们无法忘记他，一个永恒的名字——朱聚生。诚如陈一忠在悼诗中所写："追认陈书慰壮魂。"

以下，是人们对他的迟到的纪念，让我们告慰朱聚生的在天之灵。

1950年1月，时任上海市长的陈毅同志曾签署了朱聚生的革命烈士证，由上海市人民政府批准认定朱聚生为革命烈士。

1969年春，朱聚生烈士事迹陈列于嘉兴三塔塘边嘉兴市烈士陵园，陵园后迁移至风景秀丽的南湖之畔的"英雄园"。

1983年夏，民政部于6月15日颁发"朱聚生革命烈士证明书"。

1986年4月14日，海盐县委〔1986〕13号文件发文恢复朱聚生党籍，确认其为中共正式党员。

1990年8月，朱聚生的烈士事迹辑入浙江大学出版社出版的《南湖魂——嘉兴党史人物传》一书。

1991年4月，朱聚生烈士事迹辑入上海人民出版社出版的《沈荡镇志》一书。

嘉兴南湖革命纪念馆（徐张平摄于2011年）

1991 年 6 月，朱聚生烈士事迹陈列于全国爱国主义教育示范基地、由邓小平同志题词的嘉兴"南湖革命纪念馆"。

1991 年 6 月，朱聚生的事迹被辑入中共嘉兴市委党史资料征集研究委员会编、中共党史出版社出版的《烟雨风云——中共党史专题集》一书。

1999 年 5 月，朱聚生烈士名字被辑入由上海人民出版社出版的《热血丰碑——解放上海烈士英名谱》一书。

2000 年 1 月，由中共海盐县委党史研究室编写的《一生求索，奋争不息》一文，被辑入中国当代出版社出版的《中国共产党海盐斗争史略》一书。

2001 年 1 月，朱聚生烈士小传辑入由中共中央党史研究室科研管理部编纂、红旗出版社出版的《中国共产党革命英烈大典》一书。

2007 年，在当年朱聚生等烈士牺牲地——浦东世纪大道与浦电路交叉口，设立了"十二烈士就义纪念地"，里面竖立

朱聚生纪念馆（张东良摄于 2020 年）

着刻有朱聚生等十二位烈士姓名的纪念碑。

2015年4月1日，民政部重新颁发"朱聚生烈士证明书"。

2018年，朱聚生故居由沈荡人民政府出资修建落成朱聚生纪念馆。

2018年12月，沈荡中心学校的一群师生前来参观朱聚生纪念馆，瞻仰烈士遗容。他们试图了解年仅二十五岁的朱校长，当时为什么会如此坦然地面对敌人的枪口，用年轻的生命来实践入党时的誓言。终于，他们在他发表于1946年6月10日海盐《生报》的一篇政论《生的真义》中，找到了答案。当时年仅二十二岁的朱聚生，就对生死做出过如此阐述："我们的生，不是'醉生梦死'，也不是苟延残喘。我们希望生，当然也不怕死。许多革命烈士的死，它的价值是超过'生'的。许多活着的汉奸走狗、贪官污吏，他们的生比'死'还要臭。"从朱聚生的文字中，他们读懂了他们曾经的校长；在朱聚生为之献身的事业中，他们明白了他的追求与信仰。

一批批加入中共党组织的新党员来到这里，他们望着纪念馆墙壁上朱聚生"为人不忘自重、做事不忘公平、掌权不忘廉政、从政不忘百姓"的爱党奉公的初心理念，肃然起敬，举起拳头，庄严宣誓：我志愿加入中国共产党，拥护党的纲领，遵守党的章程，履行党员义务，执行党的决定，严守党的纪律，保守党的秘密，对党忠诚，积极工作，为共产主义奋斗终身，随时准备为党和人民牺牲一切，永不叛党。高亢激昂的声音在小镇上空久久回荡……

人民英雄朱聚生烈士永垂不朽！

2019年12月31日初稿，海盐董家弄绿城花苑
2021年1月10日第五稿定稿，嘉兴中央花园

主要参考资料

1.《生报》

《生的真义》六亦斋　1946 年 6 月 10 日

"诙谐的故事"《嘲了议员有酒喝》六亦斋　1946 年 6 月 13 日

《朱聚生敬告诸友好》朱聚生　1946 年 6 月 16 日

"诙谐的故事"《什么叫做私盐》六亦斋　1946 年 6 月 16 日

"诙谐的故事"《自己不拉"回声"，偏要人家"道歉"》六亦斋　1946 年 6 月 25 日

《给同志们》慎志　（同上）

《议会花絮》朱聚生　1946 年 6 月 25 日

"诙谐的故事"《谁怕虎列拉》六亦斋　1946 年 7 月 1 日

《参议员速写》朱聚生　1946 年 7 月 1 日

"诙谐的故事"《退保的是冒牌唐志和，不退保的是真正的唐志和》六亦斋　1946 年 7 月 7 日

《沈荡中心学校尚待接洽》朱聚生　1946 年 7 月 13 日

《沈荡中心学校复校第一届高小毕业生》朱聚生　（同上）

"民谣土语集"《女大当嫁》朱聚生编　1946 年 7 月 25 日

"民谣土语集"《老倌和男客》朱聚生编　1946 年 7 月 31 日

《海内奇谭：祖孙配夫妻》六亦斋　1946 年 8 月 3 日

《不诚实与诚实》石匡时述、六亦斋记　1946 年 8 月 9 日

"民谣土语集"《养媳妇》朱聚生编　1946 年 8 月 12 日

"民谣土语集"《信仰自由成杀人新教，言论自由不怕提起公诉》六亦斋　1946 年 8 月 18 日

《征求反应》方生　1946 年 8 月 18 日

《清乡须知》六亦斋　1946 年 8 月 21 日

《在禾杂感》朱聚生　（同上）

《"浅薄"之议》方生　1946 年 9 月 4 日

《破除迷信》慎志　1946 年 9 月 13 日

《从二首旧诗说起》朱苏　（同上）

《答"征求反应"的响应者》方生　1946 年 9 月 25 日

《国庆感》朱聚生　1946 年 10 月 10 日

《沈荡剪影》六亦斋　1946 年 10 月 13 日

《裙带》慎志　1946 年 10 月 16 日

《寺庙与学校》朱苏　1946 年 10 月 19 日

《公路与海塘》朱苏　1946 年 10 月 22 日

《再说沈荡》六亦斋　（同上）

《编者的话》赵曾　1946 年 10 月 25 日

《鬼是没有的》朱聚生　1946 年 10 月 31 日

《欢送戏班》方生　1646 年 10 月 28 日

《灵》赵曾　（同上）

《青年之敌》朱聚生　1946 年 11 月 9 日

《打倒汉奸》赵曾　1946 年 11 月 15 日（代专号序）

《国法与人情之间》方生　（同上）

《工作三月只拿一万八千元，小学教师没有受饥冻的义务》

方生　1946 年 11 月 18 日

《旁听四感》六亦斋　1946 年 11 月 21 日

《朋友我需要你》方生　1946 年 11 月 27 日

"诙谐的故事"《编辑不容易做》六亦斋　（同上）

《杂感》六亦斋　1946 年 11 月 30 日

《苦闷之一例——兼致碧梧先生》六亦斋　1946 年 12 月 7 日

《关于国事》方生　1946 年 12 月 13 日

《罢教前后（上）》未名　1946 年 11 月 30 日

《罢教前后（下）》未名　1946 年 12 月 13 日

《人事关系》方生　1946 年 12 月 29 日

《暂别》赵曾　（同上）

《希望二三事》　1947 年 1 月 1 日

其他

《给方生先生的反应》干果坚作、西亚改　1946 年 9 月 7 日

《祝青年之友成功》盛音　1946 年 9 月 10 日

《关于青年之友》岳群　1946 年 10 月 28 日

2.《行报》

《再遇小言》六亦斋　1947 年 11 月 17 日

《鹰窠顶上迎日出》朱天　（同上）

《我的自白》聚　（同上）

《随感》孔方红　1947 年 12 月 3 日

《理想的南北湖将实现》　朱天（同上）

《欢迎大钞》朱天　1947 年 12 月 10 日

《大选与民心》孔方红 （同上）

《带皮甘蔗》孔方红　1947 年 12 月 17 日

《编者小言》六亦斋 （同上）

《邮电加价说起》朱天 （同上）

《看病和吃药》壬子　1947 年 12 月 24 日

《世风啊！世风？》朱天 （同上）

《谈谈"听"和"说"》壬子　1948 年 1 月 1 日

《岁首新希望》六亦斋 （同上）

《年头杂谈》孔方红　1948 年 1 月 1 日

《如何得了？》壬子　1948 年 1 月 9 日

《元旦》孔方红 （同上）

《放爆仗》壬子　1948 年 1 月 14 日

《请拿出有效的办法来》壬子　1948 年 1 月 19 日

《从"牢骚"说起》壬子　1948 年 1 月 24 日

《几点建议》壬子　1948 年 2 月 4 日

《我的意见》孔方红　1948 年 3 月 13 日

《官风》孔方红　1948 年 3 月 20 日

《谈"活泼"与"稳重"》白红 （同上）

《罪恶之源何在》孔方红　1948 年 3 月 27 日

《你没有错——给耳东》六亦斋 （同上）

《怎样做一个导师》未名 （同上）

《有碍观瞻》六亦斋　1948 年 4 月 10 日

《混合车》孔方红 （同上）

《实话，直说》六亦斋　1948 年 4 月 19 日

《登记不"准"有感》孔方红 （同上）

《繁政说起》六亦斋　1948 年 4 月 30 日

《神戏问题的另一看法》方生（同上）

《为正明而写》孔方红　1948 年 5 月 21 日

《为蚕农请命》六亦斋　1948 年 6 月 11 日

《给正明》叔　1948 年 6 月 22 日

《官绅民》孔方红　1948 年 7 月 3 日

《竞选，当选》孔方红　1948 年 7 月 17 日

《失态》方生　（同上）

《朱聚生谢启　续收礼金公告》　1948 年 8 月 17 日

《改良不如改革》孔方红　1948 年 8 月 29 日

《谈"中立"》孔方红　1948 年 8 月 23 日

《人不能将生命作儿戏》孔方红　（同上）

其他

《交阅通讯》　1947 年 11 月 7 日

《交阅通讯》　1947 年 12 月 30 日

《沈荡将有辩论会》　1948 年 4 月 30 日

《漫谈生活》赵拯　1948 年 1 月 19 日

《无言的生，不如早死来的干脆——记亡友正明》海船
1948 年 6 月 27 日

《淫雨损及稻作，农民纷纷报灾》　1948 年 8 月 29 日

《洪光明君复学》　同上

3.《乡报》

《病后杂忆》朱浒　1949 年 2 月 19 日

《病后杂忆》朱浒　1949 年 2 月 22 日

《谈赌》壬子　1949 年 2 月 25 日

《狂人日记》壬子　1949 年 2 月 28 日

《狂人日记》壬子　1949 年 3 月 3 日

《狂人献芹》壬子　1949 年 3 月 9 日

《狂人日记》壬子　1949 年 3 月 12 日

《狂人日记》壬子　1949 年 3 月 15 日

《替教师叫苦》壬子　1949 年 3 月 18 日

《狂人日记》壬子　1949 年 3 月 21 日

《狂人日记》壬子　1949 年 3 月 24 日

《狂人日记》壬子　1949 年 4 月 23 日

其他

《沈荡镇长朱聚生昨正式接铃视事》,《乡报》 1949 年 3 月 6 日

《沈荡镇长朱聚生因政治嫌疑被捕》,《乡报》 1949 年 3 月 21 日

《朱聚生卖田启事》,《海盐商报》 1949 年 1 月 21 日

4. 信件与记录

编号 00199 至 00204 编号 00029 至 00031 （同上）

编号 00055 （同上）

编号 00006 至 00007 （同上）

编号 00001 至 00004 （同上）

编号 00107 至 00117 （同上）

编号 00097 至 00103 （同上）

编号 03199 至 00200 （同上）

编号 00038 至 00044 （同上）

编号 199 （同上）

编号 00041 至 00045 （同上）

编号 00059 至 00066 （同上）

编号 00088 至 00095 （同上）

编号 00077 至 00087 （同上）

文章：

编号 00125 至 00147 （同上）

编号 265 至 268 （同上）

5. 报刊

《海北青年》（1945 年 5 月）油印本，沈荡镇文化站提供

《忆朱聚生烈士》步清明，《海盐老干部园地》总第 12 期，2004 年 7 月

《等到山花烂漫时——记朱聚生烈士的遗孀盛韵玉老师》杨飞，《嘉兴日报》1999 年 6 月 18 日

《朱聚生年轻的生命牺牲在五月七日》黄辉，《嘉兴日报》2009 年 5 月 1 日

《永远的怀念——纪念我的叔父朱聚生烈士》朱士珍，《海盐史志》2005 年第 4 期

《海盐党史》2004 年增刊（内部刊），中共海盐县委党史研究室编

《朱聚生》，海盐文联名人文化研究会等编，《海盐人物》2009 年第 1 期

《海盐文史资料》第 1 期，政协海盐县文史资料工作委员会编，1985 年

6. 图书

《海盐文史资料选辑》（内部版）（一）1989 年 4 月，政协海盐文史资料工作委员会选编

《海盐文史资料选辑》（内部版）（二）1991 年 4 月，政协海盐文史资料工作委员会选编

《海盐文史资料选辑》（内部版）2001 年，政协海盐县文史资料工作委员会选编

《沈荡镇简志》（内部版）2008 年 12 月，沈荡镇志编纂组编

《生的真义——纪念朱聚生烈士》（内部版）2004 年 6 月，中共海盐县委党史研究室编

林天顺《朱聚生传》（内部版）2009 年 4 月，海盐文联名人文化研究会编

后　记

　　当这本书的初稿画上句号时，正是 2019 年的最后一天。我的内心充满感慨。这之前，我曾经写过三部传记，其中两部传记的传主是中共党员，另一部是非党内著名人士，而这次所写的传主朱聚生，是一位革命烈士。其中有两部作品，获嘉兴市社会科学科研优秀成果一等奖（文学门类）；一部被浙江省教育厅列入少年儿童特色教育课题，编入教课书中；一部被全国七所大学新闻与传播学院列入博士生必修课本。

　　我对于朱聚生的认识，有个过程。20 世纪 90 年代初，我从张元济图书馆调入海盐县政协从事文史资料的征集、整理、编辑、出版工作。为了熟悉业务，我查看了政协之前所有编辑出版的杂志和来稿，朱聚生这一名字就是从那时开始引起我的注意的。海盐县政协文史资料委员会成立时编辑出版的创刊号（1985）上，就刊有富守人对朱聚生的一篇回忆文章，可见政协对朱聚生烈士的重视。由于作者与朱聚生生前关系密切，这篇文章写得很感人。自此，我在工作中对朱聚生烈士的事迹给予了更多的关注。

　　朱聚生牺牲六十周年纪念时，由海盐县文联和中共海盐县沈荡镇委员会、镇人民政府及我负责的县文联名人文化研究会联合举办了"朱聚生牺牲六十周年纪念"座谈会。会上，我见到了朱聚生烈士的两个女儿——朱战红和朱荒红，她们的到来，使我有幸得以更多地了解朱聚生这个人，也从其他与会者的讲述中，进一步了解到有关朱聚生烈士的事迹。其间，我参观了朱聚生故居。这次座谈会后，朱聚生烈士的生平被不少研究者关注、研究。我则将与之有关的一些资料进行搜集、整理与积累。

2007年，我应《嘉兴日报》邀约，撰写了长文《寂寞的沈荡》。《嘉兴日报》先后分两个版面刊发，在这篇文章中，我介绍了朱聚生烈士的事迹，并呼吁沈荡镇人民政府修建"朱聚生纪念馆"，以纪念这位杰出的无产阶级革命烈士。时间一晃过去十年，转眼到了2017年，那天我接到嘉兴市作协副主席吴敏老师的电话，他邀我上报选题。后来，我上报了朱聚生烈士这个项目。同年，嘉兴市委宣传部将该项目列入嘉兴市纪念建党一百周年"百年百部作品项目创作库"。

正当我着手这一题材的资料补充查阅、整理、创作时，我八十六岁的老母亲不幸身患绝症，我只能放下手头将要动笔的这部书稿，陪同母亲在嘉兴与海盐两地医院来回奔波治疗。这期间，嘉兴市文联受市委宣传部的委托对我这一项目进行跟踪，每年都填写创作进度表。无奈，我只好实话实说，一个字都没写。但他们认真负责的工作作风，令我感动。

更让我焦心的是，四个月后母亲又不慎摔倒，造成股骨粉碎性骨折，需要做大手术。这样一来，我放下了所有创作计划，每天从家到医院，或从医院到家里，两点一线地跑，我必须把全身心照顾母亲摆在首位。

我几乎忘记了时间，不经意间五百四十天过去了。2019年5月的一天，我觉得与其这样下去，倒不如挤出时间动笔。于是决定重新开始创作，并将这一想法告诉了沈荡镇党委副书记林强同志，得到了他的支持。在他和金雪飞同志的陪同下，我参观了已落成的朱聚生纪念馆，瞻仰了朱聚生烈士生平事迹展览。朱聚生为了信仰，宁愿牺牲自己年轻的生命，也永不叛党的大无畏的革命精神，令人感佩。

这部书稿动笔后，事情并没有我想象的那么容易。除了要照顾病中的母亲，我还要去嘉兴带孙女，原本打算去海盐档案馆查阅资料，就一直搁置了下来。后来我想到了朱聚生烈士的女儿朱荒红，试着打电话给她，希望征得她的同意，请她帮忙，让她协助我到海盐档案馆查阅有关她父亲朱聚生的资料。朱荒红非常热情地答应帮我这个忙。尽管之前我与她见过一次后，就再没联系，我们仍一见如故，她还接受了我的专访。根据我的要求，她多次从嘉兴赶到海盐档案馆查阅有关她父亲朱聚生的资料，并将其复印好交给我。在她的大力协助下，我的创作得以顺利进行，而且赶在我原定的完成创作时间之前，写出了这部传记的初稿。在这里，我要感谢朱荒红女士的热情支持和帮助，不仅为本书核定史实，而且肯定了全书的创作；也要感谢县档案馆在查阅史料时提供的便利，并提供所需要档案史料；还要感谢沈荡文化站和王梓林同志给我提供资料；同时要感谢张东良先生顶着烈日专程赴沈荡为本书拍摄所需要的照片。在这里，我也要感谢当时正身患绝症的母亲，她在弥留之际还鼓励我要写完这部书。母亲说，她活了八十九岁，一生经历坎坷，经历过抗日战争，曾目睹日军在她所居住的村庄实行"三光政策"时的暴行，她的身上还留有被日本兵刺刀刺后的疤痕，也受到过国民党兵的欺凌，她以亲身经历告诉我：没有中国共产党就没有新中国，也没有她的今天和晚年的幸福生活。

最后，我要感谢各级领导对《黎明前的抉择——朱聚生传》创作的大力支持，特别感谢嘉兴市委宣传部将此书列入"嘉兴市文化精品扶持重点项目"，还要感谢海盐县政协教科卫体与文化文史学习委员会、中共海盐县委宣传部、中共海盐县沈荡镇委员会对本书出版给予的大力支持。

与此同时，我还要感谢嘉兴市文史研究馆副馆长，著名作家、画家和书法家朱樵为本书作序。

今年是中华人民共和国成立七十二周年，是嘉兴解放七十二周年，也是朱聚生烈士牺牲七十二周年，我希望通过这部作品将朱聚生一生追求真理和为中华民族的解放事业而奋斗的英雄事迹与牺牲精神，比较完整地展现在读者的面前，以告慰烈士的在天之灵。

谨以此书向中国共产党成立一百周年献礼！

王 英

2019 年 12 月 31 日初稿

2021 年 1 月 10 日定稿于嘉兴中央花园